CW00421267

GOLEM

PETER ACKROYD

GOLEM
LE TUEUR DE LONDRES

*traduit de l'anglais
par Bernard Turle*

ARCHIPOCHE

Ce titre a été publié sous le titre : *Dan Leno
and the Limehouse Golem*,
par Sinclair Stevenson, Londres, 1994.

Notre catalogue est consultable à l'adresse suivante :
www.archipoche.com

Éditions Archipoche
34, rue des Bourdonnais
75001 Paris

ISBN 978-2-37735-095-7

Copyright © Peter Ackroyd, 1994.
Copyright © Robert Laffont, 1996, pour la traduction française.
Copyright © Archipoche, 2018, pour la présente édition.

Qui se souvient, aujourd'hui, du Golem de l'East End ou souhaite qu'on lui remémore l'histoire de cette créature mythique ? Le terme *golem*, un mot hébraïque, désignait déjà au Moyen Âge une créature artificielle créée par un magicien ou un rabbin ; il signifie littéralement « chose sans forme ». Le golem était un objet d'horreur, dont on disait parfois qu'il était fait de sable et d'argile rouge ; au XVIIIe siècle, on l'associait aux spectres et aux succubes amateurs de sang. Le secret de sa résurrection dans les dernières décennies du XIXe siècle et les raisons de la panique qu'il suscita alors au même titre que son prédécesseur médiéval sont inscrits dans les annales de Londres.

I

Le 6 avril 1881, on pendit une femme à la prison de Camberwell. Suivant la règle, l'exécution eut lieu à huit heures. Les autres détenus commencèrent leurs lamentations rituelles juste après le lever du jour. On sonna le tocsin à la chapelle de la prison au moment où l'on vint la chercher dans sa cellule. Elle fut emmenée en procession par le directeur, le chapelain et le médecin de Camberwell, l'aumônier catholique qui avait entendu sa confession la veille au soir, son avocat et deux témoins nommés par le Home Office. Le bourreau les attendait dans une cahute à l'autre extrémité de la cour, où l'on avait dressé le gibet.

Quelques années auparavant, la criminelle aurait été exécutée à l'extérieur du mur d'enceinte de la prison de Newgate, pour le plus grand plaisir d'une foule dense, qui aurait grossi tout au long de la nuit, mais les lois progressistes de 1868 l'avaient spoliée de cette occasion d'interpréter en public son dernier grand rôle. C'est ainsi qu'elle dut rendre l'âme dans une intimité toute victorienne, entre les cloisons d'une bâtisse en planches qui sentait encore la sueur des ouvriers qui l'avaient construite l'avant-veille. Seule concession au sensationnalisme : son cercueil avait été stratégiquement placé dans la cour de la prison, de façon qu'elle le voie en marchant vers son destin. On fit lecture de l'office des morts et on nota qu'elle y participa avec ferveur. Bien que les condamnés soient censés garder le silence en cette heure solennelle, elle pria le ciel à voix haute pour le salut de son âme, levant la tête, le regard fixé sur la brume par-delà l'ouverture vitrée ménagée dans le plafond. Une fois achevée l'incantation habituelle, le bourreau se tint derrière elle tandis qu'elle grimpait sur le gibet ; il allait placer sur sa tête la traditionnelle cagoule d'étoffe grossière, mais elle l'écarta d'un mouvement impérieux du menton : elle avait beau avoir les mains liées dans le dos à l'aide de lanières de cuir, il ne put se tromper sur la signification de son geste. Du haut de l'estrade, elle dévisagea les témoins quand il lui passa la corde au cou (connaissant son poids et sa taille, il avait mesuré la longueur du chanvre avec précision). « Nous revoilà ! », lança-t-elle, et elle ne quitta pas l'assistance des yeux lorsqu'elle tomba. Elle s'appelait Elizabeth Cree. Elle avait trente et un ans.

Elle portait une simple chemise blanche au moment de sa délivrance. Du temps des exécutions publiques, l'on découpait le vêtement des condamnés à mort et l'on vendait les morceaux au public comme souvenirs ou talismans. Mais l'ère nouvelle vénérait la propriété privée et l'on dépouilla le cadavre de sa chemise avec révérence pour la remettre plus tard au directeur de la prison, Mr Stephens, qui l'accepta sans mot dire de la gardienne qui la lui apportait. Il n'eut pas besoin de demander ce qu'on avait fait du corps : il avait déjà donné son accord pour qu'il fût envoyé au médecin légiste de la division de Limehouse, qui s'était fait une spécialité de l'examen du cerveau des criminels, dans l'espoir d'y déceler des signes d'anormalité. Dès que la gardienne eut refermé la porte, Mr. Stephens plia méticuleusement la chemise à l'intérieur du *gladstone* qu'il gardait toujours par-devers lui dans son bureau. Cette nuit-là, dans son pavillon de Hornesey Rise, il la retira du sac-jumelle avec moult précautions, la leva au-dessus de sa tête, l'enfila. Il s'était entièrement dévêtu auparavant. Poussant un profond soupir, il s'étendit sur le tapis, revêtu de la seule chemise de la pendue.

2

Le premier meurtre eut lieu le 10 septembre 1880 sur Limehouse Reach : c'était un ancien passage qui reliait une ruelle bordée de masures à un escalier en pierre qui descendait à la Tamise. Pendant des siècles, les colporteurs l'avaient emprunté comme voie d'accès, pratique quoique encombrée, aux cargaisons des navires de moindre tonnage qui déchargeaient là mais, après la restructuration des docks dans les années 1830, toute activité l'avait déserté et il ne débouchait plus que sur des berges fangeuses. Il y régnait une odeur de moisi et de vieilles pierres ; un autre relent, cependant, étrange et furtif, s'en dégageait, que l'un de ses résidents décrivit avec à-propos comme une odeur de « panards de macchabée ». C'est là qu'un matin à l'aube fut découvert le corps de Jane Quig, en trois tas distincts autour du vieil escalier : la tête sur la plus haute marche, plus bas le torse façonné en une parodie de forme humaine, tandis que certains de ses organes ornaient un piquet planté dans la vase. Prostituée, elle exerçait son commerce auprès des marins qui traînaient dans le quartier et, bien qu'elle n'eût pas plus de vingt printemps, elle était connue dans le voisinage sous le nom de « la Vieille

Salée ». Enflammée par les macabres comptes rendus du *Daily News* et du *Morning Adviser*, l'opinion populaire vit là la marque d'un « monstre à forme humaine » – supposition renforcée six nuits plus tard lorsqu'un autre meurtre eut lieu dans les parages.

Le quartier juif de Limehouse occupait trois rues par-delà la Highway, l'ancienne Grand-Route ; ses occupants, à l'instar des habitants des alentours, l'appelaient « la Vieille Jérusalem ». Il s'y trouvait une pension, dans Scofield Street, où résidait un vieil érudit du nom de Solomon Weil. Il vivait parmi ses ouvrages anciens et ses manuscrits de légendes hassidiques dans deux pièces au dernier étage, qu'il quittait chaque jour de la semaine pour se rendre à la célèbre Salle de lecture du British Museum, toujours à pied, partant à huit heures du matin et arrivant à Great Russell Street à neuf heures. Le 17 septembre, toutefois, il ne quitta pas la pension. Son voisin de l'étage inférieur, un employé de la Commission pour l'hygiène et pour la rénovation métropolitaine, en fut suffisamment étonné pour taper doucement à sa porte. Comme il n'obtenait pas de réponse, il ouvrit. « Ah, vous avez fait là un joli chambardement ! », s'exclama-t-il en découvrant la pièce sens dessus dessous. Or, il s'aperçut bien vite que le chambardement n'avait rien de « joli ». Le vieil érudit avait été mutilé d'une manière des plus insolites ; on lui avait coupé le nez, qu'on avait placé sur une coupelle en étain, alors que son pénis et ses testicules reposaient sur le livre ouvert qu'il devait lire au moment où il avait été sauvagement interrompu. À moins que la page indiquée fût un indice laissé par le meurtrier pour indiquer ses appétits particuliers ? Le pénis sectionné ornait un long paragraphe sur le golem : les détectives de la Division H de la police londonienne en prirent due note et, en quelques heures, la nouvelle se répandit, chuchotée d'oreille en oreille dans la Vieille Jérusalem et au-delà.

L'existence de cet esprit malveillant fut confirmée par les circonstances entourant le meurtre, le surlendemain, d'une autre prostituée, Alice Stanton. On retrouva son cadavre devant l'église Saint Ann. Elle avait la nuque brisée et la tête tournée de la façon la plus artificielle qui fût, si bien qu'elle avait l'air de regarder la flèche de l'église. On lui avait coupé la langue pour la lui insérer dans le vagin et les lacérations de son cadavre rappelaient celles subies par la malheureuse Jane Quig neuf jours auparavant. Le mot « golem » avait été tracé sur le sol avec le sang de la victime.

La série de meurtres avait mis en émoi les habitants de tout l'East End. Les journaux rapportaient les activités auxquelles se livrait celui qu'ils nommaient « le Golem », « le Golem de Limehouse » ou « le Golem de l'East End ». Ils brodaient sur les détails et les inventaient parfois, de manière à donner plus d'ampleur encore à des événements déjà fort lugubres. Devait-on à la seule imagination du journaliste du *Morning Advertiser*, par exemple, la scène où le Golem avait été pris en chasse par une « foule déchaînée », pour « se fondre » dans le mur d'une boulangerie de Hayley Street ? Mais peut-être n'était-il pas là question, après tout, de licence journalistique puisque, dès la parution de l'article, plusieurs habitants de Limehouse confirmèrent avoir été parmi ceux qui avaient poursuivi la créature et l'avoir vue s'évaporer dans le mur en brique. Une vieille femme des environs de Limehouse Reach jura qu'elle avait vu un « monsieur transparent » qui se hâtait le long de la rivière, et un faiseur de chandelles sans travail raconta au public, dans les pages de la *Gazette*, qu'il avait vu une silhouette s'envoler au-dessus du bassin de Limehouse. Ainsi naquit la légende du Golem de l'East End, avant même que ne fût perpétré le dernier crime, et le plus épouvantable d'entre tous. Quatre jours après le meurtre d'Alice Stanton devant Saint Ann, une famille entière fut retrouvée massacrée en son logis proche de Ratcliffe Highway.

L'attitude de la police durant cette affaire ? Elle avait suivi ses procédures habituelles : lancé des chiens sur la piste du meurtrier présumé ; mené des enquêtes exhaustives de porte en porte dans tout Limehouse. On avait appelé le médecin divisionnaire à chaque occasion et il avait inspecté les cadavres des victimes, puis des examens post-mortem avaient été pratiqués avec une diligence exemplaire au poste de police même. Plusieurs suspects subirent des interrogatoires poussés bien que, personne n'ayant vu le Golem en chair et en os, les préventions à leur égard fussent, au mieux, circonstancielles. Il n'y eut donc aucune inculpation et la presse lança de vives attaques contre la Division H. L'*Illustrated Sun* publia même un *limerick* qui visait l'inspecteur-chef chargé de l'affaire :

> L'Inspecteur-chef Kildare
> Attraperait pas un ours dans sa tanière.
> Il a promis qu'il prendrait le Golem
> Mais il s'est retrouvé, hem !
> Avec un bol d'air.

3

*Tous les extraits du procès d'Elizabeth Cree, jugée pour le meurtre de son époux, sont tirés de l'*Illustrated Police News Law Courts and Weekly Record *du 4 au 12 février 1881.*

Mr. Greatorex : Avez-vous acheté de l'arsenic chez Hanways dans Great Titchfield Street le matin du 23 octobre de l'année passée ?

Elizabeth Cree : C'est exact, sir.

Mr. Greatorex : À quel effet, Mrs. Cree ?

Elizabeth Cree : Il y avait un rat dans notre cave.

Mr. Greatorex : Il y avait un rat dans votre cave ?

Elizabeth Cree : Oui, sir. Un rat.

Mr. Greatorex : Il ne doit pas manquer d'apothicaires dans votre quartier de New Cross chez qui vous auriez pu vous procurer de l'arsenic. Pourquoi êtes-vous allée aussi loin que Great Titchfield Street ?

Elizabeth Cree : J'avais l'intention de rendre visite à une amie qui vit dans ce quartier.

Mr. Greatorex : Et l'avez-vous vue ?

Elizabeth Cree : Elle n'était pas chez elle.

Mr. Greatorex : Ainsi vous êtes revenue à New Cross avec l'arsenic, mais sans avoir vu votre amie. N'est-ce pas ?

Elizabeth Cree : C'est cela.

Mr. Greatorex : Et qu'est-il arrivé au rat ?

Elizabeth Cree : Oh, il est mort, sir ! *(Rires dans la salle.)*

Mr. Greatorex : Vous l'avez tué ?

Elizabeth Cree : Oui, sir.

Mr. Greatorex : Retournons maintenant à la mort plus grave qui nous concerne. Votre époux est tombé malade peu après votre visite à Great Titchfield Street, me semble-t-il.

Elizabeth Cree : Il a toujours eu l'estomac fragile, sir. Il en souffrait depuis que je le connaissais.

Mr. Greatorex : Et cela remonte à quand, précisément ?

Elizabeth Cree : Nous nous sommes rencontrés quand j'étais très jeune.

Mr. Greatorex : Me trompé-je en disant que vous étiez alors connue sous le sobriquet de « Lisbeth de Lambeth » ?

Elizabeth Cree : C'était mon nom autrefois, sir.

4

J'étais le seul rejeton de ma mère et elle m'a toujours rejetée. Elle voulait peut-être un fils pour s'occuper d'elle, mais je ne peux pas en être certaine. Non, en fait, elle ne voulait personne. Dieu lui pardonne, mais je crois qu'elle m'aurait supprimée si elle en avait eu la force. J'étais le fruit amer de ses entrailles, le signe vivant de sa corruption intime, le gage de sa lascivité, le symbole de sa faillite. Elle me racontait que mon père était mort au cours d'un terrible accident dans une mine du Kent ; elle me fit revivre ses derniers instants, imitant ses propres gestes lorsqu'elle avait tenu sa tête dans ses bras. Mais, en fait, il n'était pas mort. Je découvris une lettre qu'elle cachait : il l'avait quittée. Ce n'était pas son mari mais un galant qui avait joué le père de famille en passant. La famille, c'était moi, et j'ai dû partager le fardeau de sa honte. Parfois, elle restait à genoux la nuit entière, priant Jésus et tous les saints afin qu'ils lui épargnent l'Enfer, où elle grillera, assurément, s'il y a une justice de l'autre côté de la mort. Ah oui, qu'elle y grille !

Nous habitions Peter Street, dans le quartier connu sous le nom de Marais-de-Lambeth, et nous gagnions notre pitance en cousant des voiles pour les pêcheurs. C'était une tâche usante : même les gants de cuir n'empêchaient pas la toile et l'aiguille de m'écorcher les mains. Regardez-les : toutes râpées. Je les plaque contre mon visage et je sens leurs crevasses plus profondes que des ornières. Ma mère disait que j'avais des paluches. Ce n'était pas correct, pour une femme, d'avoir des mains si énormes… Et dans ma tête je lui répliquais : « Est-ce correct pour une femme d'avoir un grand bec comme le tien ? » Ah, ce qu'elle priait, ce qu'elle gémissait quand nous travaillions ! Elle rabâchait toutes les sornettes qu'elle avait apprises du révérend Style, dont elle fréquentait la petite chapelle sur la Grand-Route de Lambeth. Une fois c'était : « Dieu, pardonne mes péchés ! » Une autre : « Je brûle ! » Elle m'emmenait souvent à cette chapelle ; tout ce dont je me souviens, c'est que la pluie crépitait sur la toiture de tôle ondulée quand nous chantions les cantiques de Wesley. Et puis nous retournions à la voile que nous étions en train de réparer. Une fois notre labeur achevé, nous la descendions au bac à chevaux. Un jour où j'essayais de la porter sur la tête, elle me gifla, prétextant que c'était vulgaire. Or, pour ce qui est de la vulgarité, elle s'y connaissait ! Une catin réformée est toujours une catin. Et quelle femme sinon une catin aurait une enfant mais pas de mari ? Les pêcheurs m'appelaient « la petite Lisbeth » et ne me voulaient aucun mal, mais certains messieurs sur le quai me glissaient à l'oreille des choses qui me faisaient rire. Je connaissais des mots que les pires maîtres m'avaient appris et que, la nuit, je répétais à mon oreiller.

Nos deux pièces étaient dépouillées de tout sinon de pages de la bible que ma mère avait collées aux murs. Le papier peint en était entièrement recouvert et, dès ma plus tendre enfance, je n'eus rien d'autre sous les yeux que ces sentences. À vrai dire, c'est ainsi que j'ai appris à lire, par mes propres moyens. Je connais encore par cœur les passages que je déchiffrais à l'époque : « *Et il prit tout le gras qui recouvrait les intestins, et la crépine du foie, et les deux reins, et leur gras, et Moïse les brûla sur l'autel.* » Je me souviens aussi de celui-ci : « *Celui qui a la maladie de la pierre ou à qui l'on coupe ses parties privées n'entrera pas dans le Royaume des Cieux.* » Je les récitais le matin et le soir ; je les voyais écrits en me réveillant et en fermant les yeux avant de m'endormir.

Il y a un endroit entre mes cuisses, que ma mère honnissait et injuriait particulièrement. J'étais encore un angelot qu'elle le pinçait férocement ou le piquait avec une aiguille, de façon à m'apprendre que c'était l'abîme de la douleur et du châtiment. Plus tard, lors de mes premières menstrues, elle se transforma en un véritable démon. Elle essaya d'y enfiler de vieux chiffons mais je la repoussai. Je la craignais auparavant mais, lorsqu'elle en vint à me cracher au visage et à me taper sur le crâne, je fus emplie d'horreur ; alors, je pris une aiguille et la lui enfonçai dans le poignet. Voyant le sang jaillir, elle leva sa main au visage et éclata de rire. « Œil pour œil, sang contre sang, fit-elle. Sang neuf contre sang vieux. » Après quoi, sa santé commença à se dégrader. J'allai chercher au dispensaire de la rue du Verger des pilules purgatives et des mixtures lénitives, mais rien ne semblait lui profiter. Son teint prit la pâleur des voiles que nous reprisions, et elle s'affaiblit tant, qu'elle ne parvenait plus guère à exécuter sa besogne ; vous pouvez aisément imaginer quel poids elle fut alors pour moi, d'autant plus qu'elle vomissait à toute heure du jour et de la nuit. Un jeune médecin de l'Hôpital de la Charité, sur Borough Road, passait quelquefois dans le quartier : je le convainquis de se rendre auprès de ma mère dans notre logis. Il lui prit le pouls, lui examina la langue, huma son haleine (laquelle le fit reculer d'un pas) et déclara qu'elle souffrait d'une lente putréfaction des reins. Sur quoi ma mère adressa une nouvelle lamentation à son Dieu. Ce médecin me prit alors la main, me dit d'être une gentille fille et sortit de sa sacoche une fiole d'eau médicamenteuse.

« Tiens-toi tranquille, mère, dis-je aussitôt qu'il fut parti. Crois-tu émouvoir ton Dieu en nous cornant aux oreilles ? Ta niaiserie me confond. » Elle était, bien sûr, trop faible pour lever la main sur moi désormais, et je ne voyais plus aucune raison de la réconforter.

« Quel démon ce doit être, fichtre, pour te laisser périr si misérablement ! Te retirer du Marais-de-Lambeth pour te plonger dans les cloaques de l'Enfer… te récompense-t-il ainsi de toutes tes prières ?

— Ô Dieu, mon secours des âges passés. Sois désormais l'eau qui pansera mon affliction ! », gémit-elle : pur rabâchage, simple écho de son bréviaire.

Et je ris de la voir passer sa langue sur les gerçures de ses lèvres burinées. « Laisse-moi le soin de panser ton affliction, mère. Je vais t'apporter de l'eau. » Et de verser dans une cuiller un peu de la potion que le médecin avait apportée, et de la lui faire boire… Or, levant les yeux au plafond, j'avisai un passage qu'elle y avait collé : « Regarde là-haut, mère. Ne voilà-t-il pas un nouveau signe à ton intention ? Parviens-tu à lire, méchante fille ? *"Père Abraham, aie pitié de moi et envoie-moi Lazare… mère, sais-tu qui est Lazare ?… qu'il puisse tremper l'extrémité de son doigt dans l'eau et rafraîchir ma langue. Car ces flammes me tourmentent."* En es-tu à ce degré de tourment, mère, ou est-ce encore à venir ? »

À peine pouvait-elle parler, c'est pourquoi je me penchai afin d'entendre son murmure pestilentiel :

« Dieu seul a le droit de me juger.

— Regarde-toi. Il t'a déjà jugée. »

Elle émit alors un nouveau gémissement que je ne pus endurer. C'est pourquoi je descendis dans la rue, puis jusqu'aux berges de la Tamise. On prétend que les filles du Marais-de-Lambeth sont des proies faciles, mais, lorsqu'un étranger me dévisagea de la manière qu'on imagine, je ne lui accordai pas la moindre faveur, éclatai de rire et continuai mon chemin vers la berge. Comme le bac était près d'appareiller, je relevai ma jupe, sautai le fossé et courus vers lui ; ma mère prétendait qu'il était vulgaire pour une jeune femme de courir, mais comment aurait-elle pu m'attraper désormais ? Le passeur me connaissait bien et ne voulut pas du penny que je lui présentai, si bien que je me retrouvai de l'autre côté, sur Mill Bank, ou Rive-du-Moulin, plus riche que je ne l'avais escompté.

Mon vœu le plus cher avait toujours été d'aller au cabaret. De Curry's Variety, un établissement qui se trouvait près de chez nous, face à l'Obélisque, ma mère disait que c'était l'antre de Satan et m'avait toujours adjurée de n'y entrer sous aucun prétexte. J'avais lu les affiches annonçant des « comiques » et des « duettistes », mais j'en savais encore moins sur eux que sur les chérubins et les séraphins auxquels ma mère adressait ses prières. À mes yeux, ces « ténors » et ces « danseurs de cordes » étaient des êtres tout aussi fabuleux, merveilleusement élevés et dignes d'être vénérés que ses anges.

De la Rive-du-Moulin, je m'en allai, preste comme le vent, vers le Pont-Neuf. Je ne connaissais pas bien Londres à l'époque, et la ville me semblait si vaste et si dangereuse que je jetai un coup d'œil en arrière vers mon bon vieux coin de Lambeth. Or, je me souvins que ma mère s'y pétrifiait. Le cœur plus léger, je repris donc mon chemin, et détaillai tènements et échoppes. Ma curiosité était aiguisée. Pas une seule fois je ne songeai qu'une vierge courait le moindre risque dans ces parages. Je débouchai sur cette belle artère qu'on nomme le Strand, puis obliquai dans Craven Street, ou rue du Coq-Vaincu, quand, tout à côté de la pompe à eau, je vis un attroupement devant une goguette. Du moins est-ce ce que je crus d'abord, car, en m'approchant, je vis que c'était un véritable théâtre de variétés. Sa façade ornée de vitraux et de figures peintes contrastait avec les vieilles bicoques au milieu desquelles on l'avait érigé. Il s'en dégageait une odeur particulière, mélange de senteurs d'épices, d'orange et de bière – comme celle qui flottait sur les quais de Southwark, mais encore plus riche et entêtante. C'est une affiche aux lettres vert vif, en travers sur la façade, qui attirait les badauds : sans doute le régisseur venait-il donc à peine de la coller. Je la parcourus avec émerveillement. Jamais jusqu'alors je n'avais entendu parler de « Dan Leno, L'As du Fouet, Le Contorsionniste & Imitateur ».

5

Pour patienter, Elizabeth marcha jusqu'à la tombée de la nuit mais, comme elle ne voulait point trop s'éloigner du petit théâtre de variétés, elle resta dans le dédale de venelles qui convergent sur le Strand. Une fois ou deux, entendant un petit sifflement sourd, elle crut être suivie. Un homme lui fit signe au coin de Villiers Street mais elle l'injuria et, lorsqu'elle leva ses énormes mains abîmées par la toile râpeuse des voiles des mariniers, il fila sans demander son reste. Elle ne pensa à sa mère qu'une fois, devant le vieux cimetière de Mitre Court, mais l'heure du spectacle de Dan Leno approchait et elle se hâta de retourner à Craven Street. Bien qu'il en coûtât quatre pence au parterre contre deux seulement au paradis, elle choisit le parterre.

Trois serveurs en tablier à carreaux noirs et blancs étaient sans cesse sollicités par les tablées de spectateurs assis sur des bancs, devant leur nourriture et leur boisson. Chacun désirait être servi, qui en saumon mariné, qui en bière, qui en fromage. Une vieille femme au visage cramoisi, dont les anglaises postiches descendaient en cascade sur le front et les joues, vint s'asseoir auprès d'Elizabeth. « Il ne vient que des rogatons ici, ma chère, je me demande pourquoi je prends la peine de me déplacer. » Si fort était le brouhaha que sa jeune voisine eut du mal à l'entendre. La vieille peinturlurée se jeta sur un gamin à peine assez grand pour porter son panier de fruits, et lui acheta une orange qu'elle fourra dans sa poitrine. « Ça, c'est pour plus tard », expliqua-t-elle. Ensuite, grimaçant, elle s'éventa avec l'une des assiettes sales qui jonchaient leur table. « Ils empestent tous, pas vrai ? »

Habituée à l'odeur des corps (ou, plutôt, à peine consciente de l'odeur prononcée de la chair), Elizabeth concentrait son attention sur le rideau de scène élimé. On aidait, à ce moment-là, à grimper sur l'estrade un gros homme vêtu d'une somptueuse redingote à rayures comme elle n'en avait jamais vu. Quoique très aviné, il réussit à tenir debout et à lever les bras en l'air. « Silence, je vous prie », cria-t-il avec autorité, et Elizabeth remarqua alors qu'il portait un gros bouquet de géraniums à la boutonnière.

Finalement, dans un tonnerre de rires et de hourras, il put commencer. « Un bon vent d'est m'a gâté la voix », gronda-t-il, après quoi il dut attendre encore que les hourras et les sifflets se calment. « Votre générosité me confond. Jamais je n'avais rencontré tant de charmants garçons ! Quelles excellentes manières ! On se croirait à une *tea-party*. » Le tintamarre fut tel qu'Elizabeth dut se boucher les oreilles ; la vieille femme rougeaude se tourna vers elle et lui fit un clin d'œil, avant de lever le petit doigt de sa main droite comme pour la saluer. « Il n'est pas du pouvoir d'un mortel d'ordonner le succès, poursuivit l'acteur, mais je ferai mieux. Je vais essayer de le mériter. Veuillez noter, chers amis, que la queue de bœuf en gelée ne coûte que trois pence ce soir. »

Il continua longtemps dans la même veine et Elizabeth le trouva fort ennuyeux mais, enfin, une demoiselle coiffée d'un grand bonnet à l'ancienne mode vint tirer le rideau, révélant une scène de rue londonienne qui, dans la lueur papillonnante des lampes à gaz, sembla à Elizabeth la plus merveilleuse vision du monde. Les seules peintures qu'elle eût jamais vues étaient les décorations grossières des bateaux qui remontaient la Tamise, or voici qu'était représenté le Strand (qu'elle avait emprunté un instant auparavant !), mais encore plus resplendissant et somptueux que nature, avec ses graciles réverbères, ses devantures rouge et bleu, et ses étals fabuleusement garnis. Voilà qui surpassait tout souvenir personnel.

Un garçon déboula alors des coulisses : instantanément, le public, comme électrisé par une attente insupportable, se mit à siffler et à taper des pieds. Son visage était des plus étranges, si étroit que sa bouche semblait le fendre de part en part, et (elle en fut persuadée) continuer encore dans la nuque ; il était si pâle que ses grands yeux noirs luisaient comme du jais, fixés, eût-on dit, sur quelque réalité bien loin au-delà du monde. Il portait un tuyau de poêle presque aussi haut que lui et un manteau composé du plus bizarre assemblage de pièces et de morceaux. Elizabeth devina aisément qu'il jouait le rôle du P'tit Joueur de Vielle Savoyard. D'ailleurs, il entonna *Pitié pour le P'tit Ramoneur* et, ce faisant, imposa le silence à la salle. Les larmes lui vinrent aux yeux, tant fut poignante l'évocation de sa piètre existence. Néanmoins, passé la dernière strophe, soudain tout guilleret, les mains dans les poches, il quitta la scène en gambadant. Sur quoi se présenta une vieille femme (quoiqu'elle ne parût pas bien vieille à Elizabeth, qui n'aurait su lui donner d'âge, avec sa robe droite et son tablier noué devant). « J'étais dans un d'c't' état, hier soir ! annonça la prétendue vieille à la salle qui, à la grande surprise d'Elizabeth, riait déjà. Un d'c't' état ! C'est qu' ma fille est revenue, voyez-vous. » Soudain Elizabeth se rappela sa mère, alitée, avec son rein putréfié, et elle se joignit à l'hilarité générale. Elle rit, et elle s'aperçut que c'était, en fait, le même garçon déguisé en femme, qui, dans les coulisses, avait jeté sa tristesse aux orties. « Oh, qu'elle est pingre c't'e fille que j'ai. Tellement pingre que l'aut' jour, elle s't acheté six huîtres qu'elle a mangées devant un miroir pour faire comme si elle en avait une douzaine. Oh, ma main au feu que vous la connaissez, ma fille. Par l'Vieux tout-puissant ! Prenez pas c't air nouille… tout le monde connaît ma fille. » Puis il retroussa sa jupe pour exécuter une bourrée et le petit théâtre sembla illuminé par toute l'aura de sa personnalité. Elizabeth comprit que ce garçon déguisé en vieille devait être le Dan Leno dont elle avait lu le nom sur le placard. Qui sait combien de temps dura son numéro ? Quoi qu'il en fût, elle ne prêta guère attention aux duettistes, ni aux acrobates, ni aux joueurs de banjo qui s'étaient passé le visage au cirage : elle ne garda en tête que la surprenante comédie grâce à laquelle Dan Leno avait passé du baume sur le désespoir de sa morne existence.

C'était fini. Lorsqu'elle fut rejetée à la rue, avec le flot des autres spectateurs, elle eut l'impression d'être bannie d'un monde de lumière. Elle descendit la rue du Coq-Vaincu et traversa le pont de Hungerford : elle reconnut le chemin du Marais-de-Lambeth bien qu'il fît nuit, et elle longea lentement la rive où les rats et les alouettes de mer vaquaient à leur noire besogne.

Trois garnements tiraient un paquet de l'eau : or, même ce spectacle-là ne put faire éprouver à Elizabeth le moindre plaisir après l'enchantement du Coq-Vaincu. Lorsqu'elle arriva enfin au logis de Peter Street, épuisée par les événements de la soirée, elle ne prêta guère attention à sa mère étendue sur la paillasse ; mais elle vit du moins qu'une bave vert et blanc lui coulait de la commissure des lèvres et que son corps tremblait comme dans un accès de fièvre ou de délire. Elizabeth finit par lui apporter une concoction qu'elle avait préparée elle-même, et qu'elle la força à avaler. « N'aie pas l'air si nouille, mère, lui souffla-t-elle à l'oreille. Tu te portes comme un charme, ta ta. » Puis elle se mit à décoller les pages de la bible qui recouvraient les murs et les plafonds.

On fit un enterrement de troisième classe à sa mère trois jours plus tard. Le soir même, Elizabeth retournait au Coq-Vaincu, où elle entendit Dan Leno chanter l'une de ces chansonnettes qui lui valurent sa réputation d'Homme le plus Drôle du Monde :

J' suis certain que le Jimmy m'a à la bonne,
Quoi qu'il en a jamais rien dit au bonhomme.
Pourtant, j'viens d'passer où qu'il s' construit son home :
Et le v'là qui m'lance une briqu' sur la bonbonne !

6

De l'avis général, Dan Leno était l'homme le plus drôle de son temps, sinon de tous les temps. Le portrait le plus évocateur jamais dressé de lui se trouve sous la plume de Max Beerbohm dans la *Saturday Review* :

« Je mets au défi quiconque a vu Dan Leno sur scène de nier qu'il a été séduit sur-le-champ. Il s'avançait, l'air concentré, et la tension de tous ses membres traduisait une douleur intime en quête d'épanchement : tous les cœurs lui étaient acquis d'emblée… Son personnage chétif, tellement accablé et néanmoins courageux, sa voix aiguë, ses gestes amples, ce personnage qui pliait mais ne rompait point, opiniâtre malgré sa faiblesse, incarnait la volonté de vivre dans un monde qui n'était pas digne qu'on y vécût… »

Il avait vu le jour au n° 4 d'Eve Court, dans la vieille paroisse de Saint Pancras, avant que la Compagnie des chemins de fer des Midlands n'érige là son terminus londonien de briques rouges. Coïncidence curieuse, il était né le même jour qu'Elizabeth Cree : le 20 décembre 1850. C'était un enfant de la balle : ses parents faisaient le tour des cafés chantants et des théâtres de variétés sous le nom de « Mr. et Mrs. Johnny Wilde, duettistes, chanteurs et acteurs ». (Il abandonna très tôt son vrai nom, George Galvin, de même qu'Elizabeth Cree n'utilisa jamais le nom de sa mère.) Dan Leno monta sur les planches, dès l'âge de quatre ans, au Cosmotheka Music Hall de Paddington, revêtu d'un costume taillé par Mrs. Wilde dans la capote en soie d'un fiacre. Au début, on l'annonçait comme « Le Contorsionniste et Acrobate-Imitateur » – il est vrai que les poses qu'il réussissait à prendre afin de se métamorphoser entièrement étaient tout à fait remarquables, spécialement son imitation d'un tire-bouchon ouvrant une bouteille de vin. À huit ans, il avait droit sur les affiches au titre « Le Grand Petit Leno » (même adulte, il resta très petit), avant de devenir, un an plus tard, « Le Grand Petit Leno, Quintessence du Comique Cockney » ou, à l'occasion, « Le Vocaliste Descriptif et Imitateur Cockney ». À l'automne 1864, époque où Elizabeth le vit pour la première fois sur scène, il avait déjà mis au point le genre d'humour qui devait le propulser au firmament du music-hall. Comment se fait-il donc que, une vingtaine d'années plus tard, les policiers de la division de Limehouse le soupçonnèrent d'être l'effroyable Golem de l'East End ?

7

Les passages suivants sont extraits du journal de Mr. John Cree de New Cross Villas, dans les faubourgs sud de Londres, conservé à la Section des Manuscrits du British Museum sous la cote Add. Ms. 1624/566.

6 septembre 1880. C'était une belle après-midi ensoleillée et je sentis monter en moi l'envie de tuer. Je devais assouvir ce feu, c'est pourquoi je pris un fiacre jusqu'à Aldgate puis descendis à pied dans la direction de Whitechapel. Combien j'avais hâte de me mettre à l'œuvre, tant j'avais en tête d'innover ! Je souhaitais inhaler le dernier souffle d'un enfant à l'agonie, afin de voir si son esprit enfantin insufflerait le mien. Oh, si c'était vrai, je pourrais vivre éternellement ! Mais pourquoi parlé-je d'enfant, alors que je veux étendre mon expérience à toutes les vies ? Voyez comme ma main tremble à nouveau.

Je pensais que je croiserais plus de passants vers la place aux Jambons mais il est vrai que, dans ces quartiers pauvres, ils préfèrent dormir toute la journée pour moins ressentir la faim. Naguère, on aurait mis cette plèbe au travail dès l'aube, mais les valeurs se perdent :

il faut que nous soyons tombés bien bas, pour que l'on ne fournisse plus de labeur aux classes laborieuses. Je m'engageai dans Hanbury Street. Quelle puanteur se dégageait de cet endroit ! Il y avait, par exemple, l'odeur écœurante d'une échoppe où l'on vendait de la charcutaille et où, à n'en pas douter, la viande de chat et de chien abondait plus que jamais. Des essaims de boutiquiers juifs vous lançaient des « Pourquoi ne pas vous arrêter un instant ? » et des « Comment allez-vous par cette belle journée ? » Je supporte modérément l'odeur des juifs, mais celle des Irlandais, autant dire d'un fromage fait, m'est absolument intolérable : deux Irlandais, justement, étaient tombés, ivres morts, dans le caniveau devant un estaminet. Afin d'ôter l'odeur de mes narines, je dus changer de trottoir. J'entrai de ce pas dans une confiserie décrépite où j'achetai pour un penny de réglisse afin de noircir ma langue : où n'irais-je pas, en effet, la fourrer ce soir-là ?

Une autre belle pensée me vint à l'esprit. J'avais une heure ou deux à perdre avant la tombée de la nuit et je savais qu'un peu plus bas, en descendant vers la Tamise, se dressait la maison où, en 1812, avaient été perpétrés les crimes sublimes de Ratcliffe Highway. En un site désormais aussi vénérable que la prison de Tyburn ou que le mont Golgotha, une famille entière avait été mystérieusement et muettement envoyée dans l'autre monde par un artiste dont les exploits ont été préservés pour l'éternité par la plume de Thomas De Quincey. John Williams s'était jeté sur la maisonnée Marr et l'avait exécutée, comme on exécute une pirouette. Quoi de plus agréable, de ce fait, qu'une promenade le long du Highway ?

En toute honnêteté, c'était un logis bien modeste pour un massacre aussi glorieux : une devanture, une boutique, une pièce à l'étage : rien de plus. L'homme Marr, dont le sang avait coulé au service de la grandeur, était bonnetier. Un fripier, depuis, l'avait remplacé : ainsi, comme le déplore la Bible, se trouvent les temples profanés. Je pénétrai sans tarder dans l'enceinte sacrée et m'enquis de la santé de son commerce. « Ça ne va pas très fort, répondit l'homme, pas très fort. » J'examinai le lieu précis, juste derrière le comptoir, où Williams avait fracassé le crâne de l'un des bambins.

« Le quartier n'est-il pas propice au commerce, pourtant ?

— C'est ce qu'on affirme, sir. Mais, sur le Highway, les temps sont toujours durs. »

Il m'observa car je m'étais penché pour toucher du doigt le plancher.

« Un gentleman comme vous n'a nul besoin de venir faire ses emplettes ici, sir. Ai-je tort ?

— C'est que mon épouse a une femme de chambre qui, elle, n'a nul besoin de fanfreluches du dernier cri. Auriez-vous une robe de la saison passée ?

— Nous avons beaucoup de robes et de vêtements, sir. Tâtez donc l'étoffe de ceux-ci. »

Il effleura de la main une rangée de tenues qui sentaient le renfermé. Je m'approchai pour en humer le fumet. Quelles chairs malsaines avaient été engoncées dans ces tissus ? Dans cette pièce – peut-être sur les lattes mêmes que je foulais, l'artiste assoiffé de sang avait traqué la maîtresse de maison.

« Avez-vous une femme et une fille ? »

Le fripier m'observa un instant avant d'éclater de rire. « Oh, je comprends ce que vous voulez dire, sir. Non, elles ne portent jamais ces articles. Nous ne sommes pas à ce point démunis. »

John Williams avait grimpé l'escalier et l'avait assommée au moment où elle se penchait sur la grille de l'âtre. « Vous ne vous étonnerez donc point s'ils ne conviennent ni à moi ni à notre domestique. Mes respects. J'ai à faire ailleurs. » Ressortant sur le Highway, je ne pus m'empêcher de lever les yeux vers l'étage. De quelles splendeurs ces murs n'avaient-ils pas été témoins ? Et si ces merveilles devaient se répéter ? Ce serait là prodige inédit dans notre capitale.

J'avais, cependant, d'autres chats à fouetter – une petite chatte, à vrai dire, qu'il me fallait attraper et rôtir. La nuit tombait et les allumeurs de réverbères s'affairaient lorsque je parvins à Limehouse. Il était temps de montrer mes talents. Je n'étais, toutefois, qu'un novice, un débutant, une doublure qui ne pouvait entrer sur la grande scène de la vie sans répétition préalable. Je devais donc me perfectionner à une heure secrète, à l'abri du tumulte de la cité. Si seulement j'avais pu dénicher quelque bosquet retiré et, tel un berger d'Arcadie, verser le sang londonien sous de vertes ramées ! Mais cela ne pouvait être. J'étais cantonné dans mon pauvre petit théâtre au décor clinquant, misérable, éclairé par des becs de gaz : c'est là que je devais me produire. Et encore, pour commencer, ne devais-je pas m'aventurer hors des coulisses…

Une jolie petite fauvette flânait devant la sortie du Laburnum. La fille ne pouvait guère avoir plus de dix-huit ou dix-neuf ans mais, à l'aune du trottoir, elle était vieille comme le monde. Elle en connaissait l'évangile, elle l'avait appris par cœur. Et quel cœur ne se révélerait-il pas être, s'il était extrait avec amour et minutie ! Je lui emboîtai le pas lorsqu'elle se dirigea vers la pension pour marins à l'angle de Globe Lane. (Vous apprécierez à sa juste valeur ma connaissance des rues de ce quartier. J'avais acheté le *Nouveau Plan de Londres* de Murray et avais prévu toutes mes entrées et sorties.) La fille s'était arrêtée, et voilà qu'un instant plus tard un ouvrier, tout couvert encore de poussière de brique, l'accosta et lui souffla un mot à l'oreille. Elle acquiesça et tout alla très vite par la suite. Elle l'entraîna vers une ruine dans Globe Lane. Elle avait de la poussière de brique sur ses vêtements quand ils en ressortirent.

J'attendis qu'il la quittât, puis je l'accostai à mon tour : « Alors, ma poulette, je ne sais où tu as pu te rouler pour te salir comme ça ! »

Elle rit. Je sentis le gin sur son haleine. Déjà, pour ainsi dire, ses organes reposaient dans le formol des bocaux du médecin légiste.

« Je vais où qu'on m'pousse. T'as des picaillons ?

— Regarde ça. (Je lui montrai une pièce bien luisante.) Mais regarde-moi aussi : ne suis-je pas un gentleman ? Puis-je m'allonger dans la rue ? Il me faut un bon lit, sous un toit. »

Elle rit encore.

« Eh bien, môssieur, il vous faut loger à la Bonne Omoplate.

— Ah bon ? Et où se trouve cette "omoplate" ?

— Là où le gin coule à flots. Et il faudra beaucoup m'imbiber, sir, si vous voulez que je vous arrose de plaisir. »

L'Omoplate, un estaminet de Wick Street, était le genre de tripot de la pire espèce, où se réunissait toute la vermine de Londres. N'eussé-je été qu'un simple mortel, j'en eusse goûté l'infection, j'eusse gesticulé et me fusse joint au tintamarre, mais, en tant qu'artiste, je fus horrifié. Je ne pouvais me permettre d'être vu tout juste avant d'accomplir mon premier coup d'éclat. La fille perçut mon hésitation et un vague sourire passa sur ses lèvres. « Je vois bien que vous êtes un monsieur, pas la peine de m'accompagner. Je suis née ici. Je connais la chanson. » Elle prit les quelques « picaillons » que je lui présentai et ressortit un instant plus tard chargée d'un pot de chambre plein de gin à ras bord. « Vous faites pas de bile, il est propre, m'assura-t-elle. On s'en sert jamais pour… y a les caniveaux pour ça, pas vrai ? » Elle m'emmena dans une cour voisine pas plus grande qu'un mouchoir de poche. Titubant en gravissant l'escalier vermoulu, elle renversa un peu de gin. Dans l'une des pièces devant lesquelles elle nous fit passer, quelqu'un chantait une chanson à boire de la vieille école des cabarets. J'en connaissais les paroles comme si je les avais écrites :

> Quand y eut plus personne à l'auberge,
> J'ai pu prendre ma tant douce vierge.
> Ce d'vait êt' le p'tit plat qu'elle m'avait mijoté :
> Ah çà ! Comme j'te l'ai carottée !

Puis tout fit silence tandis que nous grimpions jusqu'au dernier étage. Nous entrâmes dans une pièce qui avait plutôt l'aspect d'une hutte. Il y avait un grabat à même le sol et, sur les murs, elle avait épinglé les portraits de Walter Butt, de George Byron et d'autres idoles de la scène. Un drap déchiré servait de rideau au fenestron. L'air empestait l'évent. Ainsi ce devrait être là ma loge (ou devrais-je dire ma bauge ?). C'est là que j'allais faire mon entrée sur la scène du monde, tirer le rideau écarlate. La fille avait déjà plongé une tasse maculée dans le pot de gin et en avait bu le contenu d'un trait. Je m'inquiétai un instant qu'elle ne pût goûter tout le plaisir de notre rencontre, mais je savais fort bien qu'elle désirait en finir avec ce monde. De quel droit aurais-je pu l'en dissuader ? Je ne bougeai donc pas lorsqu'elle se servit une deuxième ration. Quand elle se coucha sur le grabat, je me penchai sur elle et, voyant sa robe souillée, l'époussetai. Quoique assommée par l'alcool, elle parvint néanmoins à m'agripper le bras. « Qu'avez-vous l'intention de faire de moi, sir ? » La voir ainsi abandonnée sur sa couche, hébétée, me fit la soupçonner d'y voir clair dans mon jeu et de s'offrir volontiers à ma lame. On sait que de pauvres hères apprenant qu'une épidémie de choléra sévissait en un lieu s'y sont précipités dans l'espoir de l'attraper. Agissait-elle de la sorte avec moi ? Il eût été criminel de la faire attendre, ne trouvez-vous pas ?

Ne voulant point d'une goutte de sang sur mes vêtements, j'ôtai mon ulster, ma veste, mon gilet, mon pantalon ; pendue à sa porte, j'avisai une houppelande aux teintes passées et bordée d'une maigre fourrure : je m'en enveloppai avant de sortir mon couteau. Ce dernier est un bel objet : il a un manche en ivoire sculpté ; je l'ai acheté chez Gibbon, sur le Haymarket ; il m'a coûté quinze shillings et je déplorai que, une fois que la lame aurait pénétré la fille, son lustre serait terni à jamais. Je me rappelle qu'à l'école je regrettais ardemment la première ligne d'écriture qui, de son encre, souillait la pureté des cahiers neufs – voilà que j'allais à nouveau inscrire mon nom, mais avec un tout autre stylet. Elle ne commença à trépigner que lorsque j'eus extrait un morceau d'intestin et que je me fus mis à souffler délicatement dessus ; à y réfléchir, il me semble qu'un gémissement, un soupir s'échappa d'elle, peut-être (me dis-je en revoyant la scène) à l'instant où son âme quitta cette terre. Elle avait ouvert les yeux : je fus donc forcé de les extraire également, de crainte qu'ils ne gardent mon image imprimée sur leur pupille. Je plongeai ensuite les mains dans le pot de chambre et les lavai de son sang avec son gin. Je ne pus enfin, par pur plaisir, m'empêcher de chier dedans. Et voilà, c'était fini. Elle avait été évacuée de ce monde, et j'avais évacué mon trop-plein. Tous deux nous étions, en cet instant, des outres vides, dans l'attente que Dieu nous emplît de sa présence.

7 septembre 1880. Me permettra-t-on de citer Thomas De Quincey ? C'est dans son essai *De l'assassinat considéré comme un des beaux-arts* que j'appris l'histoire du massacre de Ratcliffe Highway. Depuis lors, cette œuvre est pour moi une source de bonheur toujours renouvelé, toujours inattendu. Qui pourrait manquer d'être ému par sa description de l'assassin, John Williams, qui, perpétrant son action par « pure volupté, mû par aucune sorte d'intérêt », créa une tragédie sanglante digne des dramaturges élisabéthains, de Tourneur ou de Middleton ? Le bourreau de la famille Marr était « un artiste solitaire, qui vivait au cœur de Londres, puisant sa force dans la conscience de sa propre grandeur », un artiste qui se servait de la ville comme d'un « atelier » où exposer son ouvrage. Quelle touche sublime, également, de la part de Thomas De Quincey, de nous suggérer que Williams avait teint sa tignasse couleur de feu (« un jaune ardent entre l'orange et la couleur citron ») afin de créer un contraste saisissant avec « la pâleur maladive et fantomatique de son visage » ! Je me trémoussai de plaisir lorsque je lus la première fois le passage sur le soin qu'il mettait au choix de sa tenue avant chaque meurtre, tout comme s'il allait monter sur scène : « De sortie pour un important massacre, il mettait toujours des bas de soie noirs et des escarpins de bal. Il n'aurait jamais compromis son statut d'artiste en revêtant une simple tenue de ville : lors de sa deuxième grande représentation, l'homme qui, tout tremblant et soumis aux affres d'une terreur incommensurable, fut contraint [...], depuis un poste d'observation secret, de rester l'unique témoin de ces atrocités remarqua tout particulièrement – et rapporta par la suite – le fait que Mr. Williams portait une longue robe bleue, du drap le plus fin et richement doublée de soie. » Mais suffit : je ne peux que recommander chaudement ce livre. (N'est-ce point la formule adéquate ?)

8 septembre 1880. Pluie toute la journée. Ai lu quelques pages de Tennyson à ma chère épouse, Elizabeth, avant le coucher.

8

Elizabeth Cree : Je pensais que mon époux avait la fièvre gastrique. C'est pour cela que je lui ai recommandé d'appeler le docteur.

Mr. Greatorex : Sa santé était-elle bonne, en règle générale ?

Elizabeth Cree : Il a toujours souffert de l'estomac ; nous pensions qu'il avait des gaz.

Mr. Greatorex : Lui a-t-on procuré des soins médicaux ce soir-là ?

Elizabeth Cree : Non, il a décliné mon offre.

Mr. Greatorex : Il l'a déclinée ? Pourquoi ?

Elizabeth Cree : Il m'a répondu que ce n'était pas nécessaire. Il a simplement désiré un jus de citron.

Mr. Greatorex : Étrange requête, ne trouvez-vous pas, pour un homme qui souffrait tant ?

Elizabeth Cree : Je pense qu'il désirait se rafraîchir le front et les tempes.

Mr. Greatorex : Pouvez-vous dire à la cour ce qui est arrivé ensuite ?

Elizabeth Cree : J'étais descendue préparer son jus de citron lorsque j'ai entendu un bruit dans sa chambre. Je suis tout de suite remontée auprès de lui et j'ai vu qu'il était tombé de son lit. Il était étendu sur le tapis turc.

Mr. Greatorex : Vous a-t-il parlé alors ?

Elizabeth Cree : Non, sir. Je voyais bien qu'il avait de la difficulté à respirer et qu'il écumait légèrement.

Mr. Greatorex : Qu'avez-vous fait à ce moment-là ?

Elizabeth Cree : J'ai appelé notre domestique, Aveline, pour qu'elle veille sur lui pendant que j'allais chercher le médecin.

Mr. Greatorex : Vous avez donc quitté la maison ?

Elizabeth Cree : C'est ça.

Mr. Greatorex : N'avez-vous pas dit à une voisine que vous avez croisée dans la rue : « John s'est ôté la vie » ?

Elizabeth Cree : J'étais tellement sens dessus dessous, sir, que j'ignore ce que j'ai pu dire ou ne pas dire. J'avais même oublié de mettre mon chapeau.

Mr. Greatorex : Poursuivez.

Elizabeth Cree : Je suis revenue avec notre médecin aussi vite que j'ai pu et, ensemble, nous sommes montés dans la chambre de mon époux. Aveline était penchée au-dessus de lui, mais j'ai tout de suite vu qu'il était passé de vie à trépas. Le docteur s'est avancé pour sentir ses lèvres et a dit que nous devions prévenir la police, le coroner, je ne sais plus…

Mr. Greatorex : Et pourquoi cela ?

Elizabeth Cree : Il a pensé, à l'odeur, que mon mari avait dû avaler de l'acide cyanhydrique ou un autre poison de ce genre, et qu'on allait devoir procéder à un examen post-mortem. Naturellement, j'ai été ébranlée par cette nouvelle et l'on me dit que je me suis alors évanouie.

Mr. Greatorex : Mais pourquoi vous étiez-vous mise à crier dans la rue un instant plus tôt et pourquoi avez-vous déclaré à votre voisine que votre mari s'était donné la mort ? Comment pouvez-vous être parvenue à cette conclusion si, ainsi que vous le croyiez encore alors, il ne souffrait que d'ennuis gastriques ?

Elizabeth Cree : Ainsi que je l'ai déjà expliqué à l'inspecteur Curry, sir, il avait menacé de s'ôter la vie. Il était d'humeur morbide et, dans mon effarement, j'ai dû me rappeler ses menaces. Je sais, par exemple, qu'il avait sur son chevet un livre de Mr. De Quincey traitant du laudanum.

Mr. Greatorex : Je crains que Mr. De Quincey n'ait rien à voir dans cette affaire.

9

Dans la Salle de lecture du British Museum, un jeune homme, feuilletant la *Pall Mall Review* du mois, nota que sa main tremblait légèrement. Il la remonta donc jusqu'à sa fine moustache, sentit l'odeur de transpiration qui imprégnait ses doigts, puis se carra dans son siège pour reprendre sa lecture ; il désirait savourer et enregistrer dans sa mémoire ce moment précis, la première occasion qu'il lui était donnée de lire sa propre prose entre les réconfortantes couvertures d'une revue intellectuelle de la capitale. Il avait l'impression que quelque autre et plus glorieuse personne s'adressait à lui par le biais de cette publication : mais non, il s'agissait bien de son propre essai, *Romantisme et Crime*. Après avoir survolé les remarques préliminaires sur le style outrageusement mélodramatique de la presse populaire qu'il avait écrites à la demande du rédacteur en chef, il relut sa démonstration avec grand plaisir :

« Je pourrais chercher une analogie significative dans l'essai de Thomas De Quincey, *De l'assassinat considéré comme un des beaux-arts*, loué à juste titre pour son post-scriptum sur l'extraordinaire sujet du massacre de Ratcliffe Highway, en 1812, lors duquel un bonnetier et toute sa famille furent assassinés dans son échoppe. La publication de cet essai dans le *Blackwood's Magazine* suscita des critiques acerbes de la part de membres du public averti qui jugeaient que l'auteur avait traité sur le mode du sensationnel et, de ce fait, banalisé une série de meurtres particulièrement brutaux. Il est vrai que De Quincey, à l'instar de certains autres essayistes du début de ce siècle (Charles Lamb et Washington Irving viennent immanquablement à l'esprit), introduisit, à l'occasion, de la légèreté, voire de la fantaisie à l'intérieur de ses développements les plus graves. Certains paragraphes de l'essai qui nous concerne célèbrent et magnifient la brève carrière de l'assassin John Williams tout en montrant fort peu de compassion à l'endroit de ses infortunées victimes. Néanmoins, il serait injuste de déduire de ce seul fait que la simple tendance à traiter sur le mode du sensationnel cet événement sanglant ait contribué de façon sensible à le banaliser et à en diminuer l'horreur. L'on pourrait soutenir l'opinion inverse : le massacre des Marr, en 1812, aurait atteint une sorte d'apothéose grâce à la prose de Thomas De Quincey qui, à l'aide d'images flamboyantes et d'un rythme allant toujours *crescendo*, est parvenu à les figer dans le temps. Les lecteurs du *Blackwood's Magazine* auront reconnu les préoccupations et les convictions majeures de Thomas De Quincey sous le glacis de la prose fleurie de l'auteur, préoccupations et convictions qui vont manifestement à l'encontre de tout désir de gommer le triste sort des victimes de Ratcliffe Highway. » Le jeune homme s'interrompit un instant pour passer un index entre son cou et le col empesé de sa chemise ; il était gêné par un je-ne-sais-quoi, une légère irritation qui, cependant, s'adoucit au fil de la lecture.

« Il est connu qu'on perçoit différemment meurtres et meurtriers suivant les époques. Il existe des modes dans le crime comme dans toutes les autres formes d'expression ; ainsi, en notre ère toute vouée à la vie privée et à l'insularité domestique, le poison est le moyen préféré pour envoyer quelqu'un dans l'éternité, alors qu'au XVIe siècle le poignard était considéré comme la forme du meurtre la plus virile et la plus démonstrative. Toutefois (comme l'ont montré les récentes recherches de Hookham), il existe différentes formes d'expression culturelle et l'on peut, avec plus de raison, étudier cet essai de Thomas De Quincey sous un éclairage tout autre. Il est peut-être utile de rappeler que notre écrivain a été associé à la génération de poètes anglais communément regroupés sous l'appellation de "Romantiques" : il eut pour amis intimes Wordsworth et Coleridge. Le terme semble peu approprié à un homme obsédé par le meurtre et la violence, et pourtant un réseau d'associations des plus curieuses rapproche le sordide massacre de l'East End et *Le Prélude* de Wordsworth ou *Gelée nocturne* de Coleridge. Par exemple, dans son récit tiré du massacre des Marr, Thomas De Quincey a fait du tueur un glorieux héros romantique. Il présente John Williams comme un proscrit investi d'un pouvoir secret, un paria dont l'exclusion de la civilisation et des conventions sociales accroissait en fait le pouvoir. Dans la réalité, l'homme était un ancien matelot tout à fait ordinaire, réduit à vivre dans une pension minable, qui ne dut d'être capturé qu'à son insondable stupidité ; or, dans les pages de Thomas De Quincey, il est métamorphosé en un vengeur dont la crinière de feu et le teint pâle lui confèrent l'aura d'une divinité primitive. Au cœur du mouvement romantique était la croyance que les fruits de l'expression individuelle étaient les plus vénérables et que c'est à travers eux qu'on accédait aux vérités les plus élevées ; voilà pourquoi Wordsworth réussit à élaborer tout un poème épique à partir de ses observations et croyances personnelles. Dans le récit de Thomas De Quincey, John Williams devient un Wordsworth citadin, un poète à l'inspiration sublime, qui réorganise (oserai-je écrire "exécute" ?) le monde naturel de telle façon qu'il reflète ses propres préoccupations. Comme tous les hommes cultivés du début de ce siècle, des auteurs tels que Coleridge et De Quincey étaient également influencés par la philosophie idéaliste allemande ; par conséquent, ils souscrivaient à la conception du génie comme apanage de l'esprit solitaire et sublime. Pour cette raison, John Williams est transformé en génie dans son domaine propre, et bénéficie, en outre, de son association avec les thèmes de la mort et du silence éternel : il suffit de se rappeler l'exemple de John Keats, qui avait dix-sept ans à l'époque du massacre des Marr, pour comprendre toute la force qu'a pu avoir cette image de l'anéantissement. »

Un répétiteur déposa deux ouvrages sur la table du jeune homme, qui ne le remercia pas, se contentant de vérifier les titres avant de se lisser les cheveux avec la paume de la main. Ensuite, il porta encore ses doigts à ses narines pour les renifler avant de reprendre sa lecture.

« D'autres courants importants animent la surface de la prose de Thomas De Quincey. Quoique intéressé en premier chef, bien entendu, par le personnage fatal de John Williams, l'auteur prend soin de replacer sa créature (car c'est exactement ce que devient le meurtrier) dans le décor d'une cité immense et tentaculaire ; rares sont les auteurs qui possèdent un sens à ce point aigu et horrifié de la topologie ; dans le cadre relativement restreint de cet essai, il parvient à suggérer un Londres sinistre et crépusculaire, repaire de puissances mystérieuses, une ville de bruits de pas et de flammes de becs de gaz qui s'affolent, de masures collées les unes aux autres, de venelles pitoyables et de fausses portes. Si Londres n'est, par moments, qu'une toile de fond, il est, à d'autres, mêlé aux meurtres mêmes ; il s'en faut d'un rien que John devienne l'ange vengeur de la métropole. Il n'est pas difficile de comprendre la force de l'obsession de Thomas De Quincey. Dans son ouvrage le plus connu, *Confessions d'un Anglais mangeur d'opium*, il raconte une période de sa vie (avant qu'il ne commence à prendre du laudanum) durant laquelle il vécut en vagabond dans les rues de Londres. Il n'avait que dix-sept ans et s'était enfui de son pensionnat au pays de Galles. Il gagna la capitale et tomba immédiatement dans les rets de sa vie trépidante. Il ne mangeait pas à sa faim et dormait dans une masure abandonnée près d'Oxford Street, qu'il partageait avec "une pauvre gamine seule au monde, d'environ dix ans" et qui "dormait déjà là, seule, quelque temps avant mon arrivée". Elle s'appelait Ann et vivait dans la crainte perpétuelle et indéracinable des fantômes qui pourraient la persécuter dans cette demeure croulante. L'imagination de Thomas De Quincey n'est principalement hantée, elle, que par la grande artère, Oxford Street. Dans ses

Confessions, c'est une avenue de tristes mystères baignée par "la lueur rêveuse des réverbères" et parcourue par les échos des orgues de Barbarie ; il évoque le portique sous lequel il s'évanouit de faim et l'intersection où Ann et lui se rencontraient pour se consoler mutuellement dans les "formidables labyrinthes de Londres". Telle est la raison pour laquelle la ville et l'expérience douloureuse qu'il connut en son sein devinrent (pour emprunter une expression au grand poète moderne Charles Baudelaire) "le paysage de son imagination". C'est cet univers intérieur qu'il intègre à son essai *De l'assassinat considéré comme un des beaux-arts*, un univers marqué avant tout par la souffrance, la pauvreté et la solitude. Il se trouve que c'est également sur Oxford Street qu'il acheta du laudanum pour la première fois. On pourrait donc affirmer que l'antique voie le guida vers ses cauchemars et vers les hallucinations qui, chez lui, transformèrent Londres en une vision inspirée, sœur des prisons de Piranèse, en un dédale de pierre, en une jungle de murs et de portes aveugles. En tout cas, telles sont les visions qu'il décrivit de nombreuses années plus tard dans son appartement de York Street, tout près de Covent Garden.

« Il existe une autre correspondance curieuse et fortuite entre l'idée de meurtre et le mouvement romantique. Les *Confessions* de Thomas De Quincey parurent d'abord sans nom d'auteur, et l'un de ceux qui en revendiquèrent la paternité était un certain Thomas Griffiths Wainewright. Critique, journaliste d'un grand raffinement, il fut l'un des rares hommes de son temps, par exemple, à reconnaître le génie de l'obscur William Blake. Il loua même le dernier poème épique de Blake,

Jérusalem, lorsque tous ses contemporains y voyaient le produit d'un esprit dérangé, qui avait situé Jérusalem… où cela ? À Oxford Street ! Wainewright était également un fervent admirateur de Wordsworth et des autres poètes de la région des Lacs, mais il possède un autre titre de gloire que Charles Dickens a signalé dans *Traqué* et Bulwer-Lytton dans *Lucrèce.* Wainewright était un assassin consommé, un empoisonneur qui supprima sa propre famille avant de s'essayer à des membres du public. Il lisait des poèmes de jour et versait des poisons la nuit. »

George Gissing reposa la revue ; il n'avait pas encore terminé de lire son article, mais il avait déjà noté des erreurs de syntaxe et quelques maladresses de style qui le chagrinèrent plus qu'il n'avait escompté. Comment son premier essai pouvait-il se présenter aussi boiteux aux yeux du monde ? Sa disposition mélancolique reprit le dessus et, son premier mouvement d'enthousiasme épuisé, il referma la *Pall Mall Review* avec un soupir.

10

Mr. Greatorex : Pouvez-vous expliquer pourquoi votre époux aurait tenté de se suicider deux jours après que vous eûtes acheté le cyanure chez l'apothicaire de Great Titchfield Street ?

Elizabeth Cree : Je lui avais dit ce soir-là, à mon retour à la maison, que j'avais acheté un produit contre les rats.

Mr. Greatorex : Venons-en, en effet, à ces rats. Votre domestique, Aveline Mortimer, a déjà attesté qu'il n'y avait pas de rats chez vous. Votre pavillon est de construction récente, n'est-ce pas ?

Elizabeth Cree : Aveline ne descendait presque jamais à la cave, sir. Comme elle est de disposition nerveuse, je ne l'avais pas prévenue de ma découverte. Quant au pavillon…

Mr. Greatorex : Oui ?

Elizabeth Cree :… il peut y avoir des rats même dans une maison neuve.

Mr. Greatorex : Pouvez-vous me dire où vous aviez rangé la fiole de cyanure ?

Elizabeth Cree : Dans le débarras, avec les fers à repasser.

Mr. Greatorex : Avez-vous dit à Mr. Cree où elle se trouvait ?

Elizabeth Cree : Je crois bien. Nous avons parlé de choses et d'autres ce soir-là au dîner.

Mr. Greatorex : Nous reviendrons plus tard à cette conversation. J'aimerais vous rappeler l'une de vos remarques quant à votre époux. Vous avez dit qu'il était de naturel morbide. Pouvez-vous me préciser ce que vous entendez par là ?

Elizabeth Cree : Eh bien, sir, il parlait de certaines choses…

Mr. Greatorex : Telles que ?

Elizabeth Cree : Il se croyait voué à la damnation. Il pensait que les démons le surveillaient à tout moment. Il croyait qu'ils détruiraient son esprit, avant de détruire son corps, et qu'il finirait en Enfer. C'est qu'il était catholique… et telle était donc sa crainte.

Mr. Greatorex : Ai-je tort de penser qu'il avait des revenus substantiels ?

Elizabeth Cree : Non, sir. Son père avait investi dans le Chemin de fer.

Mr. Greatorex : Je vois. Et pouvez-vous me dire comment un homme assailli par de telles anxiétés parvenait à passer ses journées ?

Elizabeth Cree : Il se rendait tous les matins à la Salle de lecture du British Museum.

II

Le début de l'automne 1880, quelques semaines avant
que les meurtres du Golem de l'East End ne mettent
l'opinion en émoi, fut exceptionnellement froid et plu-
vieux. Les fameuses purées de pois de l'époque, si pertinemment immortalisées par Robert Louis Stevenson
et par Arthur Conan Doyle, étaient aussi obscures que
leur réputation littéraire le suggère ; mais c'est l'odeur
et le goût du fog qui affectaient le plus les Londoniens.
Leurs poumons paraissaient s'emplir de l'« épuration »
de la poussière de charbon, tandis que, sur leurs langues
et sur les parois de leurs narines, se déposait en croûtes
une substance qu'on appelait familièrement la « pituite
du mineur ». Voici peut-être la raison pour laquelle la
Salle de lecture du British Museum était plus pleine
que de coutume, en ce rude matin de septembre où
John Cree arriva avec son sac-jumelle à la main et son
ulster plié sur le bras. Il avait ôté son manteau sous le
portique, ainsi qu'il en avait l'habitude, mais, avant de
plonger dans la chaleur du musée, il avait jeté dans la
direction du brouillard un regard d'une surprenante
mélancolie. Des fumerolles s'étaient accrochées à sa
silhouette, et pendant un instant, en pénétrant dans le

grand vestibule, il ressembla à quelque démon de pantomime faisant son entrée sur scène. C'était là, toutefois,
son unique point commun avec une telle apparition.
Car, de taille, il était « entre le zist et le zest », comme
on disait parfois à l'époque (c'est-à-dire qu'il était de
taille moyenne), et ses cheveux bruns étaient fort bien
peignés. À quarante ans, il était robuste, avec, peut-être,
un léger embonpoint, et son visage rond et lisse faisait
d'autant mieux ressortir l'extraordinaire clarté de ses
yeux bleus : au premier abord, on aurait pu le croire
aveugle tant ils étaient clairs mais, à la réflexion, on
avait l'impression que son regard vous transperçait.

La C4, sa place habituelle dans la Salle de lecture
(déjà fort animée ce matin-là), était occupée par un
pâle jeune homme qui, plongé dans la lecture de la
Pall Mall Review, tapotait nerveusement le cuir vert de
la table. Il restait, toutefois, un siège libre à côté, sur
lequel John Cree posa délicatement son sac-jumelle.
Son autre voisin était un homme d'un certain âge, à
la barbe inhabituellement fleurie pour l'époque. John
Cree n'eût guère été impressionné d'apprendre qu'il
était assis entre le romancier George Gissing et le philosophe Karl Marx : il ne connaissait ni l'un ni l'autre,
ni de nom ni même de réputation, et éprouva seulement
de l'agacement à être ainsi « pris en sandwich », ainsi
qu'il l'exprima en son for intérieur. Pourtant, Marx et
Gissing allaient bientôt jouer un rôle dans sa vie.

Quels livres John Cree avait-il choisi de lire en ce matin d'automne brumeux ? Il avait réservé un exemplaire
de l'*Histoire des miséreux de Londres*, par Plumstaed, et
Quelques soupirs de l'Enfer, par Molton : deux ouvrages
qui, traitant de la vie des indigents et des vagabonds

dans la capitale, l'intéressaient particulièrement ; la pauvreté le fascinait, ainsi que ses corollaires, le crime et la maladie. Sans doute était-ce un sujet peu banal pour un homme de son milieu : son père était un bonnetier prospère de Lancaster mais, au grand dam de sa famille, John Cree, n'ayant guère montré de dispositions dans cette branche, était venu à Londres afin d'échapper à l'emprise paternelle et d'épouser une carrière littéraire, comme journaliste à l'*Era* et comme auteur dramatique. Il n'avait pas encore réussi de ce côté-là non plus, mais il était persuadé d'avoir enfin trouvé dans l'étude des miséreux le sujet qui lui convenait. Il se rappelait souvent la formule de l'éditeur Philip Carew : « Le *magnum opus* sur Londres reste à faire. » Pourquoi ne pas donner libre cours à son désespoir au milieu de l'infortune générale ?

À sa droite, Karl Marx partageait son attention entre le *In Memoriam* de Tennyson et *La Maison d'Âpre-Vent*, de Charles Dickens. Choix surprenant, pensera-t-on, pour un philosophe allemand, mais à la fin de sa vie il était revenu à ses premières amours, la poésie. Quoique avide lecteur de prose, et des romans d'Eugène Sue plus spécialement, il s'était, dans sa jeunesse, surtout exprimé par le biais de poèmes épiques. Maintenant, il projetait à nouveau d'écrire un poème d'envergure, dont l'action se situerait dans l'East End et qu'il intitulerait *Les Enfers cachés de Londres*. C'est pourquoi il avait passé de longues heures dans les parages de Limehouse, souvent en compagnie de son ami Solomon Weil.

À la gauche de John Cree, George Gissing avait reposé la *Pall Mall Review* et commencé à feuilleter plusieurs livres et opuscules sur les machines mathématiques.

Grand admirateur de Charles Babbage, le rédacteur de la *Pall Mall Review* avait commandé à Gissing un essai sur la vie et l'œuvre de l'inventeur décédé neuf ans plus tôt. Nul doute que l'aspect technique de la chose dépassait les compétences du jeune homme, mais John Morley avait aimé son « Romantisme et Crime » et il ne doutait pas qu'il serait capable d'agrémenter les pages de la revue de quelque autre brillante composition. Morley payait bien : cinq guinées les cinq mille mots. Avec cela, Gissing pouvait vivre une semaine au moins. C'est pourquoi il s'était plongé à corps perdu dans les machines à calcul, les calculs différentiels et toutes les théories modernes de calcul.

Il lisait à cet instant même l'essai de Babbage sur l'intelligence artificielle, alors que John Cree parcourait une étude sur Robert Withers. Withers, un cordonnier de Hoxton, avait été poussé par la misère à anéantir toute sa famille avec les maillets et les ciseaux de son maigre commerce. Cree était perturbé par les détails concernant la malnutrition et la dégradation physique, mais il ne s'avouait certainement pas qu'en lisant cette description de la misère il se sentait plus vivant que jamais. Karl Marx, de son côté, prenait des notes. Il lisait le dernier chapitre de *La Maison d'Âpre-Vent*, qui paraissait cette semaine-là, et avait atteint le moment où Richard Carstone, sur son lit de mort, s'enquiert : « Ce n'était donc qu'un mauvais rêve ? » Marx dut trouver cela digne d'intérêt puisqu'il inscrivit sur son papier réglé : « Ce n'était donc qu'un mauvais rêve. » Au même moment, Gissing écrivait, lui, dans son calepin : « La quête de l'intelligence mécanique devrait ouvrir de nouvelles perspectives même à l'esprit le plus orthodoxe :

pensez à tous les calculs qu'elle autoriserait dans le domaine de l'enquête statistique, d'où nous induirions de nombreuses et subtiles analyses. » Karl Marx avait sauté plusieurs pages de *La Maison d'Âpre-Vent* (à son âge, les œuvres de fiction l'ennuyaient vite) et était tombé sur le passage : « … la pauvre miss Flite, tout affolée, vint me trouver en pleurs et me dit qu'elle avait remis ses oiseaux en liberté. »

C'est ainsi que les trois hommes assis côte à côte en ce jour d'automne demeurèrent aussi indifférents les uns aux autres que s'ils eussent été enfermés chacun dans une chambre hermétiquement close, perdus dans leurs livres, tandis que le brouhaha de la Salle de lecture s'élevait jusqu'à la vaste coupole, écho feutré des voix étouffées par le fog, dehors, dans les rues de Londres.

12

Mr. Greatorex : Vous avez dit que votre époux était de naturel morbide. Il avait, toutefois, des habitudes régulières, n'est-ce pas ?

Elizabeth Cree : Oui, sir. Il rentrait toujours de la Salle de lecture à six heures, bien avant le dîner.

Mr. Greatorex : Et vous n'avez observé chez lui aucun changement dans ses habitudes durant les mois précédant sa mort ?

Elizabeth Cree : Non. Après son retour de la Salle de lecture, il allait toujours dans son bureau et rangeait ses papiers. Je l'appelais à sept heures et demie.

Mr. Greatorex : Qui préparait le repas ?

Elizabeth Cree : Aveline. Aveline Mortimer.

Mr. Greatorex : Et qui le servait ?

Elizabeth Cree : La même. C'est une excellente domestique, et elle s'occupait bien de nous.

Mr. Greatorex : N'est-il pas surprenant de n'avoir qu'une domestique dans un foyer comme le vôtre ?

Elizabeth Cree : C'était pour faire plaisir à Aveline, vu son tempérament jaloux.

Mr. Greatorex : Voyons, dites-nous maintenant quelles étaient vos habitudes après dîner ?

Elizabeth Cree : Mon époux buvait une bouteille entière de porto tous les soirs depuis un certain nombre d'années, sans que cela eût d'effets néfastes sur sa santé. Il disait que cela le calmait. Souvent, je jouais du piano ou je chantais pour lui. Il aimait les vieilles ritournelles des cafés chantants, parfois même il m'accompagnait pour la partie vocale. Il avait une belle voix de ténor, sir, ainsi qu'Aveline pourra le certifier.

Mr. Greatorex : Vous avez vous-même travaillé dans les cafés-concerts, n'est-ce pas ?

Elizabeth Cree : Je… c'est exact, sir. J'étais déjà orpheline quand je suis montée sur les planches pour la première fois.

13

Ma mère sombra finalement dans les flammes de l'Enfer, emportée par sa fièvre. Je sortis de notre logis et courus acheter une bouteille de gin ; j'en versai tout le contenu, d'abord sur ses lèvres, puis sur tout son visage, afin de dissiper la mauvaise odeur. Le jeune docteur me gronda mais, comme je le lui dis, un cadavre est un cadavre, quoi qu'on lui fasse. Elle fut mise en terre dans le carré des pauvres près de Saint-George's-Circus ; l'un des pêcheurs me donna une voile pour l'envelopper et les passeurs lui firent un cercueil avec les planches de vieilles coques. Ils ignoraient, les malheureux, vers où cette nouvelle embarcation voguerait. Je les aurais bien aidés mais, pour eux, j'étais toujours « la petite Lisbeth », « Lisbeth du Marais-de-Lambeth ». Je leur souris donc en pensant aux noms dont ma mère me traitait quand elle avouait à son Dieu que j'étais l'un de ses péchés. J'étais le signe de Satan, la chienne de l'Enfer, sa malédiction.

Ils collectèrent dix shillings pour moi après l'enterrement lorsque nous nous réunîmes à la taverne d'Hercule, et j'y allai de ma larme. Ça me vient facilement. Je les quittai aussi vite que possible et rapportai l'argent à Peter Street, où je le cachai sous une latte du plancher, après avoir pris trois shillings que je plaçai sur la table. Oh, quelles cabrioles je ne fis pas alors, lançant de-ci de-là les pages de bible que je décollai des murs ; et, quand je ne pus plus danser, je jouai la scène que j'avais vue au Coq-Vaincu. J'étais Dan Leno se moquant de sa méchante fille ; ensuite, je saisis l'oreiller souillé de ma mère, le berçai, l'embrassai, avant de le jeter à terre : si je ne me pressais pas, j'arriverais en retard au spectacle ; je m'emparai donc du vieux manteau de la vieille pendu à son crochet contre la porte : je savais qu'il m'irait, je l'avais déjà essayé quand elle gisait sur son lit de mort.

Le théâtre de la rue du Coq-Vaincu était tellement illuminé qu'il me fit l'impression d'une hallucination ; toutes les lampes à gaz dardaient leurs flammes autour de moi. Dans ce flamboiement, le manteau de ma mère paraissait si fané que je l'aurais volontiers échangé contre l'une des tenues exotiques que portaient les acteurs. Dehors, des badauds (sans doute des marchandes de fleurs, des bagotiers, des colporteurs et autres gens de cette espèce) s'extasiaient devant une affiche. Un garçon l'expliquait à son père : « ... Jenny Hill..., lisait-il mot à mot lorsque je m'approchai, La Flamme Vitale. Et puis il y a... Tom Farr, dit "Pouss'-toi-d'là-tu-fais-d'l'Ombre-à-l'Oncle"...

— C'est l'gros qui danse avec une corde à sauter. (Le père exprima son immense satisfaction par un hochement de tête.) Et puis 'y a la corde qui qu'devient une corde de pendu. Mais, dis-moi, il est bien marqué, le p'tit en sabots ? »

Le « p'tit » était bien inscrit au programme ce soir-là, présenté en ces termes : « Le Petit Leno, Le Gamin aux Mille Visages et aux Mille Rires ! Changement de Costume et Rires assurés à Chaque Chanson ! » Je n'aurais pas davantage pu me retenir d'entrer dans ce royaume de lumières que m'empêcher de respirer. J'oubliai ma mère et le Marais-de-Lambeth dès qu'ayant acheté mon billet je fus montée au paradis. Là était ma vraie demeure : dans la compagnie des anges.

Les Quakeresses Dansantes passèrent les premières, mais leur numéro de ballet leur valut de recevoir quelques épluchures du parterre. Ensuite, un « lion comique » à la tenue élégante interpréta deux chansons qui l'étaient beaucoup moins, un duo d'humoristes dramatiques, Les Nerveux, eut les honneurs du bis, tout cela avant que Dan Leno ne fasse son apparition. En costume de laitière, tablier et bonnet gansé de bleu, il traversa la scène en gambadant, un pot au lait à chaque main. Il y avait à nouveau, en toile de fond, le délicieux décor du Strand. Cette fois, je reconnus même des enseignes et des devantures, toujours beaucoup plus resplendissantes que dans la réalité. Dans mon ancienne vie, je voyais les choses en noir et dans l'ombre, désormais elles étaient nettes et bien éclairées. Les poussières sur la scène ne se mettaient-elles pas elles-mêmes à scintiller ? La porte verte peinte sur la toile du côté de Villiers Street était si réelle que j'avais envie d'y frapper pour entrer dans je ne sais quel monde enchanté. Or, voilà que Dan Leno, posant ses seaux, entonnait la chanson suivante :

Nos bazars ! Nos bazars !
Nos bazars de 1800 et quelques !

> *On y vend des œufs de jars,*
> *De la marmelade et du lard*
> *Dans nos bazars de 1800 et quelques !*

Il avança, se trémoussa et, minaudant, pointait un pied mignon pour le reculer aussitôt, approchait du parterre avant de battre en retraite, avec un air pitoyable et désenchanté, si admirablement feint qu'on ne pouvait s'empêcher de rire. « Ce matin, une dame est venue qui m'a demandé : "Comment qu'vends-tu ton lait, ma p't'iote ?" Et moi je lui réponds : "Aussi vite que j' puis !" Qui aurait pu croire que cette laitière était un jeune garçon ? "Et comment qu't'y prends-tu avec tes grands pots au lait ?" Moi, je lui réponds : "Eh bien, croyez-moi si qu'vous voulez, mais je m'y prends par la main !" » Suivirent plusieurs autres sketches de ce genre et, tandis que le petit orchestre égrenait quelques notes, il se mit à se balancer sur scène et à chanter : *J'm'en vais chercher du lait pour les marmousets.* Plus tard, il revint en amiral Nelson, puis en squaw. Personne n'a jamais tant ri que l'assistance ce soir-là, quand il mit le feu à sa natte en frottant deux morceaux de bois l'un contre l'autre. « Veuillez m'accorder un instant pour me changer », réclama-t-il à la fin, se joignant à la rigolade, et nous rîmes de plus belle, même si nous savions que cela encore faisait partie de son numéro. « Un instant… » Un instant après, en effet, il réapparaissait avec un vieux chapeau tout cabossé pour chanter un air cockney.

Je n'avais pas mangé une miette depuis la mort de ma mère, mais je me sentais tellement requinquée que j'aurais pu rester au paradis jusqu'à la fin des temps. Même lorsque tout fut fini et que le dernier sou eut été lancé sur la scène, j'eus du mal à me lever. Je crois que je serais encore assise là-haut, les yeux rivés sur le parterre, si la foule ne m'avait poussée et finalement emportée vers la sortie et la rue. Je crus être chassée d'un jardin enchanté ou d'un palais des merveilles, si bien que je ne vis dehors que la crasse sur les murs de brique des masures, la boue des venelles et les ombres projetées par les becs de gaz sur le Strand ; la paille jonchait les pavés de la rue du Coq-Vaincu, un magazine gisait dans une mare d'excréments. Une femme (ou était-ce un enfant ?) pleurait à un étage mais, quand je levai la tête, c'est à peine si je distinguai les silhouettes des cheminées sur la toile de fond du ciel nocturne : l'obscurité était telle que les toitures se fondaient avec le firmament. De toute mon âme, je ne désirais plus qu'une chose : retourner au théâtre.

Au coin de la rue, vers la Tamise, autour d'une lampe à pétrole, des silhouettes étaient agglutinées : voyant que c'était un marchand de saucisses qui s'était installé là, je m'en approchai afin de m'acheter un cervelas, sans compter qu'avec le froid de chien qu'il faisait les braises offraient un certain réconfort. Je devais être là à sauter d'un pied sur l'autre depuis un moment quand un gros rougeaud en costume à carreaux jaune vif s'approcha de l'attroupement. « Harry, dit-il au marchand, ils ont tous envie de saucisses bien chaudes, tu veux bien être un gentil garçon et m'en réchauffer quelques-unes ? » Il ne pouvait y avoir d'erreur : cet homme venait du théâtre. Je restai stupéfaite devant cette apparition tout droit sortie de la lumière. Je crois qu'il vit mon air, car il me fit un clin d'œil. « Tu veux bien être une gentille fille et aider ton oncle à transporter ce paquet de saucisses ? Prends-en bien soin. Comme disait l'accouchée à l'accoucheuse : ça serait dommage de le laisser choir maintenant. » Je le suivis rue du Coq-Vaincu, chargée d'une partie des saucisses – c'est à peine si je sentais leur chaleur, et pourtant elles devaient être brûlantes, et je tremblais de tous mes membres en montant la venelle à l'arrière du théâtre, puis en gravissant l'escalier métallique par lequel on accédait à celui-ci. Il ouvrit une porte recouverte de baïette verte et nous pénétrâmes dans un corridor qui empestait la bière et les boissons fortes. J'écarquillai les yeux et engrangeai tout, jusqu'au tapis pourpre élimé qui rebiquait aux angles et la corde à sauter que l'une des deux Quakeresses Dansantes avait dû laisser traîner là, peut-être celle qui vint ouvrir la porte après nous avoir entendus arriver. « Tiens, je t'apporte de quoi te faire sauter au plafond, lui dit l'homme qui s'était présenté comme mon "oncle". Belle et chaude comme tu les aimes, ma petite Emma, quoique peut-être pas assez longue… »

La fille rentra dans la pièce après m'avoir dévisagée avec une moue dédaigneuse. « Apporte donc ta viande d'âne » : j'avais reconnu la voix de l'élégant « lion comique » qui s'était taillé un franc succès avec *J'ai tout mangé ma p'tite tranche de lard*. Une seconde porte s'ouvrit et nous entrâmes dans une pièce pleine de monde. Il y avait deux grands miroirs appuyés contre les murs, des tabourets et des chaises en bois sur lesquels étaient jetés des costumes pêle-mêle. Il me suffit d'ouvrir les mains pour que toutes les saucisses disparussent en un tournemain. Le comique-dramatique qui avait interprété *C'est tout l'goret ou rien* en prit une, les Quakeresses Dansantes m'en arrachèrent trois (les huées ne semblaient pas leur avoir coupé l'appétit) et les Nerveux deux autres. Il n'en restait qu'une. Je crus qu'elle était pour moi mais j'avisai alors Dan Leno assis seul sur un tabouret dans un coin ; la tête penchée d'un côté, il me lança une œillade si drôle et si vive que j'avançai vers lui sans hésiter et lui adressai la parole, surprise par ma témérité.

« La dernière est pour vous, Mr. Leno.

— Elle lui donne du Môssieur ! s'exclama la Quakeresse Dansante. Elle lèche si bien les bottes qu'on devrait lui filer les nôtres à cirer !

— Voyons, voyons. (Mon nouvel « oncle » lui remontrait.) Quel mal y a-t-il à nous faire une petite faveur ?... comme disait le cannibale au missionnaire. »

Dan Leno n'intervint pas mais il me fixait des yeux en mâchonnant sa saucisse.

« Dis-moi, mon petit, me dit mon "oncle" en venant vers moi, et il me caressa le bras. C'est quoi, ton patronyme ?

— Je ne vous comprends pas.

— Ton nom, mon petit.

— Lisbeth, sir... – je n'avais pas plus tôt parlé qu'à les voir tous je compris que je devais, à leur instar, jouer le personnage qu'ils attendaient que je joue –... Lisbeth du Marais-de-Lambeth. »

La méchante Quakeresse Dansante s'esclaffa encore et me fit la révérence.

« Mais dis-nous, Lisbeth, dans ton Marais-de-Lambeth, tu fais le lis ou le crapaud ?

— Voyons, *ladies and gents*, de la tenue... » – mon « oncle » aurait pu se dispenser de les houspiller cette fois, car, l'instant d'après, ils m'avaient tous complètement oubliée et s'en étaient retournés à leurs conversations et à leurs saucisses. Alors, seulement, Dan Leno vint à moi.

« Les laisse pas t'en remontrer, me souffla-t-il sur le ton de la confidence. C'est leur façon d'être, n'y vois aucune malice. Pas vrai, Tommy ? » Comme mon « oncle » me frôlait encore, Dan Leno dut lui décocher un regard noir avant de me le présenter.

« Permets-moi de te présenter Tommy Farr. Agent, auteur, acteur, acrobate comique et régisseur – l'Oncle (car c'est ainsi que tout le monde l'appelait) s'inclina. C'est lui qui file la braise.

— La chère gamine ne t'entrave pas, Dan. Mon petit, il veut dire : bakchich.

— Sir ?

— La maille. Le pétard. Les picaillons.

— Ce qui me fait penser… nous te devons un petit quelque chose. (Dan tira un shilling de sa poche.) Comme Tommy dirait, "tu nous a pendu une main secourable". »

Quand je pris la pièce, il remarqua mes paluches, si rudes, tellement marquées, tellement énormes… que je suis certaine qu'il dut en concevoir de la pitié pour moi. « Demain soir, nous sommes au Washington, me dit-il d'une voix douce, sans aucun rapport avec son effarante voix de scène. Il se pourrait bien qu'on te trouve un petit quelque chose à faire là-bas. Si qu'vous auriez l'obligeance. »

Comme je reconnus là une de ses répliques favorites, je ris avant de lui demander :

« Où se trouve le Washington, sir ?

— À Battersea. Précisément près de chez toi. Et si tu le veux bien, je préférerais que tu t'en tiennes à Dan. »

Je le quittai peu après pour replonger dans la nuit de la cité. Je n'aurais guère pu m'endormir, tant j'évoluais déjà dans un rêve. Je flânai sous les rangées de réverbères et fredonnai aussi doucement que possible deux vers d'une chansonnette que j'avais entendue au Coq-Vaincu :

Oh mère, ma mère, rentrons sous notre toit,
N'ouïs-tu point l'heure qui, déjà, sonne au beffroi ?

Je ne pouvais me rappeler la suite, mais j'en savais suffisamment pour m'imaginer dansant moi-même sur la scène avec le beau panorama du Strand dans le dos.

14

9 septembre 1880. Mon épouse a chanté pour moi après le dîner. Elle a interprété une rengaine des cafés chantants, et a si bien retrouvé l'ineffable drôlerie de sa technique de scène qu'elle nous a fait remonter le cours du temps, au point que nous fûmes bien près de pleurer.

10 septembre 1880. Très froid et brumeux pour l'époque de l'année. Ai passé la journée à la Salle de lecture, où j'ai pris d'abondantes notes sur le livre de Mayhew, *Les Classes laborieuses et miséreuses de la ville de Londres :* fichtre, que cet homme est moraliste ! Je ne manquais pas de lire les journaux depuis ma première fredaine, même si je savais que la mort d'une poulette ne créerait guère de remous. Or je tombai sur un entrefilet du *Morning Herald* – Le Suicide d'une Jeune Personne – qui me fit comprendre que l'affaire avait été étouffée. Les joyeuses baladeuses ne voulaient pas voir péricliter leur commerce et mon petit ouvrage aurait pu intimider nos jeunes dandys. Je dois admettre, toutefois, que je fus un peu froissé : que de travail pour rien ! Face à cette indifférence, je me jurai qu'à mon prochain ouvrage je laisserais une marque que les gens ne pourraient manquer. Diantre, il ne fallait pas jouer à ce jeu avec moi !

Après avoir quitté le British Museum ce soir-là, j'attendis près de l'arrêt des fiacres de Great Russell Street, bien que le brouillard fût si épais que je désespérais de jamais y voir s'avancer un cocher. Je finis cependant par distinguer une paire de lanternes qui arrivait à quelque distance. J'agitai mon sac-jumelle et criai « Limehouse ! » ; or, ma voix ne réussit pas à percer la purée de pois. Néanmoins, le cocher approcha ; c'est alors qu'on me donna une tape sur l'épaule. Je me retournai vivement, craignant que ce fût un vide-gousset, mais ce n'était qu'un vieux monsieur barbu qui s'asseyait parfois à côté de moi dans la Salle de lecture.

« J'ai entendu que nous allions dans la même direction, déclara-t-il, et il n'y a qu'un fiacre : accepteriez-vous de le partager ? » Il avait un fort accent et ma première idée fut que c'était un Hébreu ; j'ai un grand respect pour le savoir de leur race, c'est pourquoi j'acceptai sur-le-champ. Il me sembla fort plaisant de m'entretenir avec cet érudit avant de poursuivre mes propres recherches. Le fiacre s'immobilisa et nous grimpâmes à l'intérieur ; l'odeur y était aussi fétide que sur un char à bancs mais, par une nuit semblable, j'aurais accepté de voyager dans le fourgon des condamnés !

« Ce brouillard, dis-je à mon compagnon, est l'un des plus épais que j'aie jamais vus. On le dirait sorti des poumons d'Hadès…

— Plutôt de nos fourneaux et de nos manufactures, sir. Il n'existait rien de semblable il y a vingt ans.

Aujourd'hui, tout le charbon que nous consommons nous enveloppe, littéralement, comme un châle. »

Il avait une voix aiguë, surprenante chez un homme de son âge.

« Êtes-vous sujet allemand, sir ?

— Je suis natif de Prusse (il scrutait le brouillard tandis que nous descendions lentement Theobalds Road), mais je réside dans cette ville depuis trente ans. »

Il avait le front noble et, à la faveur de la lumière d'un bec de gaz, je vis combien ses yeux brillaient. À cet instant, je me surpris moi-même, par une idée lumineuse qui, jaillissant brusquement des ténèbres, me traversa l'esprit. Pourquoi gâcher mon talent avec des êtres qui en étaient indignes, quand m'était offerte la possibilité d'exterminer un être très brillant ? Ah, la gloire qu'il y aurait à détruire un grand savant ! Puis, une fois passée l'excitation immédiate de l'avoir occis, que ne lui ouvrirais-je la boîte crânienne afin d'examiner sa cervelle encore fumante d'avoir tant fonctionné !

« Je vous ai aperçu dans la Salle de lecture, lui dis-je enfin.

— *Ach*, c'est qu'il nous faut apprendre sans relâche et sans cesse consulter de nouvelles publications, n'est-ce pas ? »

Comme il replongeait dans son mutisme, je compris qu'il n'était pas versé dans l'art de la conversation. Ce qui ne l'empêchait pas, d'ailleurs, par un temps pareil, d'éprouver l'envie de communiquer avec un inconnu :

« Je venais au British Museum avant que la Salle de lecture ne soit construite. Tous les habitués, nous étions tellement attachés à l'ancienne bibliothèque que nous

70

pensions que nous ne nous accommoderions jamais du nouveau bâtiment. Or, nous avons survécu.

— Y alliez-vous régulièrement ?

— Absolument. Tous les jours. J'habitais Dean Street à l'époque et je m'y rendais à pied : le musée était un peu ma retraite, parce que mon immeuble n'était pas sain.

— Vous m'en voyez contrit.

— *Ach*, ces choses-là sont déterminées. »

Nous avions descendu la City Road avant d'obliquer vers la Tamise au sud. Comme nous passions devant les lampions du Salmon Vaudeville, je pus, d'un œil scientifique, détailler à loisir les traits de mon compagnon. S'il m'était possible de lui ouvrir le crâne d'un seul coup, peut-être le savoir accumulé pendant toutes ces années s'en échapperait-il sous une forme matérielle ?

« Vous êtes donc fataliste ? m'enquis-je.

— Non, au contraire, j'attends le changement avec impatience. »

Je plongeai le regard dans le brouillard, songeant qu'il n'était pas exclu que je passasse à l'acte plus vite que je ne l'avais cru de prime abord.

« Belle nuit pour un meurtre, lâchai-je.

— Si vous me permettez, monsieur…, je vous répondrai que le meurtre est une occupation bourgeoise.

— Ah ? vraiment ?

— L'intérêt que nous portons à la souffrance d'un seul nous évite de considérer celle des masses. Quand nous attribuons la responsabilité à un agent unique, nous nions la responsabilité collective.

— Je ne vous suis point.

— Que sont un meurtre ou deux face au vaste processus historique ? Or, malgré tout, ouvrez un journal…

De quoi y parle-t-on ? De misérables meurtres sans envergure…

— Assurément, vous donnez au sujet un éclairage nouveau.

— C'est l'éclairage de la *Weltgeschichte*, de l'histoire du monde. »

Notre trajet touchait à sa fin et je vis la flèche de Saint Ann de Limehouse auréolée de tourbillons de brume. La fortune me souriait : mon philosophe prussien vivait au sein même du théâtre de mes opérations. Quelle belle bouffonnerie ce serait que de l'expédier dans le même sac que les catins !

« Laissez-moi vous accompagner jusqu'à votre porte, lui proposai-je. Avec ce sale temps, il serait imprudent de marcher trop longtemps.

— Je me rends à Scofield Street. Près du Highway, un peu plus loin.

— Certes, je connais bien l'endroit. »

Je savais que c'était le quartier hébraïque et l'idée me réjouit. L'assassinat d'un juif ! Quel délicieux relent de mélodrame horrifiant n'y avait-il pas là ! Quoique, comme il m'a été donné de l'observer, les drames, au théâtre, ne font parfois guère plus qu'intensifier les rituels de nos cœurs. Pour ce qui était de cœur… j'étais impatient de contempler celui du vieillard aux yeux pétillants. Je pourrais le tenir et le choyer entre mes mains, et puis, qui sait, m'en approprier les vertus ? Quels sont donc ces vers de Robert Browning, l'un de nos poètes les plus injustement méconnus ?

Eussé-je été deux, un autre en plus de moi-même,
L'univers entier eût été notre poème.

Le cocher frappa à la trappe et nous demanda où nous nous rendions finalement. Ne nous ayant conduits qu'à contrecœur dans ces parages réputés pour leurs tripots et autres lieux vulgaires, il désirait en repartir au plus vite. Je lui criai : « Scofield Street. Tournez à gauche au coin de la rue : ce sera à main droite. » Je connaissais Limehouse comme mon mouchoir de poche, c'était mon propre « Pré des quarante empreintes », ce carré notoire à l'arrière de Montague-Place, où le sang avait coulé en quantités telles que l'herbe n'avait jamais plus voulu y pousser. Ainsi que je l'exposai à mon érudit allemand tandis que nous remontions sa rue, par un curieux coup du hasard, ce carré funeste se trouve, précisément, sous la Salle de lecture du British Museum. Fait qu'il ne jugea pas digne d'être relevé ; il se prépara à descendre. « Eh bien, mon ami, pensai-je en l'observant qui ajustait sa cape sur ses épaules et se serrait son écharpe autour du cou, vous saurez bientôt comment sang et savoir se peuvent subtilement combiner… » Nous nous arrêtâmes dans la portion non éclairée de la rue. Je plaçai une demi-couronne dans la main du cocher, escortai mon compagnon jusqu'au seuil du n° 7 (car je devrais être capable de reconnaître l'entrée au moment voulu), nous nous saluâmes puis, enfin, je tournai les talons. J'allai jusqu'au fleuve : la marée était basse et il régnait une odeur si pestilentielle qu'on eût cru que le fog même était devenu un miasme chargé d'immondices et d'écoulements divers. Or, les fauvettes du pavé vaquaient, nonobstant, à leur commerce. Je me mis en quête d'une qui se tînt à l'écart de la volée. Je traversai Limehouse Reach, vers la Mission des Marins, lorsque, quelques pas devant moi, j'aperçus une silhouette – homme ou femme, je l'ignorais, mais je collai mon sac-jumelle contre ma poitrine et me lançai à sa poursuite. C'était une fille ; transie, toute pénétrée par la froidure et l'humidité, elle m'accueillit avec un regard engageant.

« Quel est ton nom, ma fauvette ?

— Jane.

— Où te rends-tu donc, Jane ?

— J'ai ma chambre dans c'te maison-là, à la porte jaune.

— Dans le fog toutes les portes sont jaunes : il faudra m'indiquer le chemin – et de lui empoigner le bras, afin de l'entraîner vers la Tamise. Que dirais-tu d'une petite promenade avant de nous retirer ? Je me demande si nous pourrons voir la rive du Surrey ? »

Naturellement, nous ne vîmes rien de la sorte et, quand nous atteignîmes les marches usées qui menaient à la berge, le silence était tel que le brouillard et lui semblaient ne faire qu'un.

« Alors, comment t'y prends-tu, ma petite Jane ?

— J'y prends d'la façon qu'on m'donne, sir.

— Tu choisiras le moment ?

— À vot' bon plaisir.

— Descendons ces quelques marches. C'est là mon royaume, vois-tu. (Elle hésita à me suivre mais céda à ma persuasion.) J'ai là dans mon sac un tour qui te plaira. Dis-moi, connais-tu le tout nouveau fourreau protecteur ? Contemple-le donc. »

J'ouvris alors mon sac-jumelle, d'un même mouvement je saisis mon coutelas et, d'un seul coup de la gauche vers la droite, lui tranchai la gorge : introduction fort enlevée (pardonnez mon parti pris) qui la fit s'adosser contre le mur et grimacer d'étonnement. Elle soupirait et avait tellement l'air d'en espérer davantage que je lui allouai plusieurs coupures supplémentaires bien profondes. Ainsi je créai, solitaire dans la brume, un spectacle tel qu'il eût été impossible de n'en être pas ému. La tête sauta la première, ensuite l'intestin fit une très fine décoration alentour le ventre. Sur ces mêmes berges, quelque deux siècles plus tôt, l'on laissait pourrir des malfaiteurs enchaînés, que la marée noyait : quelle chance unique pour l'historien de Londres que je suis de ressusciter les passe-temps de jadis ! Quel chef-d'œuvre que l'homme, qu'il est subtil en facultés et long en viscères ! La tête de la fille reposait sur la plus haute marche, exactement comme, au théâtre, on voit la tête du souffleur lorsqu'on est au parterre, et je dois avouer que je ne pus m'empêcher d'applaudir mon ouvrage. Toutefois, comme j'entendis du bruit dans les coulisses, je m'enfuis par la grève et ne remontai qu'à Ludgate à la hauteur des maisons.

15

John Cree avait tort de croire que l'érudit allemand logeait à Scofield Street. Karl Marx avait affronté le fog pour rendre visite à son ami Solomon Weil, avec qui, une fois la semaine, il passait une longue soirée à discuter philosophie. Ils s'étaient rencontrés dix-huit mois plus tôt dans la Salle de lecture du British Museum, où le hasard les avait un jour placés côte à côte : Karl Marx ayant noté que son voisin étudiait les *Élucidations successives de la Kabbale*, de Freher, il s'était rappelé les avoir lues lui-même, encore étudiant à l'université de Bonn. Ils s'étaient parlé spontanément en allemand, peut-être parce qu'ils s'étaient trouvés certaines similitudes (le hasard voulait que Solomon Weil fût né à Hambourg le même mois de la même année que Marx). Ils eurent tôt fait de se découvrir un intérêt commun pour la recherche théorique et pour les arcanes dont les érudits disputent entre eux. S'il est vrai que, dans ses premières publications, Karl Marx avait condamné ce qu'il appelait le « judaïsme dégénéré » (il conclut l'un de ses premiers essais, *Sur la question du judaïsme*, par cette phrase : *Ist der Jude unmöglich geworden*, soit : « Le juif est devenu impossible ») ; il descendait lui-même, néanmoins, d'une longue lignée de rabbins et était imprégné du vocabulaire et des préoccupations du judaïsme. Parvenu au terme de sa vie, il n'eut besoin que de ce simple coup d'œil sur un commentaire de la Kabbale pour se lancer dans une conversation en allemand avec son compagnon et se prendre d'affection pour ce jeune lettré qui étudiait l'un des livres qui avaient marqué sa propre jeunesse. Il avait passé la plus grande part de sa vie à déverser des flots d'invectives sur toutes les formes de religion, or, sous la coupole de la Salle de lecture, il fut la proie d'une émotion et d'une excitation inhabituelles. Les deux hommes quittèrent le musée ensemble ce soir-là et se donnèrent rendez-vous pour le lendemain. Signalons que Solomon Weil était quelque peu perplexe : ayant entendu parler de Marx par d'autres émigrés allemands, il fut étonné de trouver en ce révolutionnaire et athée un compagnon aussi charmant que savant. Peut-être même avait-il été poli à l'excès : Solomon devina fort justement que Marx essayait d'expier ses attaques virulentes contre la foi de ses aïeux.

Au cours de leur deuxième conversation, qui eut lieu dans une gargote de Coptic Street, Solomon Weil révéla à Marx qu'il avait constitué une bibliothèque d'érudition kabbalistique et ésotérique : quelque quatre cents volumes rassemblés dans son logis. Marx demanda sans tarder s'il pouvait venir se rendre compte par lui-même. Ce fut là l'origine de leurs dîners hebdomadaires à Limehouse, au cours desquels, comme des étudiants, ils échangeaient théories et spéculations. La bibliothèque de Weil était remarquable : nombre d'ouvrages provenaient de la collection du chevalier d'Éon, le fameux transsexuel français qui avait vécu à Londres dans la deuxième moitié du XVIIIe siècle. Le chevalier s'intéressait spécialement à la tradition kabbalistique, pour une grande part en raison de l'insistance de celle-ci sur la notion d'une entité divine androgyne dont seraient issus les deux sexes. Le chevalier d'Éon avait légué sa collection à un artiste franc-maçon, William Cosway, qui, à son tour, en avait fait don à un graveur de *mezzo-tinto* avec qui il avait collaboré lors d'expériences occultes. Ce graveur, s'étant converti au judaïsme, avait donné toute sa bibliothèque à Solomon Weil, en gratitude pour sa tardive illumination. Telle était la raison pour laquelle les vieux tomes se trouvaient ainsi alignés sur les étagères du 7, Scofield Street, à côté d'autres acquisitions de Solomon Weil comme *Un deuxième avertissement au monde par l'esprit de la Prophétie* et *Signes des Temps, ou Une voix à Babylone, la Grande Cité du Monde, et aux Juifs en particulier.* Weil avait également acheté une série de documents consacrés à la vie et aux écrits de Richard Brothers, le visionnaire israélite britannique qui voyait dans la nation anglaise l'une des tribus perdues d'Israël. Sa bibliothèque comprenait, toutefois, des ouvrages d'une catégorie moins attendue : il nourrissait une passion pour le théâtre populaire londonien et avait acquis une montagne de partitions chez un imprimeur éditeur d'Endell Street spécialisé dans les rengaines en vogue dans les cafés chantants.

Il apprenait les paroles de *C'est ce qui m'éberlue*, succès du travesti Bessie Bonehill, lorsque, par ce soir de fog, il reconnut le pas de Karl Marx dans l'escalier. Ils se donnèrent une poignée de main hardie, à l'anglaise, et Marx le pria de l'excuser de son retard, mais, par une nuit pareille… Ils employaient tous deux un plaisant mélange d'allemand et d'anglais, mâtiné de termes latins et hébreux quand la précision de la pensée l'exigeait ; c'est pourquoi il serait vain de reproduire ici leur conversation, qui, transcrite dans une seule langue, perdrait immanquablement de son cachet. Durant leur repas frugal, composé de viande froide, de fromage et de pain, et arrosé de canettes de bière, Marx relata son échec dans une tâche qu'il avait entreprise récemment : la rédaction d'un long poème épique sur Limehouse. Jeune homme, n'avait-il pas, après tout, composé de la poésie exclusivement ? Il avait même achevé le premier acte d'un drame en vers quand il était encore étudiant à l'université.

« Comment l'aviez-vous appelé ? s'enquit Weil.

— *Oulanem*.

— L'aviez-vous écrit en allemand ?

— Bien sûr.

— Ce n'est pourtant pas un titre allemand. J'y aurais plutôt vu un croisement entre *Elohim* et *Hulé* ; à eux deux, ils auraient évoqué un monde déchu.

— Cela ne m'est pas apparu à l'époque. Mais, vous savez… quand on cherche des correspondances, des signes cachés…

— Certes… on en trouve partout. Il n'est besoin que de regarder ici, à Limehouse même, où foisonnent les signes d'un monde invisible.

— Veuillez me pardonner, mais vous savez combien je suis plus attiré par le monde tangible. »

Marx alla à la fenêtre et son regard se perdit dans la purée de pois. « Je sais qu'à vos yeux tout cela n'est que *Klippoth*, mais ces coques de matière sont, pourtant, celles que nous sommes contraints d'habiter. » Il vit une femme se hâter le long du trottoir : sa démarche avait quelque chose de convulsif qui le dérangea. « Vous-même, dit-il, vous n'êtes pas dépourvu de toute affection pour le monde matériel : vous avez une chatte. »

Solomon Weil rit de cet hiatus métaphysique.

« Voyons, elle vit dans un temps qui n'est pas le mien.

— Oh ? A-t-elle donc une âme ?

— Bien entendu. Et, lorsqu'on vit autant dans le passé et dans l'avenir que je le fais, il est bon de partager son logis avec une créature cantonnée dans le présent. C'est rafraîchissant. Viens, Jessica, viens donc. »

L'animal, après s'être étiré au milieu de livres et de papiers épars, s'avança lentement vers Solomon Weil.

« Sans compter que cela impressionne mes voisins. Ils me croient magicien.

— Dans un sens, vous l'êtes. (Marx revint s'asseoir sur son siège au coin du feu, face à Weil.) Hum... ainsi que Bœhme nous l'a appris, l'opposition est le nerf de l'amitié. Mais dites-moi... qu'avez-vous donc lu aujourd'hui ?

— Vous ne me croirez pas si je vous le dis.

— Oh ? S'agirait-il de quelque parchemin hermétique depuis longtemps caché à la vue des hommes ?

— Non. J'ai lu des partitions de variétés. J'entends les gens qui chantent ces rengaines dans les rues. Elles me rappellent les chants anciens de mes aïeux. Connaissez-vous *Mon ombre est ma seule compagne* ou *Quand mes oripeaux étaient flambant neufs* ? Ce sont de charmantes petites ritournelles. Des chansons de pauvres. Des chansons empreintes d'une grande mélancolie.

« — Je vous crois sur parole.

— Ce qui n'exclut pas une certaine gaieté. Regardez ceci. »

Sur la couverture d'une de ces feuilles figurait la photographie de Dan Leno en costume de « La Veuve Twankey, une Dame de la Vieille École ». Il portait une énorme perruque bouclée, une ample jupe qui lui vrillait jusqu'aux chevilles et, dans ses mains étroitement gantées, il tenait une gigantesque plume. L'expression était tout à la fois autoritaire et pathétique ; le sourcil levé, l'immense bouche, les grands yeux noirs : il avait l'air si cocasse et si désespéré en même temps qu'avec une grimace Marx reposa la feuille. Solomon Weil tira ensuite, d'une autre pile de partitions, une seconde feuille avec un portrait de Dan Leno illustrant une chanson intitulée *Isabelle à la Belle Ombrelle :* là, il était déguisé en Sœur Anne. « C'est un de ces acteurs comiques qu'on appelle les *screamers*, parce qu'ils crient à tue-tête et font hurler de rire le public », expliqua Weil en glissant la feuille à sa place exacte dans la pile.

« En effet, je pourrais hurler… mais d'horreur : c'est la *Shekhina*.

— Le croyez-vous vraiment ? Non, non. Ce n'est pas une image de la femme-fantôme. C'est l'homme et la femme réunis en un seul être. C'est Adam Kadmon. L'Homme universel.

— Votre sagesse n'a donc point de fond, Solomon, si d'un caf'conc' vous pouvez faire une kabbale. Nul doute que les lampes à gaz de la galerie deviennent les séphiroths de votre vision ?

— Ne voyez-vous pas pourquoi les gens aiment tant le théâtre ? Le théâtre est une enceinte sacrée :

n'y retrouve-t-on pas le "paradis", et la "fosse" ? J'ai même découvert, par un pur hasard, que nombre de ces cafés-concerts et théâtres de quartier s'élèvent sur le site d'anciennes églises et chapelles. N'avez-vous pas parlé vous-même de correspondances cachées ? Me trompé-je ? »

Ainsi Karl Marx et Solomon Weil discutèrent jusque tard dans la nuit ce soir-là. Alors que Jane Quig subissait la mutilation suprême, nos deux érudits disputaient de ce que Weil nomma l'enveloppe du monde.

« Elle prend toute forme qu'on juge bon de lui donner. Dans cette mesure, elle a des affinités avec le golem. Vous avez entendu parler du golem, n'est-ce pas ?

— Je me souviens vaguement d'histoires qu'on me racontait dans mon enfance… Mais il y a belle lurette… »

Solomon Weil s'était déjà levé : allant vers sa bibliothèque, il prit un exemplaire du *Savoir des choses sacrées*, de Hartlib. « Nos ancêtres voyaient dans le golem un homoncule, un être de matière, créé par magie, une poignée d'argile dotée de vie dans le laboratoire d'un sorcier. C'est une chose épouvantable qui, selon nos légendes immémoriales, se maintiendrait en vie en ingérant l'esprit ou l'âme des vivants. » Il ouvrit le livre à une page où la description du golem s'agrémentait d'une grande gravure qui représentait une poupée avec des trous à la place des yeux et de la bouche ; il l'apporta à Marx avant de se rasseoir.

« Bien sûr, il ne s'agit pas de croire au golem de façon littérale… certes pas… je prends la fable dans son sens symbolique, et le golem comme emblème du *Klippoth*, une simple écorce de matière dégénérée. Or, qu'en faisons-nous ? Nous le façonnons à notre image. Nous lui insufflons notre propre esprit. Et c'est là exactement ce que doit être le monde visible :... comment dirais-je ? un golem gigantesque ? Connaissez-vous Herbert, le gardien du vestiaire du British Museum ?

— Naturellement.

— Herbert, vous en conviendrez, n'est pas doté d'une imagination débordante.

— Elle se limite à l'estimation des pourboires qu'il espère recevoir.

— Son horizon, c'est les manteaux et les parapluies. Or, l'autre jour, notre ami m'a conté une étrange histoire. Une après-midi, il descendait au bras de son épouse la grand-rue de Southwark... sa promenade de santé, prétend-il... Ils passaient devant les vieux hospices médiévaux qu'il y a là-bas, un peu en retrait de la chaussée, lorsqu'ils virent tous deux... ce ne fut, comprenez-moi bien, qu'une apparition fugace... une silhouette encapuchonnée et toute voûtée, presque aussitôt évanouie.

— Que déduisez-vous donc de la vision d'Herbert ?

— J'en déduis que la silhouette était réellement là. Herbert et son épouse n'ont pu inventer une apparition aussi caractéristiquement moyenâgeuse.

— Vous, Solomon Weil, affirmez ainsi qu'ils ont effectivement vu un fantôme ?

— Point du tout. Vous et moi, nous ne croyons pas plus aux fantômes qu'au golem... C'est plus intéressant que cela.

— Voilà qu'en typique penseur juif vous recourez au paradoxe.

— Le monde a pris, un instant, cette forme parce que c'était ce qu'on attendait de lui. Il a créé cette silhouette de la même manière qu'il a créé pour nous les étoiles… les étoiles mais, aussi bien, les arbres ou les pierres. Il sait nos besoins, nos désespoirs et nos rêves. Me suivez-vous ?

— Non, je ne vous suis point. »

Le fog avait commencé de se lever, et Marx sortit de la torpeur dans laquelle l'avait entraîné la chaleur de l'âtre. « Qu'il est tard, dit-il en allant à la fenêtre une fois de plus. Même le brouillard a décidé de se retirer. » Ils se séparèrent avec une poignée de main et se saluèrent, en allemand, pour l'ultime fois en ce bas monde. Marx boutonna sa cape lorsque, dans la rue, il se mit à chercher un fiacre, en vain ; il croisa deux ou trois habitants du quartier, qui se rappelèrent plus tard le petit monsieur qui avait un air étranger et portait une barbe hirsute.

16

Mr. Lister : Voyons, Elizabeth. Puis-je vous appeler Elizabeth ?

Elizabeth Cree : Je sais que vous assurez ma défense, sir.

Mr. Lister : Dites-moi, Elizabeth, quelle raison pouviez-vous avoir d'assassiner votre mari ?

Elizabeth Cree : Aucune, sir. Il était bon mari.

Mr. Lister : Vous a-t-il jamais battue ou frappée d'aucune manière ?

Elizabeth Cree : Non, sir, ç'a toujours été la crème des hommes.

Mr. Lister : Mais sa mort vous profite, d'un point de vue pécuniaire, n'est-ce pas ? Qu'en dites-vous ?

Elizabeth Cree : Il n'avait pas d'assurance sur la vie, sir, si c'est de cela que vous voulez parler. Nous percevions les dividendes d'actions du Chemin de fer qu'il tenait de son père. Il y avait aussi un commerce de bonneterie, que nous avons vendu.

Mr. Lister : Était-il un époux fidèle ?

Elizabeth Cree : Oh, très fidèle.

Mr. Lister : Je le croirais aisément, à vous voir...

Elizabeth Cree : Plaît-il, sir ? Y a-t-il autre chose sur quoi je puis vous renseigner ?

Mr. Lister : Si vous pouviez me faire cette faveur, Elizabeth, j'aimerais que vous racontiez à la cour comment, vous et votre époux, vous vous êtes rencontrés.

17

Je découvris le Washington tout près de nos bons vieux jardins de plaisir d'autrefois, les jardins de Cremorne, exactement comme Dan Leno me l'avait dit. Il était difficile de se tromper : sur sa façade étaient peints, grandeur nature, des acteurs, des clowns et des acrobates, parmi lesquels je m'imaginai tout de suite gambadant à travers la fresque, en robe jaune canari et ombrelle bleu ciel : je chantais « mon » air, mon image de marque grâce à laquelle j'étais connue dans le monde entier. Mais quelles en seraient les paroles ?

« Tiens, v'là Lady Godiva, qui chevaucha nue de par les rues de Coventry », lança une voix dans mon dos. C'était l'« Oncle », Tommy Farr, mais il ne portait plus la veste à carreaux qui m'avait tant impressionnée. Il avait revêtu un pardessus garni de fourrure et un haut-de-forme. Il dut voir mon air émerveillé, car il donna une pichenette à son couvre-chef et me fit un clin d'œil.

« Au Washington, m'apprit-il, nous devons tous faire un peu artiste. Ce n'est pas si facile que ça en a l'air. Lis-tu la langue de Shakespeare, mon enfant ?

— Oui, sir. Sur le bout du doigt. »

Je devais de savoir lire à ma mère, qui m'avait serinée avec ses Jérémie, ses Job et ses Isaïe ; m'étant vite lassée, néanmoins, de ressasser ses fadaises, je m'étais mise à lire des numéros de *Woman's World* qu'une voisine me prêtait.

L'Oncle apprécia mon jeu de mots sur « lire du bout du doigt », et, me donnant une tape sur l'épaule, me dit : « Lis ça, Lisbeth. »

Je me retournai vers l'affiche qu'il avait indiquée derrière moi et lus d'une voix claire et assurée :

« "Dans cet établissement sans égal…"

— Tu ne mets pas les majuscules, mon enfant. Mets donc les majuscules.

— "Dans cet Établissement Sans Égal se produira Lundi le Vingt-Neuf du mois Miss Celia Day 'La Suffocante'. Après avoir été acclamée pour son Grand Succès, la Rengaine *Hurrah pour la Mascotte des Sapeurs-Pompiers*, elle sera rejointe pour le Refrain de cette Célèbre Confabulation par le Lion Comique, le Chanteur Nègre en personne."

— C'est moi qui ai écrit tout ça, claironna l'Oncle. C'est du grand style. J'ai failli être le nouveau Hamlet… ou veux-je dire le nouveau Shakespeare ?… (Il parut au bord des larmes, au point que je m'inquiétai pour lui.) Hélas, infortunée Celia, je ne la connais que trop. (Il poussa un soupir et leva son chapeau.) C'est un vieux troupier, elle ne devrait plus jouer les grivoises. (Sur quoi son humeur changea du tout au tout.) Dis-moi, mon enfant, qu'y a-t-il d'écrit au bas de l'affiche ?

— "Ce soir : Au Bénéfice de la Société Philanthropique des Amis dans le Besoin."

« — Ça, c'est nous, vois-tu ? Nous sommes les Amis dans le Besoin. Et nous sommes très philanthropiques, si tu vois ce que je veux dire. (Il haussa les sourcils à la manière des Arlequins d'autrefois, et me prit le bras.) Allons-nous promener sur scène. »

Nous entrâmes dans le Washington. Je n'eus qu'à traverser le vestibule pour me retrouver dans un décor féerique – ô combien plus fabuleux encore que celui du théâtre de la rue du Coq-Vaincu ! Je fus entourée de tant de glaces et de globes en verre que je m'agrippai fermement au bras de mon « oncle ». Je me croyais dans une cathédrale de lumière et près de perdre tout sens de ma personne dans cet éclat. « Voici une gentille fille, dit-il en me caressant la main. C'est à couper le souffle, n'est-ce pas ? » Nous grimpâmes quelques marches pour accéder à la scène. Celle-ci n'avait pas été balayée et mon regard fut attiré par des particules de poussière dans les interstices entre les lattes ; trois chaises et une table peintes de couleurs vives ne ressemblaient à rien que j'eusse vu auparavant : on aurait dit des meubles de poupées et j'aurais hésité à m'asseoir dessus, de peur qu'elles ne se métamorphosent sous moi. Or, soudain, voilà que je fus soulevée et que je me mis à tourner : c'était l'Oncle, qui accéléra le mouvement jusqu'à ce qu'ayant fait tomber son haut-de-forme il m'eût reposée sur la table. J'avais tellement le tournis que j'en restai muette et contemplai bêtement les cordages et les plafonds d'air qui flottaient au-dessus de ma tête. « J'avais besoin de te soupeser, m'informa-t-il, hors d'haleine, tout en redescendant de scène pour aller récupérer son couvre-chef… au cas où je voudrais te faire faire la Danse du Lasso. Un petit tournis, ça ne fait jamais de mal. Ça fouette le sang, pas vrai ?… comme le chirurgien disait à la pâtissière sur le billard.

— Ne t'en laisse pas conter ! (La voix venait de la salle et, à ma grande surprise, je vis Dan Leno assis tout au fond.) Celui-là s'y entend pour entortiller les donzelles. N'est-ce pas, l'Oncle ?

— C'est ma façon à moi, Dan. Et je l'ai apprise sur scène. »

Face au jeune garçon, il prenait un tel air de chien rampant que je compris dès lors que, dans cette troupe, Dan était celui qui comptait. Pourtant, il était si petit (plus encore que je ne m'en souvenais de la soirée précédente) et il avait une si grande bouche qu'il me faisait penser à une marionnette ou alors à un Guignol enfant.

« Nous avons parlé de toi hier soir, me dit-il en remontant l'allée de sa démarche vive. Es-tu sans cacheton ?

— Sir ?

— Es-tu pour l'heure dans l'incapacité de subvenir à tes besoins ? Es-tu sans travail ?

— Oh ! tout à fait, sir.

— Je m'appelle Dan.

— Oui, Dan.

— Sais-tu lire ?

— C'est précisément ce à quoi j'allais en venir avec elle, Dan, s'interposa l'Oncle.

— Ce à quoi tu allais en venir avec elle, moi aussi je le sais *précisément.* »

Après cette remarque, Dan ignora l'Oncle et ne s'adressa plus qu'à moi, avec fougue, d'ailleurs : « L'autre jour, notre souffleur est parti avec une chanteuse à diction ; or, parfois, nous avons besoin d'un

90

aide-mémoire, tu me suis ? Sinon, nous risquerions nous aussi de devoir décamper, et sous les huées. » J'ignorais ce qu'était un souffleur, mais je comprenais qu'on m'offrait de rejoindre la troupe. Mon expression dut trahir mon ravissement car Dan Leno eut un de ces sourires infectieux que j'allais être amenée à bien connaître. « Ça ne sera pas rose tous les jours, poursuivit-il, tu devras également nous servir de factotum. Et d'habilleuse à l'occasion. Plus un tas d'autres babioles. As-tu la main fine ? (Il rougit dès qu'il eut posé sa question et s'efforça de ne pas regarder mes paluches toutes rêches.) Tu pourrais copier nos sketchs, vois-tu. Mais amusons-nous un peu, veux-tu ? » De l'une des nombreuses poches de son surtout qui lui descendait presque jusqu'aux chevilles, il sortit un calepin et un crayon qu'il me tendit en s'inclinant devant moi avec cérémonie. « Prends en dictée ce que je vais dire au fur et à mesure que je l'invente. » Campé jambes écartées sur la scène, il mit d'abord ses pouces dans les poches de son gilet puis lissa une moustache imaginaire. « Je vais te confier qui je suis, l'Oncle : je suis l'Agent recruteur. Il y a peu, je me tenais au coin de la rue quand je t'ai vu, l'Oncle, comme on te voit souvent. » Sur quoi l'Oncle redressa le buste et Dan s'approcha de lui à grands pas, avec une expression si féroce qu'on l'eût aisément pris pour un géant.

« Veux-tu être soldat, toi là-bas ?

— Oh, non, moi, j' fais rien qu'attendre l'autobus à impériale.

— Oh, mazette, quelle chienne de vie ! Mais ça me rappelle une historiette très savoureuse concernant ma profession. Il y a quelque temps, un beau jeune gars vient à moi et me demande : "*Governor*, ferais-je un bon soldat ?" Moi, je lui réponds : "Je le crois, mon garçon." Et de tourner autour de lui pour l'inspecter. Or, voilà-t-il pas qu'il se met, à son tour, à tourner autour de moi. Puis j'l'amène chez le toubib, et c't'homme de science me dit : "Dan, tu as le flair pour les dénicher." Et vous savez quoi ? On découvre alors que le gars est manchot ! Pardi ! J'l'avais pas vu, rapport qu'on avait fait qu's' tourner autour. Chienne de vie ! »

J'avais copié tout cela aussi vite que possible. Dan sauta de la scène et, perché sur la pointe des pieds, regarda par-dessus mon épaule. « Bien joué, fit-il. Tu vaux un commis de compagnie maritime. L'Oncle, veux-tu bien chanter un morceau à Lisbeth, juste pour vérifier l'allure à laquelle elle peut copier ? » Je comprenais qu'une partie de mes attributions consisterait à noter les improvisations de Dan susceptibles d'être réutilisées par la suite (ce qu'il appelait sa « vocalisation *ex tempore* »). L'Oncle ôta son chapeau et s'assit dessus comme s'il allait se soulager. « Voyons, fit Dan d'un ton sévère, pas de cochonneries, pas devant la gamine. Pousse ta romance ou descends de scène. » Je n'avais jamais vu une telle autorité chez un jeune garçon : l'Oncle remit son chapeau et, les bras portés en avant, entonna :

« "Mon aimée n'était pas niaise, elle avait deux fois vingt ans." Tu as bien ça, Lisbeth ? (J'acquiesçai d'un signe de tête.) "Mon aimée n'était pas fille, elle avait déjà eu deux maris…" »

J'apprenais vite : j'eus peine à recopier les deux premières strophes, mais je le rattrapai quand il répéta le refrain. Dan fut manifestement impressionné par mes dons. « Que dirais-tu d'une livre par semaine ? », s'enquit-il après avoir pris mes notes et les avoir fourrées dans la poche de son surtout. C'était autant que ma mère et moi avions jamais gagné. Je restai bouche bée.

« Alors, l'affaire est conclue. Le caissier te donnera ta liasse chaque vendredi soir.

— Dan, c'est pas un gogo, lâcha l'Oncle. On ne dirait pas qu'il vient de quitter la garderie, hein ?

— Je n'y ai jamais été… Où est ton isba, Lisbeth ? (À mon expression, Dan vit que je ne le comprenais pas.) Dors-tu dans un beau palais, ou es-tu sans feu ni lieu ? »

Je me sentais à ce point métamorphosée, que je ne voulais à aucun prix retourner vivre au Marais-de-Lambeth. Je ne vis rien de mal à jouer l'orpheline.

« Je suis seule en cette terre et le logeur ne me laissera point demeurer chez lui si je ne consens à partager sa couche.

— C'est intolérable ! Ce genre de chose me volcanise ! (Dan fit les cent pas sur la scène avant de se retourner vers moi.) Nous avons un bon petit meublé sur New-Cut. Pourquoi ne plies-tu pas bagage et ne viens-tu pas t'installer avec nous ? »

C'était une occasion merveilleuse, que je ne manquai pas de saisir :

« Puis-je, vraiment ?

— C'est avec plaisir.

— Il ne me faudra pas plus d'une heure ou deux. Je n'ai pas grand-chose.

— Note donc l'adresse : n° 10, New-Cut. Demande Austin. »

L'affaire était conclue et je me hâtai de disparaître avant de découvrir que tout cela n'était qu'une lubie de mon imagination. J'étais déjà à la porte lorsque j'entendis l'Oncle qui demandait à Dan depuis la scène : « Est-ce qu'on ne pourrait pas la faire poser dans un tableau vivant ? Puisque Espeth veut tâter de la corde raide ? »

Un silence s'ensuivit. Enfin Dan répondit :

« C'est encore trop tôt, l'Oncle. Et puis, elle a peut-être l'étoffe d'une chanteuse à diction. On ne peut jamais savoir… En tout cas, elle a tout ce qu'il faut.

— À qui le dis-tu !

— À toi. »

Je pris mes jambes à mon cou et courus chez moi en coupant par les Champs-de-Battersea. Il me suffit de remettre les pieds dans notre taudis pour savoir que mon ancienne existence avait touché à sa fin. Je récupérai mes économies sous la latte du plancher et les disposai méthodiquement sur le grabat. Il y avait, poussée contre le mur, une vieille malle en fer-blanc qui nous servait de siège, lorsque nous cousions ensemble, ma mère et moi, et qui ne contenait rien d'autre que des rebuts de sa piété, quelques bréviaires usagés et autres brimborions : je fichai gaiement le tout par la fenêtre, et, quelques pauvres qu'elles fussent, je réunis toutes nos hardes, les pliai et les rangeai dans la malle. J'aurais pu la porter sur mes épaules, tant elle était légère, mais je ne souhaitais guère me montrer faisant ce qu'une dame n'aurait pas fait : je la tirai donc seulement jusqu'aux Champs-de-Saint-Georges, d'où, pour trois pence, un fiacre me mena à New-Cut.

Le n° 10, New-Cut, faisait partie d'un coquet alignement de maisons neuves et je me crus une princesse en descendant sur le trottoir propret. Le cocher était maigre comme un clou (et il cachait sa calvitie sous un tuyau de poêle), mais il porta très galamment ma malle jusqu'à la porte. Je lui donnai un penny de pourboire ; cependant, comme il avait une toute petite moustache, je ne pus m'empêcher de le plaisanter : « Votre moitié vous a donc battu ?… vous avez un bleu sous le nez. » Il porta une main à sa lèvre supérieure avant de décamper.

« Qu'est-ce que c'est ? » Dès que j'eus frappé à la porte d'entrée, une voix de femme répondit de l'intérieur.

« C'est la nouvelle.

— Quel nom dites-vous ?

— Lisbeth. Lisbeth de Lambeth.

— De la part de Dan ?

— C'est ça. »

La porte fut ouverte brusquement par un homme en redingote miteuse qui arborait une énorme lavallière, à la manière des comiques du Coq-Vaincu. « Eh bien, ma chère, me dit-il, te voilà attifée comme "la bru" des comédies de bas étage. Mais donne-toi la peine d'entrer. » À l'évidence, je m'étais trompée quant à la voix derrière la porte : c'était celle de cet homme, si haut perchée et chevrotante que n'importe qui l'aurait attribuée à une personne du sexe faible. « Je vais te loger avec Doris, Étoile des Funambules. Tu la connais ? (Je hochai la tête en signe de dénégation.) Fabuleuse ! Elle tient en équilibre sur la tranche d'un penny. Une grande amie à moi… » À son visage rubicond et à ses mains tremblantes, je vis tout de suite qu'il s'adonnait à la boisson ; il n'avait pas l'air d'avoir plus de quarante ans, mais il était trop frêle pour faire de vieux os. « Je porterais volontiers ta malle, ma chère, mais j'ai les artères patraques… c'est pourquoi j'ai dû quitter la profession. » Il me parlait aussi librement, aussi gaiement, tout en gravissant l'escalier, que si nous avions été d'anciennes connaissances. « Aujourd'hui, je tiens "pinson". Tu me comprends ? "Garni", "pension", ces mots-là m'affligent. Ils sont tristes et moroses. Alors, moi, je préfère tenir "pinson", c'est plus gai. Quant à moi, je m'appelle Austin, Austin tout court. » Je me risquai à lui demander quelle avait été sa spécialité sur scène. « J'ai été chanteur nègre puis j'ai fait la *Dame*. Je n'avais qu'à apparaître en perruque, et le public hurlait de rire. Je brûlais les planches tous les soirs, ma chère… Bien, nous y voilà… Étoile ? Es-tu là ? (Il colla son oreille à la porte et, avec force mimiques outrées, attendit ainsi quelques instants. De réponses ils n'obtinrent point.) Je ne vois d'autre solution que de forcer le passage. M'approuves-tu ? » Il frappa à nouveau, puis tourna lentement la poignée. Il régnait un grand désordre dans la chambrette, où s'amoncelaient chapeaux à plumes, corsages, culottes de dentelle, jupes froissées, bas et souliers. « Notre Étoile n'est pas une femme d'intérieur, reconnut Austin. Elle a toute l'âme d'une artiste. Ton lit est là-bas, ma chère. Dans ce coin. » Il y avait bien un lit, en effet, quoiqu'il disparût entièrement sous les vêtements, les boîtes à chapeaux et les coupures de journaux. « Ça alors, je me demandais où était passée cette théière ! », fit-il, retirant un objet en émail marron de ce qui allait être mon oreiller. Quelle buveuse de thé, notre Doris ! » Avant de sortir de la chambrette, il pivota sur les talons avec un mouvement théâtral, dont je ne découvris que plus tard qu'il appartenait au répertoire de la comédie. Dans un chuchotement de scène, il m'annonça : « C'est dix shillings dans une chambre à deux. Dan a dit qu'il les retirerait de ta solde. Ça te va ? »

J'acquiesçai d'un signe de tête. Ma nouvelle existence avait donc débuté, pensai-je en contemplant le chaos qui régnait dans la chambrette et que je considérais sans déplaisir, tant j'étais heureuse des développements de cette journée. Dès qu'Austin fut sorti, je dégageai mon lit et répartis ma garde-robe entre une chaise et la table de nuit. Des fleurs avaient séché sur le rebord de la fenêtre, depuis laquelle j'observai la nouvelle ligne de chemin de fer, qui passait au-dessus d'une rangée d'entrepôts. Tout cela était si étonnant, si nouveau que j'eus l'impression d'avoir été enlevée à mon ancien univers par un tapis volant qui m'aurait emportée vers un glorieux univers de liberté. Il n'était jusqu'aux voies de chemin de fer qui ne parussent reluire.

« Je sais quelle phrase te trotte par la tête, dit une voix de femme dans mon dos. C'est : *Pourquoi ai-je quitté ma p'tite soupente de Bloomsbury ?*

— Non… Je suis de Lambeth, en fait. Du Marais-de-Lambeth.

— Ce n'était que le titre d'une chanson, ma chérie. »

Je me retournai et me trouvai face à face avec une jeune femme de grande taille, aux longs cheveux de jais. Sa tenue toute blanche m'effraya un peu. « Les gens m'appellent Étoile des Funambules, annonça-t-elle. Mais pour toi, Doris ira. » Elle me prit très gentiment la main et nous nous assîmes sur son lit. « Dan m'a prévenue de ton arrivée. Mais, dis-moi… tu as l'air de mourir de faim. » Elle alla prendre sur une commode un sachet de cacahuètes et une topette de citronnade pétillante. « Je vais nous préparer des toasts beurrés dans un instant. » Nous passâmes le reste de l'après-midi à papoter sur son lit. Je lui racontai que mes parents étaient morts quand j'étais fort jeune, que j'avais gagné mon écot en faisant la couturière à Hanover Square, et que je m'étais enfuie de chez une méchante patronne avant de trouver du travail et un toit chez un fabricant de voiles dans le Marais-de-Lambeth. C'était alors que l'Oncle et Dan Leno m'avaient trouvée. Elle crut à mon histoire, cela va sans dire (qui n'y aurait pas cru ?). Elle soupira. Elle me caressa la main tout au long de mon récit. Elle versa même quelques larmes, qu'elle essuya en m'avouant : « Ne t'inquiète pas… déformation professionnelle : j'ai la corde sensible. » Nous prenions une excellente tasse de thé, après le récit de ma triste existence, quand on frappa à la porte.

« Cinq heures, mes chéries… (C'était la voix efféminée d'Austin.) Ouverture, Premier Tableau : tout le monde en bas ! »

« Ne l'écoute pas, me murmura Doris à l'oreille. Il est plus près de vin que de quarante. Tu me saisis ? » Ensuite seulement, elle lui répondit à travers la porte : « Très bien, mon amour. Nous mettons tous nos atours ! » Et de se mettre à se déshabiller sous mes yeux. Ma mère s'était toujours lavée en catimini, tant elle traitait sa chair de manière honteuse et furtive. J'admirai la belle peau et les seins resplendissants de Doris. Elle avait, comme on disait dans le métier, « un corps d'Atlante ». Je me lavai donc moi aussi succinctement. Voyant la robe modeste que j'avais enfilée, elle me mit délicatement sur les épaules une belle cape de laine. Puis nous sortîmes.

J'ignorais quand et comment je devrais débuter dans ma nouvelle carrière mais, étant de nature obéissante, je suivis Doris au Washington. Bien que la salle de spectacle ne dût pas être loin, elle leva la main pour arrêter un coupé. Je crus d'abord que c'était n'importe quel coupé mais lorsque, abaissant la tête, le cocher lui lança « Alors, Étoile, c'est Efs, ce soir ? Ou le Vieux Mo ? », je compris qu'il devait être au service de la troupe.

« D'abord Battersea, Lionel, et après... la tournée habituelle.

— C'est qui, la nouvelle ?

— T'occupe ! Regarde la croupe de ton cheval. »

Dès que nous fûmes installées dans le coupé, Doris me dit à voix basse : « Ne te fie pas à son air engageant. Ce n'est pas un gentleman de la vieille école, tu sais... »

Nous ne mîmes pas plus de dix minutes pour arriver au Washington. Nous nous dépêchions de rejoindre l'entrée des artistes quand un jeune homme s'approcha de Doris, un calepin à la main. « Puis-je obtenir quelques mots de vous ? s'enquit-il. Je suis de l'*Era*. » Il parlait bien. Il avait des yeux clairs comme des salines. Jamais je ne me serais doutée qu'un jour il deviendrait mon mari. C'était John Cree.

18

12 septembre 1880. Quel merveilleux compte rendu n'ai-je pas eu dans la *Gazette de la Police*, quoique les gravures grossières ne rendissent guère justice à mon art ! On m'y a dépeint affublé d'une cape et d'un haut-de-forme : bref, en dandy de la plus pure tradition vaudevillesque. Je dois admettre que cette forme de reconnaissance m'a touché, puisque seul un homme de ma classe aurait pu réussir ce si délicat coup de maître, mais j'eusse apprécié plus d'authenticité dans la composition. Le cadavre de la chère Jane aurait pu être croqué avec plus de fidélité : il manquait certains effets d'ombre et de lumière ; aujourd'hui, le *mezzo-tinto* ou le pointillé permettent de rendre si parfaitement l'atmosphère, et sans enjolivement excessif de la couleur locale… Malgré tout, je suppose qu'afin de représenter un ouvrage tel que le mien le bon vieux burin, avec sa puissance et sa sobriété, est l'outil le mieux adapté. Le style des articles laissait également à désirer : ils sacrifiaient par trop à la mode néo-gothique et leur syntaxe était, hélas, indigente. « Dans la nuit d'avant-hier, un monstre à forme humaine a perpétré le crime le plus affreux, le plus exécrable que cette ville ait jamais connu… », etc. Je sais fort bien que le commun préfère se mirer à l'éclairage du mélodrame, voire des lampions des baraques de foire, mais les classes cultivées, liées de près ou de loin à nos journaux, ne peuvent-elles aspirer à mieux ?

C'est alors que je me souvins de mon érudit. C'était, après tout, chose aisée que de tuer une putain, et la gloire à en retirer n'était ni éclatante ni durable. Dans tous les cas, l'appétit du public pour le sang est si développé que la cité entière attendrait avec impatience le meurtre d'une autre fille des rues. Là serait toute la beauté du juif : son assassinat sèmerait la confusion, parerait mon œuvre d'une telle splendeur, l'envelopperait d'un tel mystère que le public attendrait chaque nouvelle mort le cœur palpitant. Je deviendrais un modèle pour mon temps.

16 septembre 1880. Un heureux hasard a voulu que ma chère épouse Lisbeth décidât de passer la soirée à Clerkenwell auprès d'une amie, l'une de ses anciennes connaissances qui a sombré dans l'alcoolisme en quittant les planches. Elle me fournissait là une excellente occasion d'atteindre à l'effet que je recherchais. Comme Scofield Street n'avait point de secrets pour moi et que je me souvenais parfaitement de la maison devant laquelle j'avais laissé mon Hébreu en cette soirée de brouillard, je n'eus d'autre souci, avant d'exécuter mon plan, que de passer la journée dans la Salle de lecture, à parfaire ma connaissance de Mayhew. Je vis l'homme à sa place habituelle, mais lui ne me remarqua point. Quand il quitta son siège afin de consulter un catalogue, j'allai à sa table, l'air de ne faire qu'y passer : qui aurait pu résister à la tentation de voir sur quel livre un tel homme se serait penché à sa dernière heure… Le titre du volume qu'il avait laissé ouvert m'était caché : je n'aperçus que des figures kabbalistiques et hiéroglyphiques (à n'en pas douter, le produit de quelque esprit asiatique). Mais il y avait également un livre neuf posé sur un catalogue de la librairie Murchison's de Coveney Street (j'en déduisis donc qu'il venait à peine de l'acheter). Il s'intitulait *Les Travailleurs de l'aube* ; je ne pus déchiffrer le nom de l'auteur en passant, mais il me sembla que c'était là un choix étrange pour un érudit prussien. Je regagnai ensuite ma place et lus Mayhew, jusqu'à ce que mon ami quittât la Salle de lecture pour disparaître dans le crépuscule.

Il ne m'était pas nécessaire de le suivre, puisque je connaissais sa destination, et, comme la soirée était fort plaisante, je descendis lentement en direction de la Tamise, avec ma sacoche aux malices : qui sait si, en chemin, je n'allais pas trouver quelque patient bien aise de pouvoir recourir à un médecin ? Je passai Aldgate, puis la Tour, avant d'obliquer dans Campion Street. La nuit était si claire, que je distinguais toutes les flèches des églises de l'East End, et il me sembla que la cité entière tremblotait dans l'attente d'un changement radical ; à cet instant, j'éprouvai la fierté d'avoir reçu en partage sa puissance d'expression. J'étais devenu son messager dans ma course vers Limehouse.

Il y avait bien un réverbère dans la partie haute de Scofield Street, où la rue rejoint Commercial Road, mais le tronçon qui descendait à la Tamise était plongé dans l'obscurité : le n° 7, avec sa porte marron, était situé précisément à la limite entre la partie éclairée et les ténèbres. C'était une pension banale, dont la porte était encore ouverte à cette heure : je jetai un coup d'œil à une lampe à pétrole qui luisait au dernier étage et estimai sans mal l'emplacement où je trouverais l'érudit penché sur ses livres. Je grimpai l'escalier sans bruit, afin de ne pas l'interrompre dans ses études, puis frappai délicatement à sa porte. Il demanda qui c'était.

« Un ami.

— Est-ce que je vous connais ?

— Assurément. »

Il ne fit qu'entrouvrir la porte, mais je la poussai avec mon sac-jumelle. « Grand Dieu, fit-il dans un murmure, que me voulez-vous ? »

Ce n'était pas mon juif. C'en était un autre. Néanmoins, je ne trahis aucune surprise et, la main gauche tendue, m'avançai dans la pièce. « Je suis venu faire votre connaissance, lui dis-je. Je suis venu parler avec vous de la mort et de la vie éternelle. » Je lui présentai alors mon sac : « J'ai là-dedans la solution. » Sans faire un geste, il m'observa l'ouvrir. « Nous avons tous deux le sens du sacré, n'est-ce pas ? Nous avons accès au grand mystère. » Je sortis mon maillet et, sans lui laisser le temps de proférer la moindre parole, lui assenai un coup. Or, quoique l'assaut eût été puissant, il ne suffit pas à le tuer ; le sang qui coulait de la plaie béante imbibait déjà le tapis élimé et je m'agenouillai près de lui pour murmurer à son oreille : « Dans votre Kabbale, toute vie est émanation d'Ain Soph. Fuyez donc à présent la lie de la matière et rejoignez la lumière. » Je lui ôtai sa chemise de chambre noire et son linge de corps ; comme il se trouvait sur un guéridon près du lit une bassine pleine d'eau, je le lavai révérencieusement, à l'aide de mon propre mouchoir. Cela fait, et seulement alors, je pus sortir mon couteau et trancher dans le vif du sujet. Le corps est, sans nul doute, une *mappamundi*, avec ses territoires et ses continents, ses rivières de fibres et ses océans de chair. Dans les linéaments de cet érudit, j'eus le loisir d'observer l'harmonie spirituelle du corps lorsqu'il est touché par la pensée et la dévotion. L'homme vivait encore et il gémissait quand je l'entaillais ; il gémissait, je crois, du plaisir de sentir l'esprit qui se libérait de son enveloppe ainsi crevée.

J'éprouvai une grande envie de lui couper le pénis, dans le but de parfaire le rituel. Je le lui ôtai donc et, l'observant à la lueur de la lampe à pétrole, distinguai ses vaisseaux et circonvolutions : autre objet tout à la gloire du Créateur ! Je le plaçai sur un livre ouvert près de la lampe : y avait-il, en effet, meilleure place pour l'organe reproducteur d'un savant ? Mais… qu'était-ce là ? Sur la page en vue était figurée une espèce de vigoureux démon, représentation accompagnée d'une description du golem. Je savais que cette « chose » était façonnée, tel l'homoncule, dans l'argile ; mais je lus avec intérêt qu'il se sustentait en absorbant l'âme des humains. Verbiage que tout cela ! Épouvantail issu de la nuit des temps ! Je notai, toutefois, l'étrange coïncidence qui me permettait de voir le sang de l'érudit rehausser le nom même de cette créature infernale, comme s'il s'était agi d'une belle enluminure. Le pénis sectionné et le golem ne faisaient plus qu'un. Je quittai bientôt la pièce et me retrouvai dans la rue ; au débouché de Commercial Road, je faillis crier « Au meurtre ! Ô Dieu tout-puissant ! Au meurtre ! », quand un chat noir traversa la chaussée devant moi : mauvais présage ! Je me contentai donc de brandir le poing à l'animal surgi de l'Enfer, et me tus.

18 septembre 1880. Lisbeth m'a prié de l'emmener à Cantorbéry, où Dan Leno et Herbert Campbell se produisent ensemble, mais je suis las de leurs fades exploits sur scène. J'apprends par le *Daily News* que l'on me connaît désormais sous le nom de Golem de l'East End. Que ces gens sont sots !

19

Ainsi, l'on avait retrouvé Solomon Weil mutilé au milieu de ses livres. Le meurtre sauvage de l'érudit juif, six jours seulement après l'assassinat d'une prostituée dans le même quartier, enflamma la curiosité des Londoniens. Tout se passait comme si ces derniers avaient appelé ces crimes de leurs vœux, comme si l'évolution nouvelle de la métropole nécessitait une identification digne de frapper l'imagination, et la confirmation sans équivoque qu'elle était la plus grande et la plus sombre des cités de la Terre. Telle est sans doute l'explication de l'adoption du terme de « golem » et de la promptitude à laquelle il se répandit par voie de presse ; peu, sans doute, l'employaient en en connaissant le sens exact. Les kabbalistes, cependant, croient que le son ou les lettres qui composent un vocable sont eux-mêmes porteurs de sa signification spirituelle. En prononçant le terme « golem », peut-être le Londonien avait-il déjà l'intuition de l'horreur que représentait la chose même (cette vie artificielle, cette forme dénuée d'esprit), ne fût-ce que parce qu'on peut entendre dans « golem » une sorte d'écho moqueur du mot « âme » : il était devenu le douloureux emblème de la cité qui tenait ses habitants dans ses rets, et la quête du Golem de l'East End devint, bizarrement, la quête du secret, de l'âme même de la métropole.

Une voisine de Weil s'était rappelé avoir vu un monsieur qui portait la barbe et qui avait l'air étranger sortir du 7, Scofield Street, bien qu'elle ne se souvînt pas du soir exact. En fait, au cours de leur enquête, les membres de la Brigade d'investigation criminelle tout nouvellement créée reçurent plusieurs témoignages concernant cet étranger barbu. Il avait ainsi été aperçu dans la foule qui s'agglutinait tous les jours devant les dîners chantants du Pantheon, sur Commercial Road, où un serveur très observateur se souvenait de l'avoir vu noter quelque chose dans un calepin. La police trouva même un témoin plus immédiat : un cocher vint de son propre chef témoigner qu'il avait conduit à Scofield Street un monsieur correspondant à cette description plusieurs soirs auparavant. Il se rappelait très bien que c'était le soir du dernier brouillard « à couper au couteau » et qu'il avait pris ce client à son arrêt habituel de Great Russell Street. Il était sûr que l'homme venait du British Museum, parce qu'il l'avait déjà vu dans le quartier ; hélas, il avait oublié qu'il avait transporté en même temps un autre passager : John Cree. Deux détectives de la Division H rendirent visite au surintendant de la Salle de lecture le lendemain matin et, d'après leur description de l'étranger barbu, il fut vite établi qu'il s'agissait de Karl Marx.

Marx avait dû garder la chambre depuis le soir où John Cree l'avait vu la dernière fois dans la Salle de lecture ; il avait attrapé un mauvais rhume, qu'avaient, sans nul doute, favorisé sa soirée passée en compagnie de Solomon Weil et sa longue marche au retour. Il n'avait pas lu la presse et ignorait donc la mort de son ami, jusqu'à ce que, cela va sans dire, le chef inspecteur Kildare et le détective Paul Bryden vinssent lui rendre visite, en sa demeure de Maitland Park Road, le matin du 18 septembre. Ils furent introduits dans son bureau du premier étage par l'une de ses filles, Eleanor, qui, à l'époque, servait aussi de garde-malade à sa mère : Jenny Marx était, en effet, alitée depuis plusieurs semaines (les médecins diagnostiqueraient bientôt un cancer du foie). Les policiers pénétrèrent dans une pièce emplie de livres éparpillés dans tous les coins, comme si l'esprit en avait été sucé jusqu'à la moelle et qu'ils n'avaient plus eu la force que de se laisser choir sur le plancher ; l'air était vicié par la fumée et l'odeur du cigare et, l'espace d'un éclair, Bryden se rappela les « Caveaux Chantants » et les « Caves Harmoniques » qu'on lui avait donné à inspecter lors de sa nomination à la police métropolitaine. Karl Marx était assis à un petit bureau, au milieu de la pièce ; il portait un lorgnon cerclé de fer, qu'il retira quand les policiers entrèrent. Il n'était pas particulièrement perturbé par leur visite ; il était habitué à l'intérêt que lui portaient les autorités depuis trente ans qu'il résidait dans ce pays, et il les accueillit avec son coutumier mélange de gravité et d'assurance. Il était, tout au plus, légèrement surpris, dans la mesure où, dans les dernières années, le Home Office semblait ne plus lui prêter autant d'attention. Il n'était plus, après tout, qu'un révolutionnaire sur le retour.

Il invita les deux hommes à s'asseoir sur un canapé en cuir devant la fenêtre et, tout en faisant les cent pas dans l'étroite allée de tapis que lui concédaient ses amoncellements de livres, il s'enquit poliment du pourquoi de leur visite. Kildare lui demanda où il était le soir du 16 et il répondit qu'il avait dû rester couché à cause d'une angine de poitrine dont il se remettait maintenant. Sa femme et ses deux filles pourraient confirmer ses dires. Mais… qu'on lui pardonne sa curiosité… qu'était-il arrivé ? Quand ils lui apprirent la mort de Solomon Weil, il les regarda droit dans les yeux, se caressa la barbe et prononça quelques mots en allemand.

« Vous le connaissiez donc, sir ?

— Certes, je le connaissais. C'était un grand érudit. »

Lâchant sa barbe, il les observa d'un air grave. « C'est une attaque contre tous les juifs. Solomon Weil n'était pas seul visé. » Manifestement, les officiers de police ne suivaient pas son raisonnement. « Si vous saviez, poursuivit-il, le nombre de gens qui, en ce bas monde, ne voient en autrui que l'incarnation d'une idée. » Alors seulement il se souvint de ses devoirs d'hôte et demanda aux deux hommes s'ils accepteraient du thé. Il rappela Eleanor. Les policiers attendirent que la jeune fille fût ressortie du bureau pour interroger Marx plus précisément sur ses relations avec Weil. « Je suis moi-même juif, au cas où vous ne le sauriez pas encore. » Kildare ne fit aucun commentaire mais nota que, malgré les ans, Marx bouillait encore d'une pugnacité, d'une colère mal contenues.

« Nous évoquions les anciennes légendes, les contes de nos aïeux. Nous causions théologie. Nous vivions tous deux dans nos livres, voyez-vous.

— Pourtant, vous avez également été vu seul dans les rues de Limehouse.

— J'aime tant marcher ! Oui, même à mon âge. Je marche, donc je pense. En outre, il y a un je-ne-sais-quoi, dans ces rues, qui excite la curiosité. Puis-je vous révéler un secret ? (Kildare ne répondit pas plus.) Je suis en train de composer un poème. Dans ma jeunesse, je ne faisais rien d'autre qu'écrire de la poésie ; aujourd'hui encore, dans un quartier comme Limehouse, me reviennent tout le feu et tout le désespoir de mes jeunes années. Voilà pourquoi je me promène là-bas. » Il ne prêta guère attention à Eleanor lorsqu'elle apporta le thé et la jeune fille quitta la pièce aussi discrètement qu'elle y était entrée. « Me soupçonnez-vous d'être un assassin en plus de tout le reste ? Croyez-vous que mes mains, aussi, soient rouges ? »

Les policiers saisirent l'allusion, car ils avaient parcouru le dossier sur « Carl Marx » dans les bureaux de la police métropolitaine. Ils avaient notamment retenu le dossier spécial n° 36 228, écrit six ans plus tôt par l'agent Williamson de la police secrète, et dans lequel l'on conseillait de refuser la nationalité britannique à Mr. Marx, « l'agitateur allemand bien connu, chef de la Société internationale et défenseur des principes communistes ». Il avait été inquiété lors de l'attaque de la prison de Clerkenwell par des révolutionnaires irlandais, et le ministre de l'Intérieur, lord Aberdare, l'avait placé sous surveillance après la chute de la Commune en 1871.

« Non, vos mains sont noires de l'encre dont vous vous servez pour écrire, répondit Kildare.

— C'est juste et c'est bien ainsi... Il m'arrive de penser que je suis fait d'encre et de papier... Mais, dites-moi, comment Solomon a-t-il été tué ? (Kildare jeta un coup d'œil vers la porte qu'Eleanor avait laissée ouverte ; Marx alla la fermer sans bruit.) Y a-t-il quoi que ce soit de… ?

— Les détails sont… désagréables, sir.

— Dites-moi tout, je vous en prie. »

Marx écouta gravement les explications de Kildare : comment le crâne de Solomon avait été enfoncé avec un objet contondant, sans doute un maillet ; comment son corps avait été mutilé ; comment ses divers organes avaient servi à festonner toute la pièce ; comment on avait trouvé son pénis coupé, posé sur un livre ouvert, *Le Savoir des choses sacrées*, de Hartlib, à la page concernant le golem. Tel serait, d'ailleurs, le terme qu'il verrait appliqué au tueur dans les journaux. « Ainsi, ils appellent le meurtrier "le Golem" maintenant, voyons donc ! » Marx laissa libre cours à sa fureur, dévoilant aux deux détectives, dans ces quelques instants, toute la violence de son tempérament.

« Ils s'absolvent de leurs responsabilités, déclarent que le juif a été tué par un monstre juif ! Ne vous y trompez pas, messieurs. Ce sont tous les juifs, et non point le seul Solomon Weil, qui ont été assassinés, mutilés ! C'est la race juive qui a été violée, et voilà que les autorités britanniques s'en lavent les mains !

— On a également trouvé une prostituée mutilée de la même manière, sir. Elle n'était pas juive.

— Ne voyez-vous donc pas que ce meurtrier s'attaque aux symboles mêmes de cette cité ? Le juif et la putain sont les souffre-douleur de ce désert. Et on les sacrifie ignominieusement sur l'autel d'une terrible divinité. Ne le comprenez-vous pas ?

— D'après vous, il s'agirait d'une sorte de conspiration, ourdie par une société secrète, peut-être ? »

Karl Marx rejeta la question d'un revers de la main. « *Die Philosophen haben die Welt nur verschieden interpretiert.*

— Sir ?

— Je ne peux vous traduire tout cela en termes pragmatiques, messieurs. Je ne parle que des forces supérieures et bien réelles qui ont officié à ces carnages. L'assassinat fait partie intégrante du processus historique, voyez-vous. Il ne se situe pas hors de l'Histoire. Il est le symptôme, non la cause, de grands maux. Vous savez comme moi que les détenus des prisons britanniques succombent plus à la violence de leurs pairs qu'aux jugements de la justice.

— Je ne vous suis pas.

— Je veux dire que les rues de Londres sont une prison pour ceux qui les arpentent. »

À cet instant, on frappa doucement à la porte, et Eleanor, sans avancer dans la pièce, demanda si ces messieurs reprendraient du thé. Non, ils s'étaient suffisamment désaltérés, ils ne désiraient plus de thé. Elle entra donc pour retirer le plateau. Elle avait hérité la pondération de sa mère, ainsi que son énergie naguère inépuisable mais, de son père, elle tenait un grand sens du théâtre – si bien que, à l'instar de sa sœur Jenny, elle se vouait à une carrière sur les planches. Elle avait suivi les cours de Mme Clairmont dans Berners Street. Toutefois, bien qu'elle goûtât fort le comique appuyé des cafés-concerts, venant d'une famille aussi respectable que la sienne, elle ne pouvait envisager de se faire « comédienne à diction » et encore moins

« gommeuse ». Elle s'était donc engagée dans une voie plus noble et, justement, au début de cette semaine-là, on lui avait offert le rôle-titre de *Vera, ou la Nihiliste*, d'Oscar Wilde. Elle interpréterait donc Vera Sabouroff et, en pénétrant dans le bureau de son père, elle répétait mentalement une réplique de la fille de l'aubergiste : « Ils sont affamés, aux abois. Permettez-moi d'aller leur rendre visite… »

Habitué à sa présence, son père continua de pérorer :

« Les dramaturges font un théâtre de la rue, mais la rue est le théâtre de la pire oppression, de la pire cruauté.

— Ils sont affamés, aux abois. Permettez-moi d'aller leur rendre visite…

— Que dis-tu, Lena ? »

Elle avait récité sa réplique sans s'en apercevoir. « Rien, père. Je pensais tout fort », murmura-t-elle en sortant.

Les deux détectives n'avaient pas l'intention de prolonger longtemps leur visite mais ils écoutaient poliment le vieil homme, tandis qu'il faisait les cent pas dans son couloir délimité par les piles de livres.

« Connaissez-vous l'expression "le mort saisit le vif" ?

— Elle a, de toute évidence, rapport avec la mort ?

— Sans nul doute. On peut, cependant, l'interpréter de diverses manières. (Se postant à sa fenêtre, il observa le jardin public qu'on voyait de là et où jouaient des enfants.) Elle se rapporte aussi à l'histoire, au passé. (Il observa un petit garçon qui poussait son cerceau.) Or, je suppose que Solomon Weil était le dernier de sa lignée. (Il se retourna vers les deux sergents de police.)

Qu'arrivera-t-il à sa bibliothèque ? Il ne faut pas la disperser. Il faut absolument la sauver. »

Ils le regardèrent avec incrédulité, ne comprenant guère qu'il posât une telle question, vu les circonstances ; ils ne lui répondirent pas et se levèrent afin de prendre congé. Ils ne croyaient pas avoir trouvé en Marx le meurtrier qu'ils recherchaient ; néanmoins, il leur faudrait vérifier son alibi, surveiller sa résidence et le faire suivre pendant plusieurs jours.

Après leur départ, Marx resta dans son bureau, où il essaya de se remémorer les détails de sa dernière conversation avec Solomon Weil. Il prit une feuille de papier et, debout, prit en note tout ce qu'il se rappela. L'un de leurs échanges, particulièrement, lui était resté en tête. Ils avaient discuté des croyances d'une secte de gnostiques juifs florissante à Cracovie au milieu du xviiie siècle ; au cœur de leur foi trônait la notion de réincarnation perpétuelle dans le monde inférieur, qui voulait que les habitants de la Terre renaissent en d'autres lieux et dans d'autres circonstances. Il arrivait que les esprits malins des sphères inférieures divisent l'âme du défunt en deux ou trois « flammes » ou « étincelles », de sorte que les éléments constitutifs d'un seul fussent distribués dans le corps de deux ou trois nouveau-nés. Les démons étaient censés avoir reçu de Jéhovah, l'Esprit du mal en ce monde, un pouvoir supplémentaire : celui de renvoyer sur Terre certains hommes remarquables, dotés de la pleine conscience de leur existence antérieure, mais à qui il était formellement interdit, sous peine de tortures éternelles, de divulguer ce savoir. S'ils réussissaient à effectuer un nouveau cycle sur Terre, alors leur âme était libérée à jamais. « Peut-être êtes-vous Isaïe, avait suggéré, un soir, Solomon Weil à son interlocuteur, ou bien Ézéchiel ? »

Marx alla à la fenêtre une fois de plus et observa encore les enfants. Son ami s'éveillait-il, déjà, à cet instant même, à une nouvelle vie sur Terre ? Serait-il l'un des élus, et saurait-il qu'il avait été Solomon Weil dans une vie antérieure ? Ou alors son âme avait-elle enfin été libérée ? *Ach*, tout cela, de toute manière, c'étaient des sornettes...

Il se dirigea vers ses étagères, où il prit les *Dialogues de trois templiers sur l'économie politique*, de Thomas De Quincey.

20

Je crois que, dans une vie antérieure, j'ai été une grande actrice. Dès que je mis le pied sur la scène en compagnie de Doris, avant même qu'on allumât les feux de la rampe, je m'y sentais déjà à mon aise. Bien sûr, je n'étais au début que la souffleuse et la gratte-papier ; mon statut n'était pas supérieur à celui du factotum ou de l'avertisseur. Jamais je n'aurais songé que je pourrais chanter ou danser, pas plus que l'éclairagiste n'aurait rêvé à devenir monologuiste. Mais, ainsi que je l'ai dit, la scène était mon élément.

Les premiers jours, je dus suivre les répétitions de Dan Leno avec Charlie Boy – « Tout-Va-Bien-à-la-Cambuse ». Je devais relever toutes les blagues et les « fioritures » qui leur passaient par la tête à la lecture du manuscrit. Dès que Dan disait : « Ça ne serait pas mal, ça, hein ? » ou alors : « Tu crois que tu pourrais ajouter ce petit quelque chose ici ? », je devais recopier à toute vitesse ce qu'il appelait ses « impulsions ». Quoique fort jeune encore, il disposait déjà de tout un répertoire, qui allait d'une certaine mélancolie comique au pathétique. Je me demandais souvent d'où il tenait ça ; j'imagine que son passé recélait, quelque part, une zone d'ombre. Il n'arrêtait pas de rire, avait toujours la bougeotte, et disait les choses les plus ordinaires d'une façon qui les fixait à jamais dans votre mémoire. Un soir, en rentrant de l'Effingham, à Whitechapel, notre coupé longea la Tour de Londres. Dan se pencha à la fenêtre pour la contempler et ne rentra la tête que lorsqu'elle eut disparu de vue. En se réinstallant sur la banquette, il poussa un profond soupir et déclara : « C'te bâtisse-là comble vraiment un vide longtemps ressenti. » Tout était sans doute dans le ton... non pas la gouaille cockney mais, comme il décrivait cela lui-même, « une manière de gaieté mélancolique et mélodieuse ».

Oh ! que j'ai aimé ces premiers temps, où j'étais le seul témoin de leurs galéjades sur la scène vide.

« Dis-moi, gendarme, lançait Charlie, est-ce que tu mènes les femmes à la baguette ou est-ce que ta baguette te mène aux femmes ?

— Non, c'est trop inconvenant. (Dan refrénait toujours ce type d'humour.) Je dois d'abord t'amener à ta scie, tu ne crois pas ? Puis je descendrai au parterre et me lancerai dans mon monologue. »

La « scie » en question était l'image de marque de Charlie, *Hier elle m'a donné des jumeaux, rien qu' pour montrer qu' tout va bien à la cambuse*. Dan jouait le rôle de la femme abusée et maltraitée : « Il m'a conduite à l'hôpital. Ah, qu'c'est beau, là-bas ! Tout plein d'lits. Puis v'là l'infirmière qui vient à moi et m' dit : "C'est donc à Monsieur qu'on doit de vous avoir ici ? — Ah ben, ça, ma chère, qu'ben sûr, c'te lui qu'a payé le ticket de l'impériale." Oh, c'qu'on a tant ri ! Puis j'lui dis : "Sitôt qu'vous m'débarrassez d'ce barda, j'm'en va. — Or, quand devez-vous mettre bas ?" Et j'lui réponds : "Oh, pas l' mouflet, que j'lui réponds : lui, là, mon mari !" Oh, c'qu'on a tous tant ri ! » Dan s'interrompit et regarda vers moi. « Ça manque de quelque chose, tu ne trouves pas ? »

Je hochai la tête. « De fibre maternelle, je crois. »

Dan se tourna alors vers Charlie, qui s'exerçait en silence à sa marche à reculons. (Je l'avais vu sur scène au Savoy Variety. Pour essayer de tromper un policier à l'entrée d'une grande soirée, il faisait semblant de partir au lieu d'arriver, en marchant à reculons. Quel numéro mémorable !)

« Qu'en penses-tu, Charlie ? Ai-je manqué de fibre maternelle ?

— Ce n'est pas à moi qu'il faut poser cette question, mon chéri, répondit Charlie, jouant tout à coup "la mère". J'ai eu tant d'enfants que, pour sûr, Noé en personne m'a mis le grappin dessus. Ou, en tout cas, quelque chose de très long et de très dur. »

Bien sûr, je prétendais ne pas comprendre ce genre de plaisanteries : chez les gens du caf'conc', la grivoiserie est une seconde nature, mais je voulais convaincre Dan que j'étais blanche comme Colombine. Je voulais me préserver pour les planches. Doris, Étoile des Funambules, fut toujours angélique à mon égard. Mon histoire d'orpheline l'avait convaincue de devenir mon ange gardien. Quand la nuit était froide, nous dormions dans le même lit et je me pressais contre sa chemise pour me réchauffer à sa belle chaleur. Pelotonnées l'une contre l'autre, nous bavardions, nous rêvions d'attirer le prince de Galles dans la salle : il viendrait nous saluer à la fin de la représentation ; ou un riche admirateur nous enverrait cinq œillets par jour et nous finirions par accepter de l'épouser. Notre amie mutuelle, la « romancière comique » Tottie Piedléger, se joignait parfois à nous lorsque nous mangions une saucisse-purée dans notre chambre. Ses vêtements étaient toujours du dernier cri, les boutons de ses bottines brillaient comme des diamants à la lueur des lampes à gaz mais, sur scène, elle était mise avec un surtout trois fois trop grand, un chapeau jaune cabossé et une paire de godillots troués. Elle entrait en agitant un vieux parapluie vert et mou comme une grande feuille de laitue. « Alors, qu'est-che vous en dites ? lançait-elle. Echtraordinaire, non ? Chenchachionnel, non ? Ch'est qu'on pourrait travercher la Manche avec chans jamais ch' mouiller. Ch'est vrai, cha, foi de femme ! » « Ch'est vrai, cha, foi de femme ! » était sa marque de fabrique et elle ne pouvait pas dire « Ch'est vrai, cha... » sans que toute la salle hurle en chœur « Foi de femme !!! » Sa chanson fétiche était *Ch'uis chi peu causeuse*. À la fin du dernier couplet, elle sortait de scène, puis revenait un instant après en pantalon, redingote de soie et monocle, pour chanter : *Je la vis un jour à son bow-window*. Je remarquais tout, voyez-vous, me rappelais tout ; déjà, à cette époque, je brûlais d'impatience de me grimer et de me costumer.

Parmi les artistes, il y avait aussi un certain P'tit Victor Farrell, qui, hélas, avait attrapé le béguin pour moi. Malgré son mètre vingt-cinq, il faisait une forte impression sur le public avec son personnage de l'« Inspirant de marine ». Il me suivait partout et, quand je l'éconduisais, avec un petit sourire narquois, il faisait mine de se tamponner les yeux à l'aide d'un mouchoir presque aussi grand que lui. « Descendons à la Cantine grignoter une côtelette, Lisbeth », me proposa-t-il un soir que nous jouions à l'Old Mo. Que dirais-tu d'un os à ronger ? » Comme je venais à peine de terminer de nettoyer la loge, je n'eus pas la force de refuser ; et puis, à vrai dire, je mourais de faim. Nous sommes donc descendus sous la scène, où se trouvait une sorte de cave où venaient se restaurer les artistes et leurs amis. Ces « amis » étaient les gommeux et les suiffards qui couraient après toutes les gigolettes qui exhibaient leurs jambes sur scène. Moi, ils me laissaient tranquille : il leur suffisait de bien m'observer une fois, et ils comprenaient que je n'aurais pas levé ma jupe pour Lucifer en personne.

Il n'y avait ni fresques ni fleurs à la Cantine, seulement des tables et des chaises toutes simples, une grande glace fêlée sur un mur où ils pouvaient tous contempler leurs visages ravinés. Ça sentait le tabac et les côtelettes d'agneau, et, pour faire juste mesure, le gin et la bière qu'ils renversaient. Je détestais cet endroit, mais, comme je l'ai déjà dit, j'avais faim. P'tit Victor Farrell ne voulait pas me lâcher le bras : on aurait dit qu'il voulait m'exhiber comme le perroquet empaillé de son sketch de l'« Inspirant de marine ». Il me conduisit jusqu'à une table où Harry Turner cuvait sa brune. Harry – qui avait des manières de gentleman – se leva en me voyant. Victor lui demanda s'il prendrait une autre bière, ce à quoi il acquiesça avec grâce. Harry, c'était Statisticon, l'Homme-Mémoire : il n'y avait pas une date, pas un fait qu'il ne se rappelât. Un jour, il me raconta son histoire : enfant, il avait manqué de se faire écraser par l'un de ces postillons qui ont disparu aujourd'hui, et il avait dû passer trois mois dans un lit. Il s'était mis à lire tout ce qui lui tombait sous la main et s'était aperçu que les grandes dates de l'Histoire lui restaient facilement en mémoire ; depuis, il n'avait jamais douté de sa vocation. Il boitait encore du choc que sa jambe avait subi quand la voiture lui avait roulé dessus, mais jamais je n'ai rencontré plus grosse cervelle.

« Dis-moi, Harry, lui demandai-je pour meubler le temps que Victor passa au comptoir. À quelle date l'Old Mo a-t-il été construit ?

— Lisbeth, tu sais que je n'aime pas faire ça en dehors de la scène.

— Oh, un dernier pour la route, hein ?…

— Il a été ouvert le 11 novembre 1823, après avoir abrité la chapelle des Sœurs de la Miséricorde. En déblayant les anciennes fondations, le 5 octobre 1820, on s'aperçut qu'elles remontaient au XVIe siècle. Contente ? »

Victor était revenu avec le nécessaire, et échangeait déjà des signes avec ses collègues – un clin d'œil et un hochement de tête en disent long chez les gens du spectacle. « Fais un peu travailler tes méninges, Harry. Qui est le Mathusalem, là-bas ? » Victor regardait un vieux beau qui, collé contre sa romancière comique, avait l'air bien à son aise.

« Vise la bagouse, il doit rouler sur l'flouse.

— L'homme qui, dans toute l'histoire du pays, a roulé le plus longtemps sa bosse, dit Harry, s'appelait Thomas Parr. Il a vécu jusqu'à l'âge de cent cinquante-trois ans. Longévité est gage d'honnêteté.

— Et longueur est gage de volupté, ma belle », me chuchota Victor à l'oreille.

Je pris alors sa main délicatement et poussai son majeur si loin en arrière que son hurlement retentit dans toute la Cantine. Je ne le lâchai que lorsque les autres se furent tus et que tous les regards furent braqués sur nous ; Victor expliqua que je lui avais écrasé un cor.

« Que cela t'apprenne, lui murmurai-je férocement.

— Tu as de la force pour une mousmé, Lisbeth. (Il reprit son souffle et examina son doigt meurtri.) Accepte mes excuses les plus sincères. Penses-tu que j'ai dépassé les limites ?

— N'oublie jamais que je suis une innocente jeune fille.

— Tu dois bien, pourtant, avoir plus de… *quinze ans*…, Lisbeth.

— Non, je ne *dois* pas avoir plus de quinze ans. Et tu ferais mieux d'aller me commander une patate en robe de chambre, ou je te frappe. »

Victor était de l'école des « un dernier pour la route »… Je savais qu'il se produisait dans les tavernes chantantes, où on le réglait « en liquide » : il me l'avait avoué lui-même et était fier de pouvoir autant se remplir la vessie qu'un homme de taille normale – ou, pour utiliser son expression, de « transvaser le contenu d'une barrique dans une chope ». Ce soir-là, il fit honneur à sa réputation : il tanguait, il titubait, et, quand il roula sous la table, je le laissai regarder sous mes jupes un instant. Mais quand je sentis sa main effleurer ma cheville, je lui décochai un tel coup de pied qu'il ressortit de l'autre côté de la table. J'allais me lever et lui en donner un autre, quand un jeune homme accourut. « Avez-vous besoin d'aide ? » me demanda-t-il. Je le reconnus sur-le-champ : c'était John Cree, le reporter de l'*Era*, qui était venu parler à Doris quand nous passions au Washington.

« Oui, veuillez m'aider, sir. Je n'aurais jamais dû me laisser entraîner dans ce lieu pitoyable. »

Il m'escorta jusqu'au haut de l'escalier, puis dans la venelle sur le côté du théâtre.

« Êtes-vous totalement rétablie ? me demanda-t-il ; il attendait que je recouvre mes sens. Vous êtes très pâle.

— On m'a trompée, répondis-je. Fort heureusement, je dois avoir un ange gardien qui m'écarte du mauvais chemin.

— Puis-je vous accompagner ? Les rues, dans un tel quartier…

— Non, sir. Je n'ai pas peur la nuit… »

Sur quoi il me laissa, tandis qu'inspirant à pleins poumons l'air de Londres je purgeai la fumée de cigarettes que j'avais emmagasinée. Quelle étrange soirée ç'avait été, et la nuit ne faisait que commencer… Car, à l'aube, quelques heures seulement après que j'eus revu John Cree, on découvrit le cadavre de P'tit Victor Farrell dans un sous-sol deux rues plus loin : il avait la nuque brisée, sans nul doute après avoir fait une chute, tant il était ivre. De l'aveu d'un de ses compagnons de beuverie, il était « fortement imbibé » en quittant la Cantine, et l'on pensa qu'il avait erré dans la nuit avant de dévaler, par accident, l'escalier qui menait au sous-sol où on l'avait retrouvé. « L'Inspirant de marine » avait expiré.

Le lendemain était prévue une matinée. L'Oncle joua les inconsolables. « C'était un comique hors pair, déclara-t-il, un mouchoir à la main. Même si, sur le plan physique, il était hors norme. Je croyais qu'il pouvait tenir l'alcool. Hélas, ainsi que Shakespeare le répétait sans cesse, tragique fut mon erreur. » L'Oncle était lui-même aviné à cet instant, la plupart des artistes lui ayant déjà offert, par compassion, « une larmette ».

« Il a débuté comme chanteur des rues, Lisbeth. Il n'était pas plus haut que trois pommes qu'il poussait déjà la sérénade – il leva son mouchoir, mais seulement pour se moucher. Je me rappelle le soir où il est monté la première fois sur scène au vieil Apollo de Marylebone. Sur l'affiche, il était annoncé comme "La Crevette amoureuse". Est-ce qu'il t'a jamais chanté *La Chatte de la logeuse* ?

— Ne t'en fais pas comme ça, l'Oncle – je déposai un baiser sur son front couvert de sueur. C'était un grand et, maintenant, il est monté jouer sur la grande scène des cieux.

— Je doute qu'ils aient des variétés là-haut, mon petit – il émit un grognement, mi-soupir mi-ricanement. Bah ! toute chair est orpheline de naissance. »

Je sentis que mon heure était venue.

« L'Oncle… je me disais… tu sais que Victor était un second père pour moi…

— Ah, ça…

— … j'espérais pouvoir lui rendre un petit hommage…

— Explique-toi, mon petit.

— Je me demandais si on me laisserait prendre sa place ce soir. Je connais toutes ses chansons par cœur. (La façon dont il me dévisagea me poussa à tout déballer d'un coup.) Il y a un trou dans le programme, je le sais, et comme cadeau d'adieu je voudrais faire une imitation de lui…

— Mais tu as quelques bons centimètres en trop, Lisbeth.

— C'est ça qui serait drôle, justement. Victor serait le premier à en rire, ne crois-tu pas ?

— Ça, mon petit... mais je suppose que tu peux me montrer... »

J'avais étudié l'« Inspirant de marine » très précisément et je connaissais et sa façon de parler et ses gestes. Je n'étais pas en costume mais, au pied levé, je chantai à l'Oncle *Si jamais une sacrée fripouille...* en sautillant à la manière de P'tit Victor.

« Tu remues comme il faut, lâcha-t-il.

— Victor m'entraînait. Et il disait que j'avais un museau si rigolo que c'était dommage de ne pas s'en servir.

— Tu gazouilles comme un pinson...

— Merci, l'Oncle. Penses-tu que Victor aurait voulu qu'on me donne ma chance ? »

Il resta pensif un moment. Je savais qu'il réfléchissait à la nouveauté de la chose : et s'il pouvait faire de moi une romancière comique ou une chanteuse à diction ?

« Crois-tu qu'on pourrait te faire passer pour la fille de P'tit Victor ? me demanda-t-il. Tu sais... du genre "les petits nabots font les grandes asperges"...

— Je l'ai toujours considéré comme un second père, il était si gentil avec moi.

— Ah ça, oui, très paternel. »

Après que nous eûmes versé quelques larmes, il fut convenu que je ferais le sketch de P'tit Victor ce soir-là. Je crois que Dan était contre l'idée au départ mais, quand il vit mon enthousiasme débordant, il ne put se résoudre à se mettre en travers de ma route ; c'est, d'ailleurs, ce sur quoi j'avais compté. Vous pouvez imaginer ma nervosité quand je mis pour la première fois le costume de P'tit Victor : ses habits faisaient tout étriqués sur moi, cela va de soi, mais là était justement le drôle de la chose. Comme je le dis à Doris quand nous nous changions : « C'est fou c' qu' l'océan rétrécit les nippes d'un Inspirant de marine ! » Nous étions dans la loge avec d'autres garçons et filles de la troupe, chacun s'agitant et piaillant plus fort que les autres, avec cette gaieté exacerbée qui suit un décès. Personne n'aimait ni même n'appréciait P'tit Victor ; mais, dans le music-hall, on est comme ça, on pleure les « chers disparus » en forçant encore un peu plus la note qu'à l'ordinaire.

« ... 'quart d'heure !!! » C'était l'avertisseur.

Doris ouvrit la porte et lui cria :

« C'est quel genre de public ce soir ?

— Du gâteau. Comme dans du beurre. »

Je passais entre les Ballerines et les Trouvères Éthiopiens. L'accessoiriste, me voyant trembler dans un coin, vint à moi et me mit le bras autour de l'épaule. « Tu sais ce qu'on dit, Lisbeth, n'est-ce pas ? L'adversité met du cœur au ventre. S'ils te sifflent, siffle-les, ça leur coupera le sifflet. » Ce conseil, qui n'était guère rassurant, partait sans doute d'un bon sentiment !

Quand on m'annonça comme « la Fille de P'tit Victor », la salle fut prise de délire. Tout le quartier était au courant de sa fin – tout se savait là-bas. Dès que j'apparus, portant ses habits, et entonnai *Pour l'amour de mon pauvre père*, je sus que je les tenais. Prenant d'abord le style « monologuiste », je jouai sur la corde sensible et évoquai sa mort ; puis je passai à la « chanteuse à diction », en interprétant les chansons de Victor que je me rappelais ; et je continuai avec son sketch des mouchoirs égarés. Mais j'ajoutai également une touche personnelle. Je ne savais que trop l'effet que mes paluches tout usées faisaient sur les gens, c'est pourquoi j'avais mis des gants blancs pour accentuer encore leur taille. Je les portai donc bien en avant et dis en soupirant : « R'gardez-moi ces foutus gants d'batiste ! » Le public adora ça, parce que c'est le genre de phrase qui, comme on dit, « lui parle ». J'enchaînai avec la ritournelle à succès *V'là encore dimanche*. Je crois que j'aurais pu rester là tant et plus, mais je vis l'Oncle qui gesticulait depuis les coulisses. Je le rejoignis en vitesse tandis que ça sifflait et tapait des pieds dans la salle.

« Donne-leur encore un refrain puis sors de scène au moment où ils en redemanderont », me conseilla-t-il. Je retournai donc sur scène en vitesse pour le deuxième couplet.

La cane ne doit pas pondre ni la chatte mettre bas,
La poule, quoique engourdie, son nid ne quittera pas,
Quelque dures sa paillasse, et sa situation,
Qu'elle garde sa crasse et retarde l'incubation,
Car il faut, tous les dimanches, que rien ne se passe,
Pour que tous, le lundi, travaillent, grand bien leur fasse !

Je chantai cela tout spécialement en mémoire de ma mère, qui, le jour du Seigneur, m'entraînait dans la petite chapelle à la toiture en tôle ondulée et faisait de tous mes dimanches temps de pénitence. Ah, en gambadant sur la scène, je crus sautiller sur sa tombe ! J'exultais. Et le public m'aima pour ça. Il tomba une pluie de pièces et, bien que l'Oncle s'y fût opposé, j'offris à mon public un bis, le refrain de *V'là l'prix d'la viande qui grimpe encore*. Ça sifflait et ça tapait tellement des pieds dans la salle que je ne m'entendis pas remercier. J'étais tellement auréolée de gloire que j'aurais pu, dès cet instant-là, mourir et monter au ciel. Il est vrai que, d'une certaine manière, j'étais morte. Lisbeth de Lambeth était morte, Lizzie « la Fifille à Pt'it Victor » était enfin née, « foutus gants d'batiste » et tout...

Je crois que Dan m'en voulut d'avoir chipé le sketch de P'tit Victor, mais il dut reconnaître que je m'étais bien tirée d'affaire. Je n'étais encore qu'une débutante au caf'conc' mais, au fil des semaines puis des mois, mon nom grimpa régulièrement vers le haut de l'affiche. J'eus ma propre chanson, *Le Trou dans la serrure ou J'suis un peu jeune pour savoir*. Je m'aperçus vite que je réussissais beaucoup mieux dans la catégorie romancière comique que dans le genre gommeuse ou simple chanteuse. J'étais une bonne monologuiste et, bientôt, mon nom fut suivi du slogan qui me resta attaché : « Drôle Mais Pas Vulgaire. » Je me souviens encore parfaitement de tous mes sketchs. J'imitais une cabine de bains montée sur roues en chantant : *Ah, pourquoi y a pas la mer à Londres ?* Ensuite, je faisais mourir de rire les spectateurs avec *J' crois pas qu'il refera ça avant des mois, des mois et des mois*. Je n'ai jamais rien trouvé de grivois à cette chansonnette, et je l'interprétais comme une historiette à propos d'une femme que son mari emmenait une fois l'an en promenade sur le vapeur pour Gravesend. Ce devait être la façon dont je prononçais le *ça* qui les faisait hurler.

Je n'ai jamais su d'où me venait mon talent comique. Loin des planches, je n'étais pas une femme particulièrement enjouée ; je dirais même que, d'une certaine façon, j'étais morose. Une autre personnalité semblait surgir de moi chaque fois que je me retrouvais sous les feux de la rampe, une personnalité qui me surprenait moi-même, avec ses rimes canailles et ses blagues cockneys. Elle avait sa propre garde-robe, désormais. Un bonnet cabossé, une robe tombant à terre et des bottines hautes étaient ce qui lui allait le mieux et, au fur et à mesure que je me parais des éléments de ce costume, la voilà qui émergeait. Quelquefois, je ne parvenais plus à la maîtriser et, un soir au Palace, à Smithfield, elle se lança dans une parodie burlesque de la Bible, y compris des histoires désopilantes sur David et Goliath. Dans cet établissement-là, il y avait un nombreux public hébraïque, qui adora mon sketch, mais, le lendemain, une députation de la Société pour la propagation des Évangiles se plaignit au directeur. Ce que ces saints personnages étaient venus faire dans un music-hall, Dieu seul le sait ! Quoi qu'il en fût, la Fifille à P'tit Victor dut abandonner ce sketch-là. Naturellement, j'avais mes admirateurs attitrés : demandez à n'importe quelle étoile de la scène, et elle vous racontera comment nous sommes toutes perpétuellement persécutées par ces minets qui font le pied de grue devant la sortie des artistes. Ils accouraient en masse pour me voir, mais la plupart n'étaient que de petits contrôleurs d'autobus à deux sous la semaine ou bien des ronds-de-cuir de la City. Comme Doris et moi partagions encore notre chambre à New-Cut, toutes les deux ensemble, nous fendions le troupeau sans tourner la tête. « Je n'ai peut-être pas traversé les chutes du Niagara sur un fil comme Blondin mais je sais encore marcher droit quand il le faut », se rengorgea-t-elle un soir. Elle demeurait Étoile des Funambules, du moins pour ses admirateurs, cependant, c'est de la Fifille à P'tit Victor dont on murmura bientôt qu'elle était la dernière révélation du caf'conc'. Nous restions pourtant les meilleures amies du monde, et n'aimions rien tant, après le spectacle, que retourner chez nous et nous régaler d'une assiette de bacon aux haricots. J'étais toujours électrisée après les représentations (et peut-être – à en juger par la mine contrite de Doris – en proie à l'hystérie). Toutefois, peu à peu, Lizzie, la Fifille à P'tit Victor, se retirait pour laisser la place à Lisbeth. Je devais veiller à ne pas contredire l'histoire de la pauvre orpheline que j'avais fait avaler à Doris le premier jour, mais c'était chose facile : je m'étais inventé toute une vie qui me rendait beaucoup plus intéressante à mes yeux et je n'éprouvais, franchement, aucune difficulté à m'y tenir.

À l'occasion, Austin se joignait à nous et apportait des topettes de bière brune. Il lui arrivait de nous parler du bon vieux temps où il était soprano dans les Caveaux Harmoniques et les Temples Mélodiques. « J'avais une belle voix, nous confia-t-il un soir, et quand j'apparaissais dans les Jardins Chantants, j'étais comme un ange descendu du ciel. J'aurais pu faire du théâtre légitime, mes chéries, j'aurais pu devenir une autre Betty. Mais j'ai été victime de la jalousie du milieu. On m'a éloigné des feux de la rampe par crainte, voyez-vous, que… On m'a refusé Drury Lane…. enfin… je fais la maman ? » Et de nous servir encore une bière chacune,

avant de passer en revue avec Doris les ragots du jour :
le ventriloque courtisait une jeune danseuse de Basildon
qui faisait partie d'une revue nègre, et Clarence Lloyd
avait été retrouvé ivre mort dans son costume de travesti
devant une mission de marins. Le pauvre Clarence avait
été emmené au poste pour avoir troublé l'ordre public
ou, dans la version d'Austin, avait été « mis au violon
en chantant *Du temps de mon premier mari* ». Toutefois,
il semblait que nos conversations dussent immanquablement revenir à Dan, ou à Mr. Leno, comme Austin
tenait à l'appeler dès qu'il avait trop bu. Dan demeura
toujours un mystère pour nous, bien que son mystère
résidât dans son art même, dont le génie était évident
même aux spectateurs les moins finauds. « On parle de
grands poètes comme Tennyson ou Browning, et loin
de moi le désir de remettre en cause le talent de ces
messieurs, affirmait Austin, mais, croyez-moi, les filles,
Mr. Leno, lui, est unique… »

Et c'était la pure vérité… Dan n'avait que quinze
ans à l'époque mais il interprétait tant de rôles que c'est
à peine s'il avait le temps d'être lui-même. Et, malgré
tout, il n'était jamais rien d'autre que lui-même, encore
et toujours. Squaw, garçon de café, Pierrette et son pot
au lait, mécano : il était tout cela et, néanmoins, jamais
autre que Dan créant ces personnages à partir d'un rien.
Boutiquier, il vous faisait littéralement voir les clients
avec qui il se disputait et les colporteurs arabes qui lui
empoisonnaient l'existence. Quand, en aparté, il souf-
flait « J' m'en vais libérer c' morceau de gorgonzola »,
on avait l'odeur du fromage dans les narines et, quand
il faisait semblant de lui tirer dessus pour le soustraire
à sa molle existence, on voyait le fusil, on entendait la

détonation. Ah, vous auriez entendu les hurlements du public dès qu'il apparaissait ! Il courait jusqu'aux feux de la rampe, tambourinait des pieds, levait la jambe droite avant de la rabaisser en donnant un grand coup de talon sur le plancher. Et, tout à coup, il était la vieille fille aigrie en quête d'un homme.

« Son talent ne connaît aucune limite, me dit l'Oncle un soir à son propos, tandis que nous quittions le Desiderata de Hoxton. Aucune limite... » Il me serrait le bras un peu trop fort mais, dans la mesure où il avait toujours été si bon pour moi, c'est avec délicatesse que je le repoussai. Il fit mine de ne s'apercevoir de rien. « Que dirais-tu, ma petite Lisbeth, d'un bon *fish & chips* bien gras ? Fourre-toi donc un peu de chaleur dans le ventre, veux-tu ? » J'allais prétexter la fatigue quand, qui ne voyons-nous pas sortir des ombres de Leonard's Rents ? Ce jeune homme qui, des mois auparavant, m'avait sauvée des attentions trop pressantes de P'tit Victor. Je l'avais aperçu de temps à autre depuis et avais d'ailleurs espéré qu'il désirerait s'entretenir avec moi en vue d'un article dans l'*Era*. Hélas, il demeurait toujours très respectueux et courtois. Il ôta son chapeau en me voyant et, songeant peut-être que l'Oncle devenait par trop familier à mon égard, s'enquit de ma santé. L'Oncle lui lança un regard de « propriétaire » et allait passer son chemin mais je le forçai à s'arrêter un instant.

« Que c'est aimable à vous de demander, Mr...

— John Cree, de l'*Era*.

— Je me porte très bien, Mr. Cree. Mon régisseur m'emmène à mon coupé, comme vous le voyez. »

L'Oncle lui-même fut impressionné par mes manières de grande dame. Dès lors, Mr. John Cree fut souvent dans mes pensées.

21

Le matin où Karl Marx fut interrogé par les deux
sergents de la police secrète, George Gissing occupait
sa place habituelle sous la coupole de la Salle de lecture
du British Museum. Il s'asseyait toujours le plus loin
possible des deux longues tables réservées aux dames.
Non point parce qu'il était misogyne (loin de là), mais
parce qu'il était encore assez jeune pour se bercer de
l'illusion que la quête du savoir est une activité mona-
cale dans laquelle l'esprit doit soit convaincre le corps,
soit le vaincre. En fait, il passait le plus clair de son
temps dans la Salle de lecture en partie afin d'échapper
à ce qu'en hommage à Nietzsche, qu'il venait de lire,
il nommait « la présence de la Volonté féminine ». Son
intérêt pour le sujet n'était pas seulement théorique,
dans la mesure où il était persuadé que son existence
entière était gâchée par « la présence » d'une femme.

Cela remontait à ses dix-huit ans, il était étudiant
à Owens College, à Manchester. Brillant sujet promis
à un bel avenir, il préparait le concours d'entrée à
l'université de Londres, quand il avait rencontré Nell
Harrison. À dix-sept ans, elle avait déjà sombré dans
l'alcoolisme, et finançait son vice en se livrant à la

prostitution. Gissing s'amouracha d'elle dans une taverne de Manchester ; idéaliste, il croyait qu'il pourrait, dans la plus pure tradition théâtrale, « la ramener dans le droit chemin ». La littérature était tout pour lui et, avec sa passion innée pour le pathos et pour le drame, il broda mille récits autour de Nell. Il est même possible que son prénom évoquât, dans son esprit, la Petite Nell du *Magasin d'antiquités*, de Dickens. Néanmoins, il est plus vraisemblable que le jeune homme aux penchants romantiques se fût épris d'elle justement parce que c'était une alcoolique et une prostituée ; elle était le type même du paria de l'âge moderne, un personnage digne des romans d'Émile Zola. Dans ce sens, il avait tort de la rendre responsable de tous ses malheurs, qu'il devait, en partie, à ses propres illusions.

La tragédie de sa vie avait eu lieu quelque temps après leur rencontre. Il utilisa sa bourse pour la nourrir et la blanchir ; alla jusqu'à lui acheter une machine à coudre (alors une invention récente) pour qu'elle pût gagner sa vie comme couturière. Or, elle but les shillings qu'il lui procura et, parce que ses exigences financières ne cessaient de croître, il se mit à voler ses camarades d'Owens College. Au printemps de 1876, les autorités de l'établissement l'épinglèrent, le firent arrêter et condamner à un mois de travaux forcés à la prison de Manchester. Ç'avait été l'étudiant le plus doué, le plus cultivé de sa promotion : d'un seul coup, tout espoir d'avancement académique ou social lui était interdit. Après être sorti de prison, il s'enfuit en Amérique, où il ne trouva aucun moyen de subsistance. Il retourna donc en Angleterre – pour être plus précis, il revint à Nell. Il ne pouvait lui échapper (peut-être n'en avait-il

nulle envie). Ensemble, ils allèrent à Londres ; ils er-
rèrent de mansarde en soupente, forcés de déménager
chaque fois qu'était découverte l'activité de Nell. Ce
qui n'empêchait pas Gissing de s'accrocher à elle. On
croirait au résumé d'un mélodrame interprété dans
un quelconque *theatre of sensation* londonien, tel le
Cosmotheka de Bell Street, mais il n'en demeure pas
moins que c'est une histoire vraie, la plus véridique que
Gissing ait jamais imaginée. Érudit passionné, linguiste,
féru des classiques, en d'autres circonstances il eût déjà
été nommé professeur dans l'une des plus anciennes
et plus prestigieuses universités du pays ou eût tenu
une chaire au récent University College ; or, il était
acoquiné avec une vulgaire prostituée, une alcoolique,
une souillon qui avait réduit à néant tous ses espoirs de
reconnaissance sociale. Ainsi, du moins, voyait-il sa vie
et, cependant, au printemps de 1880, il avait épousé
Nell. Assis dans l'atmosphère chaleureuse de la Salle de
lecture, il songeait que même cette officialisation de leur
union n'avait pu ramener Nell dans le droit chemin.

Malgré tout, il n'avait pas abandonné toute ambition littéraire ; il gagnait sa vie comme professeur
particulier, mais envisageait de continuer à écrire des
articles et des recensions dans les gazettes londoniennes.
« Romantisme et Crime » avait été fort apprécié par le
rédacteur de la *Pall Mall Review* et Gissing était déjà
près de se lancer dans le premier jet de son essai sur
Charles Babbage. Grâce à quelque argent qu'il avait
réussi à mettre de côté, il était parvenu à faire publier
son premier roman au printemps de cette année-là
(quelques jours après son mariage). La phrase d'ouverture des *Travailleurs de l'aube* devait plus tard acquérir

pour lui une résonance particulière : « Accompagne-moi, lecteur, dans Whitecross Street. » L'automne était là, cependant, qu'il n'avait vendu que quarante-neuf exemplaires de son roman, malgré les éloges discrets de l'*Academy* et du *Manchester Examiner*. Il avait donc compris qu'il devrait, à l'avenir, davantage compter sur les ressources moins aléatoires du journalisme. Voilà ce qui l'avait décidé à se pencher sur les ardues, quoique fabuleuses, inventions de Charles Babbage.

N'étant pas scientifique, il s'évertuait, pour l'heure, à saisir les principes de la forme numérique dans son rapport avec la notion du *felicific calculus* de Jeremy Bentham. Le lien peut paraître ténu, voire bizarre, mais il faut se rappeler que les penseurs de l'époque liaient plus volontiers qu'aujourd'hui science, philosophie et théorie sociale. Gissing essayait à cet instant même de rapprocher l'idée du « bien du plus grand nombre » et les expériences récentes en statistique sociale, en mettant l'accent sur les résultats extraordinaires obtenus par ce que Charles Babbage avait appelé sa « machine analytique ». Cette invention était, à plus d'un égard, le précurseur de l'ordinateur, un « moteur » qui combinait ou dispersait les nombres dans un réseau aux parties reliées entre elles mécaniquement. Le rapprochement entre les recherches de Bentham et celles de Babbage (dans la mesure où Gissing comprenait la littérature sur le sujet) se justifiait surtout par le désir d'évaluer le degré de misère dans un lieu donné et, partant de là, d'en prévoir l'évolution. « Être informé précisément sur le lot de l'humanité, avait écrit un benthamien dans un opuscule intitulé *L'Éradication de la misère dans les zones métropolitaines*, revient à susciter les conditions dans lesquelles il pourra être amélioré. Il nous faut savoir pour comprendre et, parmi celles dont nous disposons, les preuves statistiques sont actuellement les plus fiables. »

Gissing connaissait la pauvreté, et même l'avilissement ; ils étaient son lot depuis qu'il était venu à Londres avec Nell. À seulement vingt-deux ans, il avait déjà écrit des phrases comme : « Rares ceux avec qui la vie s'est montrée aussi cruelle. » Il avait peine à croire, toutefois, que le fait qu'autrui pût être « informé » de sa condition améliorerait cette dernière de quelque façon que ce fût ; être une statistique, un objet d'enquête ne ferait qu'ajouter à son avilissement. Il comprenait que c'était là une manifestation supplémentaire de son hypersensibilité et de sa propension précoce à se replier sur lui-même (tout rappel de sa condition le heurtait avec une violence chaque fois renouvelée), mais il émettait également des réserves plus générales. Être informé par des statistiques, ce n'était ni savoir ni comprendre ; c'était un stade intermédiaire dans lequel l'enquêteur maintenait une distance telle avec la réalité que celle-ci ne pouvait guère lui apparaître dans toute sa lumière. N'être qu'informé, eh bien, c'était ne se fier à aucun sens des valeurs ni à aucun principe, mais seulement aux connaissances illusoires que procurent les chiffres. Gissing concevait aisément un monde futur dont la population entière serait soumise au *felicific calculus* de Bentham ou aux machines à calcul de Babbage (il songea même à écrire un roman sur le sujet), mais alors elle ne serait plus que le témoin passif d'une réalité qui lui aurait échappé. Là résidait toute la difficulté qu'il éprouvait à rédiger son article.

La veille, il avait visité la fabrique de Limehouse où l'on avait assemblé la machine à calculer la plus récente. Dès 1830, Babbage avait réussi à construire un « moteur différentiel », limité à des calculs simples, mais il s'était bientôt concentré sur le plus complexe « moteur analytique », capable d'ajouter, de soustraire, de multiplier, de diviser et de résoudre des équations algébriques et numériques ; il était de surcroît parvenu à obtenir des clichés des résultats. C'était la machine que Gissing était venu voir. Il était plus romancier que philosophe et s'était dit que la meilleure façon de comprendre les concepts de Babbage était d'examiner son invention. La fabrique, qui abritait la machine à calculer mais aussi deux ateliers, se trouvait au bout de Limehouse Causeway, un peu au-delà de Saint Ann. On disait que Babbage s'était installé là parce qu'il était fasciné par la grande pyramide blanche érigée dans le périmètre de l'église et il était censé avoir confié à un ami : « Le nombre de pierres qui composent une pyramide triangulaire peut se calculer simplement en ajoutant les différences successives, dont le tiers est constant. » L'ami ne l'aurait pas compris, quoi qu'il en fût, la réalité est plus prosaïque : Babbage avait naguère travaillé là avec un dénommé Turner, fabricant de pièces détachées. À des fins pratiques, il avait plus tard acheté le bâtiment voisin de la maison dudit Turner sur Commercial Road. Gissing n'eut aucun mal à trouver l'endroit et fut accueilli par un Mr. Turner désormais fort âgé et dont la fonction, conformément aux termes du testament de Babbage, était de maintenir la machine en état « jusqu'à ce que le public soit prêt à lui réserver un accueil adéquat ».

Gissing lui montra une lettre du rédacteur de la *Pall Mall Review* qui attestait de son identité et de son intention d'écrire sur l'œuvre de Charles Babbage ; de telles précautions étaient nécessaires dans la mesure où, cette année-là, des rumeurs avaient circulé, selon lesquelles des espions industriels français écumaient le territoire britannique en quête des derniers progrès effectués dans le domaine de l'intelligence artificielle. Mr. Turner prit un temps infini pour lire la lettre, qu'il sembla considérer comme un document d'une extrême complexité, avant de la rendre à Gissing avec une courbette à l'ancienne.

« Aimeriez-vous voir la machine sur-le-champ ? demanda-t-il à son visiteur.

— J'en serais ravi. Merci. »

Le parler sec et nerveux de Gissing trahissait-il le chaos qu'il ressentait en lui-même ?

« Si vous voulez bien me suivre. » Le vieillard fit traverser à son hôte un atelier qui, à l'évidence, n'avait pas servi depuis longtemps : tout y était parfaitement en ordre et, avec ses tables en bois bien brossées et ses instruments lustrés, c'était devenu un musée consacré aux travaux de Babbage et de Turner lui-même. C'est là qu'ils avaient travaillé ensemble sur les dents et les roues dont était fait ce qu'il appela le « moulin » (en anglais *mill*) de la machine à calculer. Samuel Rogers, le célèbre bel esprit, prétendait qu'on avait opté pour ce nom en hommage à John Stuart Mill. Babbage, lui, certifiait que c'était en souvenir des « Albion Mills », les Moulins d'Albion, ces minoteries qui, sur Westminster Bridge Road, avaient été un haut lieu de son enfance et dont le rendement l'avait convaincu de l'utilité des progrès techniques.

« Donnez-vous la peine, sir, mais prenez garde, ce pavement est traître. » Le vieillard conduisit Gissing dans la grande salle qui abritait la machine à calculer ; de la rangée de fenêtres néo-gothiques dont était percée la partie haute des murs une lumière filtrée coulait sur l'engin reluisant. Tel était le rêve de Charles Babbage : un ordinateur construit plus d'un siècle avant le premier de ses successeurs modernes, une machine qui luisait comme une hallucination dans la lumière d'un jour de septembre 1880. Les scientifiques et les industriels du XIXe siècle s'en étaient détournés instinctivement, parce que cette machine trop en avance sur son temps ne pouvait exister dans ce monde-ci.

Comment avait-elle donc pu être créée ? Un jour, dans la salle de lecture de la Société analytique, un collègue, voyant Charles Babbage penché sur une table de logarithmes, lui demanda à quel problème il s'était attelé. « Dieu, si seulement ces calculs pouvaient être effectués à la vapeur ! », répondit Babbage. C'est l'un des plus beaux énoncés du XIXe siècle. De façon oblique, il confirme l'une des extraordinaires hypothèses de son auteur, qui avait déclaré un jour : « Les vibrations de l'air, une fois mises en branle par la voix humaine, se poursuivent à l'infini » ; il s'intéressait par ailleurs au mouvement perpétuel des atomes. « De ce point de vue, écrivit-il, quel étrange chaos se niche dans l'atmosphère que nous inhalons ! Ouvert aux énergies bénéfiques comme aux énergies malfaisantes, chaque atome retient à la fois, mélangés de mille et une manières, l'impulsion que lui insufflent les philosophes et les sages, et tout ce qui existe de vil et d'indigne. L'air est une infinie bibliothèque où sont consignés pour l'éternité tout ce qu'homme a jamais dit et tout ce que femme a jamais susurré. » Charles Dickens, qui lut cette phrase dans l'annonce d'une édition du *Neuvième Traité de Bridgewater*, fut profondément marqué par cette vision du monde qui s'accordait tant à la sienne. Elle correspondait, pour le moins, à sa perception de Londres, telle qu'il la dévoile dans *La Maison d'Âpre-Vent* et dans *La Petite Dorrit*, quoiqu'il expose encore plus nettement les idées de Babbage dans son roman inachevé, *Le Mystère d'Edwin Drood*, où la mort et le meurtre occupent une place centrale et qui débute précisément dans le quartier de Limehouse où se trouvait George Gissing ce jour-là.

« Voici les cartes, sir – Mr. Turner sortit de sa poche un certain nombre de pièces de zinc perforées. Plusieurs sont des cartes variables. Le reste est numérique ou combinatoire. Mr. Babbage s'est inspiré des métiers à tisser. » Gissing, cependant, contemplait la machine même. Elle semblait composée de quatre parties, dont un moteur central qui s'élevait vers le plafond à une hauteur de cinq mètres ; à ses yeux, c'était un géant métallique fait de tiges, de roues et de pièces carrées, un objet manufacturé si imposant, si bizarre qu'il eût voulu se prosterner là comme devant quelque divinité nouvelle. Comment avait-on pu fabriquer cela en plein Limehouse ? « Le cœur de la machine se trouve ici, sir. » Mr. Turner s'approcha de la partie centrale de la machine et caressa un grand axe vertical, tout au long duquel se succédaient roues et cartes. « Mr. Babbage a conçu un mécanisme qui permettait à la machine de prévoir les nombres à reporter. Elle gardait en mémoire les résultats qu'elle avait déjà obtenus et pouvait ainsi anticiper le mouvement des chiffres à venir. Comprenez-vous la beauté de tout ceci ?

— C'est très ingénieux. »

Gissing ne comprenait rien à ce qu'on lui racontait mais, à l'instar de ses contemporains, il voyait déjà dans la machine la création quelque peu monstrueuse d'un excentrique. Il venait de lire l'étude de Swinburne sur William Blake pour un article qu'il avait proposé à la *Westminster Review* – or, il découvrit là un parallèle avec *Les Livres prophétiques* de Blake : la machine analytique de Babbage et les folles poésies de Blake semblaient émaner d'esprits curieux et obsessionnels qui avaient œuvré à l'élaboration de projets dont ils étaient les seuls à posséder toutes les clés.

« Le "moulin" proprement dit comporte dix parties différentes, dont le calculateur, le répétiteur et le combinateur. À l'aide de ces roues à crochet et de ces petites cages, sir, la partie roulante du moteur se déplace vers le haut ou vers le bas. Ces cartes que vous voyez ici poussent les leviers, qui, à leur tour, entraînent ces roues-là.

— Je crains qu'un néophyte comme moi ne se trouve totalement dépourvu devant une telle machine. Tout cela exigerait que je me plonge dans les arcanes de la mécanique…

— Mais si vous avez l'intention d'écrire… »

Gissing prévint la critique.

« Vous avez raison, naturellement. Toutefois, je veux parler, avant tout, de la pensée sociale qui sous-tend les calculs de Mr. Babbage : il était philanthrope, n'est-ce pas ? Il prônait le plus grand bien pour le plus grand nombre ?

— Cela a toujours été sa préoccupation, en effet. Il est venu ici l'avant-veille de sa mort, sir, afin de surveiller la fabrication de nouvelles cartes numériques en zinc. Il débordait encore d'activité. Toujours pareil à lui-même. Toujours la même énergie.

— N'est-il pas mort il y a huit ou neuf ans ?

— En octobre 1871. J'étais son contremaître depuis vingt ans, et je savais combien le minait l'incompréhension des autorités et des scientifiques. Il était d'une intelligence supérieure, sir, et, de ce fait, en butte à la suspicion de ceux qui ne le valaient pas. Il rêvait d'une immense machine analytique susceptible d'aider aux affaires de la nation, mais il n'en résulta rien. C'est là où je voulais en venir, pour répondre à votre question. (Gissing commençait à comprendre que son interlocuteur n'était pas un simple contremaître : il avait manifestement partagé les aspirations de son employeur.) Comme vous avez dû vous en apercevoir, les problèmes et les difficultés de toute sorte sont pléthore à Limehouse. Il vous a suffi de parcourir les rues jusqu'à cette fabrique pour voir, je n'en doute pas, ce que personne ne devrait voir dans un pays chrétien. Les dames de petite vertu vont jusqu'à s'adosser au mur de l'église de l'autre côté de la rue pour pratiquer leur commerce. (Turner ne pouvait guère se douter que son visiteur était marié à l'une d'elles.) Et puis il y a ces terribles meurtres.

— La corruption existe partout, je le sais. Mais, assurément, c'est la pauvreté et la misère qui en sont la cause dans ces parages.

— C'est précisément où je voulais en venir, sir. Mr. Babbage était également de cet avis : si seulement nous pouvions évaluer l'ampleur et le taux de croissance de la misère, alors nous pourrions prendre les mesures adéquates afin d'améliorer le sort des miséreux. J'habite Commercial Road depuis de longues années, sir, et je sais qu'avec des relevés et des chiffres nous pourrions supprimer la souffrance. »

Turner ne citait pas directement son employeur, qui avait écrit : « Les erreurs commises à partir de raisonnements fautifs, ignorant les données vérifiées, sont bien plus nombreuses et bien plus durables que celles qui résultent de l'absence de faits. » Babbage continuait en décrivant les vertus de la « notation mécanique », qui pouvait servir à établir des tables où figureraient « le poids atomique des corps, la gravité spécifique, l'élasticité, la chaleur spécifique, la puissance conductrice, le point de fusion, le poids de différents gaz et solides, la force de matériaux divers, la vitesse du vol des oiseaux et de la course des animaux… ». C'était là sa vision du monde, dans laquelle tout phénomène était relevé et catalogué : une vision invoquée comme l'était celle du golem, dans les mêmes lieux, où tout n'était que maux et désolation.

Depuis un long moment, Gissing observait attentivement la machine géante. Un engin aussi volumineux et aussi complexe pouvait-il vraiment être un agent de progrès ? Non, cela ne pouvait être. En effet, pourquoi éprouvait-il, en sa présence, une gêne, et comme le sentiment d'être diminué ? Il était las, il avait faim (il n'avait mangé ce jour-là qu'une tartine de pain beurré) et, dans son état de faiblesse, il fut soudain la proie d'une angoisse plus forte encore. Un instant, il lui semblait que cette machine était un démon de métal convoqué par les plus sombres appétits des hommes. Mais le sentiment de panique passa et il put envisager les choses d'un esprit plus serein. Il ne croyait pas plus au progrès qu'à la science et ne pouvait imaginer un monde où l'un ou l'autre pût représenter une force irrépressible. Il n'avait connu que la pauvreté et vivait encore avec Nell dans une mansarde près de Tottenham Court Road ; il ne croyait pas un seul instant ceux qui prétendaient que l'on pouvait extirper la misère des villes ; il ne croyait même pas qu'on pût la soulager. Il connaissait suffisamment Londres pour savoir que la ville n'offrait aucun salut. Il se considérait comme un « *individualist* », dans l'acception du terme à cette époque, c'est-à-dire qu'il comprenait la nature profonde du monde. En fait, quoi qu'on puisse induire du titre de son premier roman, *Les Travailleurs de l'aube*, Gissing n'était ni un radical ni un philanthrope ; il n'éprouvait aucune pitié réelle pour les pauvres, si ce n'est sous une forme d'autocommisération – plus tard, il écrirait d'ailleurs : « J'ai toujours vu la trace d'un pathétique infini dans la passivité avec laquelle les hommes acceptent les conditions que leur fixe l'existence. » Il a également écrit que « la souffrance et la douleur sont les grands docteurs ès métaphysiques ». Peut-être se faisait-il ainsi rémission de sa propre incapacité à poursuivre une carrière universitaire ; de toute façon, un tel homme était-il susceptible d'être convaincu par l'efficacité de la machine analytique ? Mais pourquoi fut-il empli de crainte quand il l'observa qui reluisait dans la lumière automnale de l'East End ? Il en avait assez vu. Il remercia Mr. Turner de lui avoir montré cette belle mécanique et, ressortant, se retrouva sur Limehouse Causeway.

Un homme et une femme se battaient dans la rue et, les dépassant, il huma, à ne point s'y méprendre, l'odeur des ivrognes ; il ne la connaissait que trop. Une fenêtre s'ouvrit à un étage et il entendit une femme crier : « Tant qu'vous vivrez dans c'te baraque, ça continuera pas comme ça ! » Telles étaient ce que Gissing savait être les conditions que l'existence fixe aux hommes, mais il aurait dû comprendre que ces mêmes conditions étaient à l'origine de la machine géante qu'il venait de contempler. Il existait un lien intime entre l'énorme ordinateur logé dans la manufacture et l'atmosphère même de Limehouse. Il aurait pu remarquer, par exemple, la grande pyramide blanche de l'église Saint Ann, qui avait tant impressionné Charles Babbage. On pourrait commencer un voyage au cœur des mystères de Londres par un examen de cette pyramide et de la machine analytique ; toutes deux avaient un rapport direct à la fois avec la douleur et avec le désir de rédemption ou de fuite. À la vérité, peut-être l'ordinateur moderne trouve-t-il là aussi ses sources, en tant que partie d'un récit bien plus extraordinaire et d'une envergure bien plus grande que *Les Travailleurs de l'aube*.

Dans les romans que Gissing écrivit par la suite, coïncidences et rencontres fortuites abondent ; quand on le questionnait sur ce point, il répondait : « C'est ce qui arrive dans la vie » ou : « La vie est ainsi faite. » Il aurait pu l'avoir seulement pressenti, mais il se trouve qu'il en avait réellement fait l'expérience : c'est ainsi que, en remontant Limehouse Causeway vers Scofield Street, il aperçut sa femme qui courait à quelque distance devant lui. Il ne l'avait pas vue depuis trois jours ; hélas, il avait l'habitude de ses escapades. Sans avoir le loisir de se demander ce qu'elle pouvait faire dans ce quartier, il cria : « Nell ! » La silhouette se retourna, avant de s'engager brusquement dans une venelle. Il lui emboîta le pas aussitôt mais, quand il arriva à la hauteur de la venelle, elle avait disparu dans un enchevêtrement de masures comme empilées les unes sur les autres. Il ne pouvait pas la laisser à son sort dans ces parages, où il supposa qu'elle avait transféré son commerce, ne fût-ce que pour avoir de quoi payer son alcool. Un peu au hasard, il entra dans la maison la plus proche. Jetant un coup d'œil dans l'escalier, il s'apprêtait à monter la première volée quand il se retourna et vit sa femme ressortir du porche dans la rue. Il se remit donc à la suivre. Elle s'en retournait hâtivement vers Londres ; il dut la suivre longtemps mais réussit à ne pas la perdre de vue, jusqu'à ce qu'elle arrivât sur Whitecross Street près de Fore Lane, où elle entra dans un immeuble minable. Gissing resta sur l'autre trottoir dans l'ombre d'un café délabré. Or, une fanfare allemande défila dans la rue tandis qu'il s'impatientait sur le trottoir, et créa une telle diversion dans les tavernes et les brasseries du quartier (où toute distraction était bienvenue) qu'il craignit après un moment que Nell eût réussi à s'esquiver par les ruelles adjacentes. Il s'approcha lentement de l'immeuble puis, pris d'un soudain accès de colère envers le comportement de sa femme, il se mit à tambouriner sur la porte. Celle-ci fut ouverte sans tarder par une jolie jeune fille vêtue, bizarrement, en amazone.

« Vous allez réveiller les morts ! – la voix était grave, l'accent londonien. Qu'est-ce que c'est que vous voulez ?

— Est-ce que Nell est ici ?

— Nell qui ? Nell Gwynn, la favorite du roi George ? J'en connais pas, moi, de Nell.

— Elle est de taille moyenne ; elle a les cheveux châtains… et une broche accrochée à son corsage, en forme de scorpion. (Cette broche, il la lui avait achetée pour leur mariage, à peine quelques mois auparavant.) Elle la porte sur le sein gauche. (Il plaça sa main sur sa poitrine pour indiquer l'endroit.) Juste là.

— Y a beaucoup de femmes qui vont et viennent ici. Mais pas de Nell à ma connaissance.

— Je vous en prie. C'est ma femme. »

La fille regardait par-dessus son épaule la fanfare allemande, que les badauds écoutaient jouant devant une gargote, mais il lui sembla détecter sur son visage une fugitive expression de compassion ; néanmoins, elle ne dit mot. « Si vous la voyez ou entendez parler d'elle, voudriez-vous me faire passer un message ? » Il sortit le calepin dans lequel il avait pris ses notes sur la machine analytique de Babbage, et écrivit son nom et son adresse sur une page qu'il déchira ensuite, avant de la lui tendre. « Il va de soi que je vous paierai pour ce service. »

Elle prit la feuille, la plia et la glissa dans la poche plissée de sa tenue d'amazone. « Je ferai ce que je pourrai. Mais je ne promets rien. »

Il la quitta ensuite et reprit son chemin vers sa mansarde près de Tottenham Court Road, empli du sentiment mélancolique que sa vie entière serait probablement circonscrite par ces rues à l'abandon, et par son commerce forcé avec les créatures qui les arpentaient.

Que valaient la littérature et l'ambition littéraire face à de tels obstacles ? De quelle utilité était la machine analytique, avec toutes ses tables et ses notations ? À moins qu'elle eût une utilité, en effet… elle lui rappelait ce qu'il était : un nombre, l'un des 18 % des habitants de la ville atteints de maladies chroniques, l'un des 36 % qui gagnaient moins de cinq guinées la semaine. Il n'était pas un homme de lettres : comment aurait-il pu l'être quand cette pénible marche (elle lui évitait de payer un ticket d'autobus) marquait les limites de son univers ?

En fait, Gissing avait accompli davantage qu'il ne le croyait. Son article sur Charles Babbage paru dans la *Pall Mall Review* éveilla un grand intérêt, notamment, avec les effets qu'on sait, dans l'esprit de H. G. Wells, qui le lut quand il était écolier. Karl Marx aussi le remarqua, lui qui, dans la dernière année de sa vie, écrivit trois courts paragraphes sur les avantages de la machine analytique en vue du développement du communisme international. Ses propres mots, conservés parmi ses écrits posthumes, furent réutilisés quelque quarante années plus tard lorsque le nouveau gouvernement de l'Union soviétique créa un ministère de la Science et subventionna un projet d'élaboration d'une machine arithmétique expérimentale. Dans cette mesure on peut affirmer que l'excursion à Limehouse d'un romancier crève-la-faim a changé le cours du monde ; en outre, il n'est pas sans intérêt de noter que, lorsque H. G. Wells rencontra Staline à Moscou en 1934, ils évoquèrent les lignes que Karl Marx avait écrites sur l'invention de Charles Babbage.

Toutefois, la visite de Gissing à Limehouse eut des conséquences plus immédiates. Le troisième meurtre du Golem de l'East End, après ceux de Jane Quig et de Solomon Weil, fut perpétré sur la jeune amazone qui s'était entretenue avec le romancier sur le seuil d'un immeuble de Whitecross Street. C'est elle qui fut abandonnée, affreusement mutilée, au pied de la pyramide blanche devant l'église Saint Ann de Limehouse. Le rapport de police indiquait qu'elle avait le regard tourné vers l'église lorsqu'elle fut retrouvée. À cette époque, peut-être en raison de vieilles superstitions, on accordait une grande importance à la direction du regard des victimes d'un meurtre. Des années plus tard encore, on photographiait les yeux des victimes, au cas où il y aurait eu une part de vérité dans la croyance qu'ils reflétaient le visage de l'assassin. Quoi qu'il en soit, le rapport de police se trompait. Alice Stanton ne regardait pas l'église, elle regardait par-delà l'église : elle regardait l'entrepôt où la machine analytique attendait de naître à la vie.

Une partie seulement de sa tenue d'amazone recouvrait encore son tronc, tandis que le reste était éparpillé avec ses membres dispersés de-ci de-là. On ignorait pourquoi elle l'avait revêtue, à moins que ce ne fût pour exciter les goûts de ses clients les plus dépravés. L'enquête ne permit pas, tout d'abord, de découvrir où elle se l'était procurée. En fait, ce costume avait appartenu naguère à Dan Leno, qui le revêtait pour son sketch de la « Femme-Jockey » (laquelle montait en amazone un cheval imaginaire appelé « Ted, la Rosse qui fait du Sur-Place »). La victime l'avait acheté au fripier de Ratcliffe Highway auquel John Cree avait rendu visite.

22

20 septembre 1880. Ils l'ont donc trouvée près de l'église, une vraie petite épouse du Christ éparpillée sur les pierres dans une attitude d'humble vénération. Elle était renée. Je l'avais baptisée avec son propre sang, j'étais devenu son Sauveur. Peut-être l'identité que les imprimés m'ont donnée est-elle correcte ; le nom de « Golem de l'East End » me confère, après tout, une certaine spiritualité. J'ai été nommé d'après une créature mythologique, et il est réconfortant de savoir que les grands crimes peuvent être instantanément traduits dans les plus hautes sphères. Je ne commets pas de meurtres : j'invoque une légende et tout me sera pardonné aussi longtemps que j'interpréterai fidèlement mon rôle.

Je suis allé me promener hier après-midi sur le site de ma dernière visitation, et j'ai été ravi de voir que de jeunes hommes ramassaient des touffes d'herbe et des cailloux à l'endroit où le sang avait été versé. J'imagine qu'ils agissaient sur les ordres des détectives mais je préfère croire qu'ils s'adonnaient au bel art de la divination. On se servait jadis du sang séché des victimes pour éloigner le mauvais sort. Je quittai la scène heureux de savoir que ces patients travailleurs gagnaient quelques sous grâce à mes efforts. Je les considère comme mes véritables suiveurs et suis d'avis que, par leurs recherches, ils accomplissent davantage que ces autres policiers qui m'abaissent et m'avilissent avec toutes leurs enquêtes et leurs hypothèses. Que connaissent-ils, ceux-là, à la nature réelle de l'assassinat alors qu'ils l'entourent de coroners et de chiens de haut nez ? Qu'est-il donc arrivé aux hordes des Enfers ?

Mes pas me guidèrent jusqu'au glorieux Ratcliffe Highway, qui sera, bientôt, plus auréolé de gloire encore et rendu aussi célèbre que le Golgotha ou le site de sacrifices aztèques que Mr. Parry a décrit de façon si prenante dans le numéro de juin du *Penny Magazine*. À l'image d'un prêtre, je me rendis sur les lieux sacrés où une famille entière avait reçu en partage le sommeil éternel. Le fripier était là comme la fois précédente, à s'activer au milieu de robes et de chemises, et je le saluai d'une voix enjouée lorsque j'entrai dans sa boutique.

« Je vous remets tout à fait, sir, me dit-il. Vous désiriez acheter une tenue pour une domestique mais n'avez rien trouvé à votre goût.

— Eh bien, comme vous le voyez, me revoilà ! Hélas, de nos jours, nous sommes à la botte de nos domestiques.

— Je vous suis tout à fait sur ce point, sir. J'ai moi-même une servante... »

Je dressai l'oreille.

« Et une épouse ? Je me rappelle que vous avez parlé de votre épouse.

— Une perle.

— N'avez-vous pas dit aussi que vous aviez des enfants ?

— Trois, sir. Tous bien portants, Dieu soit loué.

— Vous avez, en effet, des raisons de vous réjouir, la mortalité infantile est, hélas, fort élevée dans ce quartier. J'en ai étudié de nombreux cas à Limehouse.

— Êtes-vous donc médecin, sir ?

— Non. Je suis ce qu'on nomme un antiquaire des lieux. Je suis un spécialiste de ce quartier. (L'homme eut un léger mouvement de recul, me sembla-t-il, c'est pourquoi je décidai d'aborder le sujet sans tarder.) Vous savez peut-être que cette maison a son histoire particulière ? »

Il leva les yeux au plafond. Là-haut, à n'en pas douter, logeait sa joyeuse petite famille. Il porta son index à ses lèvres.

« Un sujet à ne pas évoquer ici, je vous prie, sir. J'ai obtenu cette maison à bas prix en raison de ces circonstances malheureuses, précisément, mais ma pauvre épouse en éprouve encore quelque anxiété. Et avec tous ces meurtres, récemment…

— C'est choquant.

— Exactement ce que j'en dis moi-même, sir. C'est répugnant. Comment l'appellent-ils donc ? Le Pollen de l'East End ?

— Le Golem.

— C'est certainement un juif ou un étranger, sir, avec un nom comme ça.

— Non, je ne crois pas. Je crois que c'est l'œuvre d'un citoyen britannique.

— Je n'ose le croire, sir. Autrefois peut-être, mais à l'âge moderne…

— Tout âge est moderne aux yeux de qui le vit, Mr.… quel nom dois-je… ?

154

— Gerrard, sir. Mr. Gerrard.

— Eh bien, Mr. Gerrard, cessons là nos bavardages. Puis-je acheter une tenue pour ma bonne ?

— Bien sûr. Je viens de recevoir quelques articles intéressants. »

Je jouai donc mon rôle et examinai plusieurs exemples de brimborions féminins. Je sortis, en fin de compte, avec un châle de cotonnade teinte. Je savais déjà que je reviendrais plus tôt que Mr. Gerrard ne l'imaginait.

21 septembre 1880. Temps froid ; ciel dégagé, sans trace de brouillard ou de brume. J'ai fait à mon épouse une surprise. Je lui ai offert le châle. Quel mari dévoué et aimant ! Je ne puis m'empêcher de la gâter de la sorte… Si bien que, lorsqu'elle m'a supplié de retourner voir Dan Leno sur scène à l'Oxford, j'ai capitulé derechef. « Je dois m'atteler à un petit ouvrage la semaine prochaine mais, quand l'affaire sera faite, nous irons. » C'est alors que me vint une idée des plus farfelues : et si je lui permettais d'assister à l'une de mes grandes réalisations ? Serait-elle bon public ?

Mr. Lister : Je vous sais gré de nous avoir raconté vos débuts dans la vie, Mrs. Cree. Chacun ici comprend parfaitement, à présent, qu'une existence liée à la scène n'est pas forcément dissolue. Mais puis-je revenir à un autre sujet ? Vous nous avez expliqué que votre époux était sujet à des lubies ? Avez-vous quoi que ce soit à ajouter à cela ?

Elizabeth Cree : Seulement qu'il semblait… plus que d'ordinaire… je ne trouve pas le mot… troublé… plus que d'ordinaire ce mois-là.

Mr. Lister : Voulez-vous parler du mois de septembre de l'année dernière ?

Elizabeth Cree : C'est cela, sir. Il est venu à moi et m'a demandé pardon. « Pardon, pourquoi ? lui ai-je demandé. — Je l'ignore, m'a-t-il répondu. Je n'ai rien fait de mal et pourtant je *suis* le mal. »

Mr. Lister : N'avez-vous pas déjà dit qu'il était catholique, et d'une piété des plus morbides ?

Elizabeth Cree : Précisément, sir.

Mr. Lister : Et c'est donc votre conclusion qu'après maintes années de mariage il s'est suicidé à un moment où il était en proie à ses lubies ?

Elizabeth Cree : C'est exact.

Mr. Lister : Je vous remercie. Je n'ai rien de plus à vous demander pour l'instant.

*Le rapport de l'*Illustrated Police News Law Courts and Weekly Record *poursuivait avec le contre-interrogatoire de Mrs. Cree par le procureur, Mr. Greatorex.*

Mr. Greatorex : L'avez-vous vu s'administrer le poison ?

Elizabeth Cree : Non, sir.

Mr. Greatorex : Quelqu'un d'autre l'a-t-il vu ?

Elizabeth Cree : Pas que je sache.

Mr. Greatorex : Voyons… votre domestique, Aveline, a dit à cette cour que vous prépariez d'habitude une potion pour votre époux tous les soirs, juste avant de vous coucher.

Elizabeth Cree : C'était simplement une potion pour le calmer, sir. Pour qu'il ne fasse pas de cauchemars.

Mr. Greatorex : Fort bien. Mais si, comme vous en avez témoigné, il buvait une bouteille de porto tous les soirs, il n'avait certainement pas besoin d'une potion quelconque, n'est-ce pas ?

Elizabeth Cree : Il l'appréciait pourtant. Il me l'a dit plusieurs fois.

Mr. Greatorex : Cette potion lénitive que vous lui prépariez… comportait-elle des ingrédients médicamenteux particuliers ?

Elizabeth Cree : Un soporifique, sir, que j'achetais chez l'apothicaire. Il me semble que cela s'appelle la Mixture du Dr Murgatroyd. Elle est tout à fait inoffensive, m'a-t-on dit.

Mr. Greatorex : Il vous faudra laisser à d'autres le soin d'en juger, Mrs. Cree. Et cette potion serait la même que celle dont parlait votre domestique ?

Elizabeth Cree : Sir ?

Mr. Greatorex : Elle a dit aux détectives qu'elle vous avait vue y mélanger une poudre blanche.

Elizabeth Cree : Certes. La Mixture du Dr Murgatroyd est blanche.

Mr. Greatorex : Or, loin de calmer votre époux, les derniers jours, cette potion, ou quoi que ce soit d'autre, provoquait chez lui de violentes douleurs à l'estomac et des suées. N'est-ce pas exact ?

Elizabeth Cree : Comme je l'ai déjà dit, je pensais qu'il souffrait de fièvre gastrique.

Mr. Greatorex : Le montant de votre héritage représente une coquette somme, n'est-ce pas ?

Elizabeth Cree : Le strict nécessaire, sir, rien de plus.

Mr. Greatorex : C'est une expression que je vous ai déjà entendue employer, en effet. Neuf mille livres sterling par an permettent, toutefois, de s'offrir plus que le nécessaire.

Elizabeth Cree : Je voulais dire que je n'en conserve que le strict nécessaire. Je suis membre de la Société pour la protection des enfants nécessiteux et je reverse la plus grande part de mon héritage au profit des pauvres et des malheureux.

Mr. Greatorex : Mais vous-même n'êtes ni pauvre ni malheureuse ?

Elizabeth Cree : Je ne suis ni l'une ni l'autre, hormis devant le désespoir où me plonge la perte de mon mari.

Mr. Greatorex : Retournons donc à ce funeste soir où il s'effondra sur le plancher dans votre pavillon de New Cross.

Elizabeth Cree : C'est un souvenir pénible, sir.

Mr. Greatorex : J'en suis convaincu. Néanmoins, puis-je requérir votre patience un peu plus longtemps ? Hier, je crois, vous avez mentionné que vous vous étiez longuement entretenue avec votre époux, juste avant qu'il ne monte dans sa chambre…

Elizabeth Cree : Nous causions toujours volontiers à cette heure, sir.

Mr. Greatorex : Vous rappelez-vous le sujet de votre discussion ce soir-là ?

Elizabeth Cree : Il me semble que nous avons parlé des événements de la journée.

Mr. Greatorex : Je n'ai plus de questions à vous poser pour l'instant. Pouvons-nous, à présent, appeler Aveline Mortimer ?

*Le rapport de l'*Illustrated Police News Law Courts and Weekly Record *décrivait comment Aveline Mortimer fut ensuite amenée à la barre des témoins, où, ainsi qu'il est d'usage, elle prêta serment sur la Bible, avant de se soumettre aux questions habituelles concernant ses nom, âge, situation de famille et adresse. Le rapport était accompagné d'une gravure qui la représentait à la barre, portant un chapeau fort décent, et ses gants dans la main droite.*

Mr. Greatorex : Étiez-vous présente, miss Mortimer, le soir où Mr. Cree a été retrouvé sans vie dans sa chambre ?

Aveline Mortimer : Oh ! oui, sir.

Mr. Greatorex : Vous aviez servi à table ce soir-là ?

Aveline Mortimer : Du veau farci, sir, parce que c'était lundi.

Mr. Greatorex : Avez-vous eu l'occasion d'entendre alors une partie de la conversation qu'ont eue Mr. et Mrs. Cree ?

Aveline Mortimer : Il lui a dit qu'elle était le diable en personne, sir.

Mr. Greatorex : Vraiment ? Vous souviendriez-vous, par hasard, des circonstances exactes dans lesquelles ces mots ont été prononcés ?

Aveline Mortimer : C'était au début du dîner, sir, juste après qu'on m'eut sonnée pour servir le potage. Je crois qu'ils discutaient d'un article paru dans les journaux parce que, quand je suis entrée dans la pièce, Mr. Cree avait jeté l'*Evening Post* par terre. Il semblait très agité, sir.

Mr. Greatorex : Il a traité Mrs. Cree de diablesse ? C'est cela ?

Aveline Mortimer : Il a dit : « Diablesse ! C'était donc toi ! » Puis il m'a vue entrer et il n'a plus rien dit, de tout le temps que je suis restée avec eux.

Mr. Greatorex : « Diablesse ! C'était donc toi ! » Que croyez-vous qu'il ait pu vouloir dire par là ?

Aveline Mortimer : Ça, je l'ignore, sir.

Mr. Greatorex : Pourrait-il avoir voulu dire « C'est toi qui m'as empoisonnée » ?

Mr. Lister : *My Lord*, la question est déplacée. L'accusation ne peut demander à cette femme de faire des suppositions de ce genre.

Mr. Greatorex : Veuillez m'excuser, *My Lord*. Je retire la question. Laissez-moi vous poser celle-ci, à la place,

Miss Mortimer : avez-vous la moindre idée de la raison pour laquelle Mr. Cree est allé jusqu'à dire à son épouse qu'elle était « le Diable en personne » ?

Aveline Mortimer : Oh ! oui, sir. C'est une femme que la vie a endurcie.

24

George Gissing retourna dans sa mansarde près de Tottenham Court Road, sans espoir d'y retrouver sa femme ; il avait surpris Nell dans les rues de Limehouse et savait trop bien que, malgré leur récent mariage, elle devait s'enivrer à l'instant même dans quelque infâme taverne. Il n'était pas certain qu'on leur permettrait de rester encore longtemps à Hanway Street si, à nouveau, elle revenait ivre ; leur propriétaire, Mrs. Irving, qui habitait le rez-de-chaussée, avait déjà suggéré qu'ils aillent « planter leur tente ailleurs ». Un soir, elle était sortie en furie de son appartement pour trouver Nell effondrée dans l'escalier, complètement saoule et empestant le gin ; elle avait demandé « c'que c'était qu'ça ». Gissing avait répondu que sa femme avait été renversée par un fiacre et qu'on lui avait donné de l'alcool pour se remettre. Au fil des ans, il avait appris à bien mentir. Il avait également deviné que Mrs. Irving craignait que, suivant une habitude de l'époque, ils ne décampent à la nuit tombée sans payer le loyer qu'ils lui devaient ; il la soupçonnait d'être à l'affût du moindre signe qui trahirait chez eux une envie de déménager subitement.

Non pas qu'elle logeât ses hôtes d'une manière somptueuse : quelques meubles en bois brut, un lit, un évier étaient tout le confort proposé. On imaginerait aisément qu'un jeune homme à la sensibilité exacerbée comme Gissing trouverait ces conditions intolérables, pourtant, il n'était pas habitué à mieux. D'aucuns acceptent les circonstances de la vie avec une résignation et un sentiment d'échec rarement adoucis ; Gissing, ayant créé un personnage de cette sorte dans son premier roman, a décrit comment il s'abaisse en fin de compte au niveau de son décor. D'autres, à l'opposé, disposent d'une telle réserve d'énergie et d'optimisme que, ne s'arrêtant guère à ces détails, ils oblitèrent, pour ainsi dire, les circonstances du moment, tendus qu'ils sont vers le succès qu'ils appellent de leurs vœux. George Gissing oscillait entre les deux pôles ; à certaines périodes, il était tellement abattu et léthargique que seule la perspective de mourir de faim le convainquait de se mettre au travail, alors que, à d'autres, l'espoir de la gloire littéraire l'enflammait tant qu'il oubliait sa misère et rayonnait dans la promesse de la renommée et de la respectabilité retrouvée.

Notons encore un élément dans sa perception du décor qu'il habitait ; il lui arrivait de le considérer comme une sorte d'expérience, sa vie devenant alors à ses yeux un exercice conscient de réalisme. Il avait lu le recueil d'essais d'Émile Zola publié quelques mois plus tôt et intitulé *Le Roman expérimental*. Cette lecture avait conforté sa foi jusque-là latente dans « le naturalisme, la vérité, la science » : au point qu'il alla jusqu'à se féliciter de mener une existence extraordinairement moderne et littéraire. À cette aune, même Nell pouvait devenir une héroïne de l'âge nouveau. La seule difficulté était, rien de plus logique à cela, d'ordre stylistique ; malgré l'intérêt de Gissing pour le réalisme et le naturalisme le plus brut, sa prose tenait à la fois du romantisme, de la rhétorique et du pittoresque. Dans *Les Travailleurs de l'aube*, par exemple, il baignait la ville d'une lueur iridescente que hantait une foule de figurants d'où émergeaient quelques héros, sur le modèle des pièces à sensation des théâtres de foire. À cet instant même où, s'installant dans sa mansarde, il commençait à feuilleter ses notes sur la machine analytique de Charles Babbage, il aurait dû s'apercevoir qu'il en parlait comme d'une « impressionnante idole babylonienne », « tournée vers les masses pantelantes ». Ce n'était guère là le style d'un réaliste.

Il ne pouvait commencer à rédiger son essai, cependant, sans s'être sustenté. Il n'avait rien chez lui, sauf une tranche de jambon suspecte qui gisait près de l'évier, et il s'autorisa une visite à la gargote située au coin de Berners Street, où il savait qu'il mangerait pour moins d'un shilling. Bien sûr, le lieu n'était pas raffiné (c'était le rendez-vous des cochers du quartier qui venaient y prendre à midi leur tourte et leur double bière), mais il remplissait son rôle. Gissing pouvait y écrire, y rêver ou se rappeler le passé sans être dérangé, hormis par les intempestives tentatives d'un jeune serveur qui voulait le pousser à consommer. Cette gargote comptait également parmi sa clientèle les artistes qui passaient à l'Oxford Music Hall, plus bas dans la rue, et Gissing remarqua, en maintes occasions, comment les « sans cacheton » étaient pris en charge par leurs collègues sous contrat ; il avait même songé à écrire un roman sur le thème du music-hall mais s'était aperçu, *in extremis*, que le sujet était trop frivole pour un homme de lettres. Il préféra donc passer cette soirée-là dans la gargote à méditer sur les inventions de Charles Babbage. En attendant d'être servi, il s'essaya à un paragraphe sur la nature de la société moderne qui annonçait, presque mot pour mot, un texte publié par Charles Booth neuf ans plus tard dans *Vie et Labeur du peuple de Londres*, et qui définissait « la relation numérique que la pauvreté, la misère et la dépravation d'un côté entretiennent avec des revenus réguliers et un confort relatif de l'autre ». Telle était la grille statistique qui était sur le point d'être appliquée à l'ensemble de la métropole londonienne et, au cours des quarante-huit heures suivantes, George Gissing composa un essai dans lequel il tenta d'expliquer le rôle des chiffres et des statistiques dans le monde moderne. C'est à ce point que, à contrecœur, il écrivit son passage vantant les vertus de la machine analytique.

Nell ne rentra pas au bercail ce soir-là. Son époux dormit donc du sommeil du juste, bercé par les bruits de Tottenham Court Road. Il se réveilla à l'aurore, déjeuna de pain et de thé, puis, à neuf heures moins dix, partit pour la Salle de lecture du British Museum. Il avait en fait choisi cette mansarde en raison de sa proximité avec la bibliothèque. Il se sentait chez lui dans ce quartier de Londres. Il était né à Wakefield, avait vécu un temps en Amérique, avait habité dans l'East End et au sud de la Tamise, mais il ne se sentait parfaitement à l'aise que dans ce périmètre, entre Coptic Street et Great Russell Road. L'esprit du quartier, croyait-il, avait une influence bénéfique sur lui. Les boutiquiers qu'il croisait en chemin, le marchand de cartes, celui de parapluies, le rémouleur, comme touchés eux aussi par cet esprit, semblaient s'y conformer. Il connaissait tous les porteurs et les cochers, les musiciens des rues et les camelots qui fréquentaient les parages : à ses yeux, ils étaient tous membres d'une même famille dont lui-même faisait partie.

Bien sûr, c'est une affaire complexe et ambiguë que de vouloir interpréter l'esprit d'un quartier. Par exemple, on a souvent attiré l'attention sur la propension qu'ont les sociétés secrètes et les libraires d'occultisme à s'installer dans les environs immédiats du British Museum et de son incomparable bibliothèque ; il n'était jusqu'au surintendant de la Salle de lecture de cette époque, Richard Garnett, qui ne pratiquât la divination – il devait noter un jour, avec une certaine justesse d'ailleurs, que l'on a tendance à voir de l'occultisme dans « tout ce qui n'est pas universellement reconnu ». (Mr. Garnett aurait pu s'interroger, aussi, sur la coïncidence qui voulut qu'en ce matin de septembre aient pénétré dans la Salle de lecture, en l'espace d'une heure : Karl Marx, Oscar Wilde, Bernard Shaw et George Gissing.) Néanmoins, il est hasardeux de se lancer dans ce genre de spéculations : le lien entre le British Museum et les libraires d'occultisme pourrait s'expliquer simplement par le fait que les bibliothèques attirent souvent les solitaires et les êtres dont les ambitions ont été contrariées – ceux-ci étant également susceptibles de trouver dans la magie un substitut à l'influence et aux pouvoirs que la société leur a déniés.

Gissing fut l'un des premiers à entrer dans la Salle de lecture dès l'ouverture des portes à neuf heures ; il gagna immédiatement son siège habituel et reprit son essai sur Charles Babbage. Il ne pensait guère à Nell lorsqu'il était à sa table de travail, à l'abri des doctes murs qui l'isolaient de la vulgarité dont il était entouré dehors ; là, il pouvait frayer avec les grands auteurs du passé et s'imaginer une destinée à leur hauteur. Il écrivait jusqu'au soir, couvrant les pages de son carnet relié avec l'encre pâlotte pourvue par la bibliothèque ; toujours il signait et datait les premiers jets de ses essais aussitôt qu'il les avait terminés et, après avoir apposé son paraphe, faisait quelques pas sous la coupole afin de se détendre.

La nuit tombait déjà quand il quitta le musée et il acheta des marrons chauds à un marchand ambulant qui installait son réchaud près des grilles à l'automne et ne s'en allait pas avant la fin de l'hiver. Lorsqu'il croisa ensuite un crieur de gazettes, il ne prêta guère attention au « Terrible meurtre ! » que le gamin annonçait d'une voix rauque. En tournant dans sa rue, Hanway Street, il vit deux policiers devant la porte de sa pension. Quoiqu'il se doutât que sa femme était en cause, curieusement il garda son calme.

« Est-ce moi que vous désirez voir ? demanda-t-il à l'un des policiers. Je suis l'époux de Mrs. Gissing.

— Vous êtes donc Mr. Gissing ?

— Naturellement. Oui.

— Voudriez-vous nous accompagner, sir ? »

À sa grande surprise, Gissing se retrouva escorté jusqu'à sa mansarde exactement comme si on allait l'arrêter. Avant même d'atteindre sa porte, il entendit la voix de Nell. Elle se querellait avec un homme. « Sagouin ! hurlait-elle. Sagouin ! »

Il ferma les yeux un instant avant que les policiers ne le fassent entrer dans la pièce qu'il connaissait si bien et qui, pourtant, lui sembla métamorphosée. L'homme qui se trouvait en compagnie de sa femme était un troisième officier de police. Contrairement à ce qu'il avait craint, sa femme n'était pas soumise à une contrainte quelconque. Elle avait pleuré et il devina qu'elle avait encore bu du gin mais, quand il entra, elle lui lança un regard dont l'insistance le surprit.

« Est-ce vous, Gissing ? lui demanda le détective.

— J'ai déjà décliné mon identité auprès de ces deux messieurs.

— Connaissez-vous Alice Stanton ?

— Non, ce nom ne m'évoque rien.

— Ignorez-vous qu'elle a été assassinée hier soir ?

— Absolument. »

Gissing était de plus en plus perplexe ; il regarda sa femme, qui lui fit un signe de la tête dont il ne comprit pas le sens.

« Pouvez-vous nous dire où vous étiez hier soir ?

— Ici, je travaillais.

— Est-ce tout ?

— Est-ce tout ! C'est déjà énorme.

— Il semblerait que vous n'ayez pas eu le plaisir d'avoir la compagnie de Mrs. Gissing.

— Mrs. Gissing... (c'était un sujet délicat mais le romancier se doutait bien que les policiers connaissaient les activités de Nell)... était avec des amies.

— C'est ce que j'ai cru comprendre. »

Manifestement, ces hommes ne savaient quelle attitude adopter à son égard. Il avait de l'intuition dans ce domaine et devina, à juste titre, qu'ils étaient pris au dépourvu par ses manières : quoiqu'il fût marié à une vulgaire prostituée, sa façon de parler tout comme sa mise (impeccable même si son costume était élimé) étaient celles d'un gentleman. Il était cependant dans une position peu commune : ils étaient chez lui et il ne savait toujours pas pourquoi.

« Nous voudrions vous poser plusieurs questions, Mr. Gissing, mais pas ici. Voudriez-vous avoir l'amabilité de nous suivre ?

— Ai-je le choix ?

— À vrai dire, vu les circonstances, non.

— Mais quelles sont ces circonstances, je vous prie ? »

Sans lui fournir de réponse, ils le remmenèrent dans la rue, où les attendait un panier à salade. Nell ne les accompagnant pas, il se retourna vers elle, et ils l'informèrent seulement qu'elle avait déjà identifié le corps. « Quel corps ? Qu'est-ce que tout cela signifie ? »

Ils le firent grimper dans le véhicule sans en dire plus. Gissing, poussant un soupir, s'affaissa sur le siège, dont le cuir dégageait une odeur de pissat. Il ferma encore les yeux pour ne les rouvrir que lorsque le fiacre s'immobilisa et que la portière fut ouverte prestement ; ils se trouvaient dans une petite cour intérieure. Quelqu'un cria : « Emmenez-le ! » Escorté dans un bâtiment en brique jaune foncé, il suivit les trois policiers jusqu'à une pièce étroite, éclairée par une rangée de lampes à gaz. Devant lui, sur une longue table en bois, un drap de coton bon marché recouvrait une forme hélas reconnaissable avant même que le détective Paul Bryden ne l'eût dévoilée. Le cadavre était en partie défiguré, la tête placée dans un angle fort peu naturel, mais Gissing identifia sans peine la jeune femme qui lui avait ouvert la porte de la maison de Whitecross Street où il avait cherché Nell.

« Reconnaissez-vous cette personne ?

— Oui, je la reconnais.

— Voulez-vous me suivre, Mr. Gissing ? »

Ce dernier ne put s'empêcher de regarder à nouveau le visage de la morte. Ses yeux, tournés au dernier instant vers le bâtiment qui abritait la machine analytique de Limehouse, étaient fermés désormais ; l'expression du visage, pourtant, imprimée au moment de la mort tel un hiéroglyphe sur une pierre tombale, était celle de la pitié et de la résignation. Bryden emmena Gissing et ils empruntèrent un corridor fortement éclairé qui aboutissait à une porte verte. Bryden frappa doucement à cette porte après s'être éclairci la gorge. Gissing n'entendit pas de réponse, mais Bryden ouvrit tout de même ladite porte et le poussa brusquement à l'intérieur. La pièce avait des barreaux aux fenêtres ; un détective qu'il ne connaissait pas encore était assis devant un bureau et le pria de se placer face à lui.

« Savez-vous ce qu'est un golem, sir ?

— C'est une créature mythique. Quelque chose comme un vampire, il me semble. »

Rien de ce qui lui arrivait ne le surprenait plus, et il répondit aussi sagement que s'il s'était retrouvé sur les bancs de l'école.

« Exactement. Or ni vous ni moi ne croyons aux créatures mythiques, n'est-ce pas ?

— J'ose l'espérer. Mais puis-je vous demander votre nom ? Cela faciliterait notre conversation.

— Je m'appelle Kildare, Mr. Gissing... Vous êtes né à Wakefield, je crois ?

— C'est exact.

— Vous avez perdu votre accent.

— Au cours de mes études.

— Soit. Votre épouse (Gissing crut noter que le mot était accentué) nous dit que vous avez écrit un livre.

— Oui, un roman.

— Se pourrait-il que je le connaisse ? Quel est son titre ?

— *Les Travailleurs de l'aube.* »

Le regard de Kildar s'aiguisa. « Êtes-vous donc socialiste ? Ou peut-être membre de l'Internationale ? » L'inspecteur de police suivait la piste d'un lien macabre entre Karl Marx et George Gissing : à cet instant précis, il envisageait l'éventualité d'une conspiration insurrectionnelle.

« En aucun cas je ne suis socialiste. Je suis un réaliste.

— Le titre de votre roman, cependant, penche plutôt de ce côté-là.

— Je ne suis pas plus socialiste que Hogarth ou Cruikshank.

— Je connais ces noms, bien sûr, mais…

— C'étaient des artistes, moi aussi.

— Ah, je vois. Rares sont les artistes qui, vous en conviendrez, peuvent se targuer d'avoir séjourné en prison. (Gissing se reprocha alors de ne pas s'être douté un instant que la police serait au courant de son passé. Il ne put se résoudre à croiser le regard du policier.) Vous avez effectué un mois de travaux forcés à Manchester, Mr. Gissing. Vous avez été reconnu coupable de vol. »

Gissing avait cru l'affaire oubliée, gommée de toute mémoire, hormis la sienne ; à son arrivée à Londres avec Nell, il avait même vécu une période où il avait connu ce qu'il qualifierait plus tard d'« un extraordinaire développement mental, une grande activité spirituelle ». Il peut sembler étrange de parler d'« activité spirituelle » dans le cadre de la sombre capitale, mais Gissing savait pertinemment qu'elle a toujours abrité des visionnaires. Il avait copié les mots de William Blake cités par Swinburne dans sa récente étude sur ce poète : « Le Londres éternel à la quatre fois grande spiritualité. » Or il se retrouvait, pour lors, la tête basse, devant un détective. « Pourriez-vous, je vous prie, me dire pourquoi je suis ici ? » Le chef inspecteur Kildare sortit de sa poche un objet qu'il lui tendit. C'était un morceau de papier taché de sang ; dessus figuraient son nom et son adresse.

« C'est mon écriture, dit-il, serein. C'est moi qui lui ai donné ce papier.

— C'est ce que nous pensions.

— J'étais à la recherche de mon épouse… (Gissing ne comprit qu'alors la raison de cet interrogatoire.) Vous n'imaginez tout de même pas que je suis, de quelque façon que ce soit, mêlé à cette affaire ? Ce serait absurde.

— Rien de ce qui a trait à ce crime ne peut être absurde.

— Ai-je l'air d'un meurtrier ?

— Mon expérience m'a montré que la prison durcit considérablement le caractère.

— Vous avez dû apprendre de bonnes feintes là-bas… »

Une autre voix avait surgi dans le dos de Gissing ; un second officier de police était présent depuis le début de l'entretien. L'hypothèse des policiers lui était intolérable. Il savait qu'aux yeux de ses contemporains il était atteint de « dégénérescence morale » : il partageait la vie d'une prostituée, et son premier contact avec le crime et le châtiment ne pouvait que l'avoir amené à commettre des atteintes de plus en plus violentes à l'ordre et à la vertu. Il pourrait, en fin de compte, être capable de tuer.

« La victime était une bonne amie de votre épouse, affirma Kildare. Je suppose que vous-même vous la connaissiez fort bien. Ai-je tort ?

— Je ne l'avais jamais vue avant hier soir. Je ne savais rien d'elle.

— N'aimez-vous pas rencontrer les amies de votre épouse ?

— Bien sûr que non. (Il ne put plus se contenir.) Vous savez parfaitement quel genre de femme est mon épouse. Mais vous semblez ne pas comprendre quel genre d'homme je suis. Je suis un gentleman, messieurs. »

Il avait un tel air de défi et paraissait pourtant si fragile à la lueur de la lampe à gaz que les deux policiers purent être enclins à le croire. « À quelle heure, précisément, a-t-elle été tuée ? »

Kildare hésita, ignorant s'il devait divulguer cette information.

« Nous ne pouvons en avoir la certitude, mais elle a été découverte à minuit par une de ses consœurs.

— Alors, je ne suis pas votre homme. Allez à la gargote au coin de Berners Street et renseignez-vous. J'y suis resté jusqu'après minuit. Demandez à Vincent, le garçon, s'il n'a pas vu Mr. Gissing hier soir. »

Le visage de Kildare trahit sa consternation. Il se carra dans son siège.

« Vous avez dit à mes officiers que vous travailliez à ce moment-là.

173

— Exactement. Je travaillais à la gargote… Dans toute cette précipitation, cette confusion, j'avais complètement oublié que j'y suis allé hier soir. C'est l'un de mes repaires. »

On frappa à la porte. Gissing était à ce point crispé qu'il se leva d'un bond. Un sergent entra et chuchota à l'oreille de Kildare ; Gissing n'entendit pas son message. Le sergent apportait de nouvelles preuves à la décharge de Gissing. On n'avait trouvé aucune trace de sang sur les vêtements du romancier à Hanway Street, où les couteaux ne portaient pas plus de taches suspectes. Kildare, qui espérait être enfin sur la piste du Golem de l'East End, fut très déçu. Quel meilleur suspect pouvait-il souhaiter qu'un ancien détenu, époux d'une prostituée sans vergogne, sans cesse compromis par cette créature et ses acolytes ? Quelle sorte de vengeance un tel homme n'irait-il pas chercher ! Il quitta la pièce en compagnie de l'officier de police qui avait fouillé l'appartement et lui demanda de vérifier l'alibi de la gargote. Il eût été moins amène avec ledit officier s'il avait su que ce dernier avait joui des charmes de Nell Gissing moins d'une heure auparavant – dans le lit même où, la nuit précédente, Gissing avait couché et rêvé à la machine analytique. L'officier de police avait payé un shilling que Nell était allée immédiatement dépenser dans un débit de gin de Seven Dials.

Dans le silence du bureau, Gissing, immobile sur sa chaise, songea une fois de plus au cadavre qui gisait à quelques pas seulement. Depuis son enfance, il était régulièrement assailli par des images de suicide (spécialement de noyade). Pendant un moment, il essaya d'imaginer que c'était lui qui se retrouvait étendu sur la table en bois. Il avait toujours cru que son but était de supporter la vie en laissant le moins de prise possible à la souffrance, et de penser à la mort avec affection. Mais voilà que, assis dans ce bureau de la Brigade criminelle, il prenait conscience que son destin pouvait lui échapper. En l'espace d'une journée, il était passé du splendide isolement de son existence livresque au British Museum à une honteuse arrestation qui pouvait déboucher sur une pendaison pour meurtre. Or, quelles causes étaient à l'origine de ce revirement ? Une rencontre fortuite dans Whitecross Street, la décision tout aussi fortuite d'écrire son nom, son adresse sur un morceau de papier parce qu'il recherchait Nell. Et, certes, il y avait une autre raison, plus profonde, de sa souffrance présente : sa femme. Il n'aurait jamais rencontré la victime si Nell n'avait pas guidé ses pas vers ce lieu ; il n'aurait jamais été soupçonné si, jadis, il n'avait déjà connu la détention et l'exclusion à cause d'elle. Quelle pitié que d'être livré à autrui, pieds et mains liés !

Bryden lui donna une tape sur l'épaule. (Gissing sursauta : à cet instant même, il était en train d'imaginer une scène où Nell mourait de mort violente…) L'officier de police le fit sortir, puis descendre, par un escalier en pierre, jusqu'au sous-sol, où il l'installa dans une cellule au bout d'un couloir.

« Est-ce qu'on va m'enfermer ici ? murmura-t-il, presque en aparté.

— Seulement pour la nuit. »

Gissing s'assit doucement sur une pierre plate en saillie. Bien qu'il se fût appris à réfléchir, à analyser ses sensations dans les moments de solitude, son seul objet de méditation, à ce moment-là, fut le mur en face de lui : il était peint en vert clair.

Gissing a décrit le héros des *Travailleurs de l'aube* comme « un de ces hommes dont l'existence semble avoir peu d'effets sur le monde, hormis en tant qu'illustration probante du pouvoir des circonstances ». Or, dans cette cellule, était assise une autre victime des « circonstances », un homme prisonnier d'un récit dont il n'avait pas la maîtrise. Dans un coin, il y avait un seau à l'usage des détenus, qu'un instant Gissing envisagea de se renverser sur la tête, et de crier et de gémir… Puis ses pensées le menèrent ailleurs. Il avait lu dans une livraison récente du *Weekly Digest* qu'en creusant les fondations de nouveaux entrepôts, près de Shadwell Reach, on avait mis au jour un quartier de l'ancienne cité de Londres. On avait découvert des murs de pierre et il songea que la cellule dans laquelle il se trouvait aurait bien pu être bâtie avec le restant de ces pierres. Il se demanda aussi si la vieille cité enfouie ne s'étendait pas jusqu'à Limehouse, où résiderait désormais son dieu, son *genius loci*, la machine analytique. Il serait ainsi lui-même le sacrifice offert qui attendrait dans l'antichambre du néant. Était-ce là le secret du golem que les détectives avaient mentionné ? Peut-être la création de Charles Babbage était-elle le véritable Golem de l'East End, toujours prête à sucer la vie et l'esprit de ceux qui l'approchaient ? Ses chiffres et ses nombres étaient-ils d'infimes âmes bavardes, emprisonnées dans le mécanisme, et ses bras métalliques rien de moins que la faux démultipliée de la Mort ? Quel monstre ne pourrait-elle engendrer à l'avenir ? Ce qui avait débuté à Limehouse pourrait se propager à l'univers entier. Telles

176

furent, du moins, les pensées confuses qui assaillirent le romancier tandis qu'il patientait dans sa cellule.

Gissing fut libéré le lendemain matin, après que l'officier de police eut vérifié qu'il n'avait pas quitté la gargote avant minuit. Vincent, le jeune serveur, fut catégorique ; il raconta comment Gissing était resté assis « toute la sacrée soirée » à fainéanter. Il le traita même de « collet monté sans le sou ». Un client de la gargote corrobora le témoignage de Vincent : il se rappela avoir vu un client dont l'habit lui avait fait penser que c'était « un homme bien né tombé dans le besoin ». Si l'expression était fréquente à l'époque, elle ne convenait guère au romancier : il soignait toujours sa mise et c'est de son éducation, pas de sa naissance, qu'il tirait sa noblesse.

Sortant de la cour du poste de police, hésitant, il huma l'air de Limehouse. Il s'était préparé à une longue série d'interrogatoires et d'humiliations, et ce dénouement fut trop subit pour qu'il éprouvât la moindre joie. Certes, le soulagement fut grand lorsqu'il recouvra sa liberté, à l'extérieur du bâtiment de mornes briques jaunes, mais l'exaltation céda vite à un sentiment de crainte, hélas plus durable. Son existence entière avait brusquement été remise en question. S'il ne s'était pas rendu à la gargote, il aurait pu aisément être condamné et exécuté ; sa vie, fragile, ténue, il le savait désormais, pouvait être mise à bas par la moindre peccadille. Comme nous l'avons vu, il rendait son épouse responsable de cette situation mais, jusque-là, elle n'avait jamais menacé sa survie même. La situation était nouvelle. Une seule nuit passée en cellule lui avait révélé qu'il ne bénéficiait d'aucun rempart ni contre sa femme ni contre le monde.

Il rentra chez lui à pied par Whitechapel et la City, tout en sachant qu'il n'avait pas de « chez-lui ». Il n'était qu'un condamné qui retournait dans sa cellule. Il entendit les éclats de voix des deux femmes dès qu'il se fut engagé dans Hanway Street, Nell à sa fenêtre du premier étage, la propriétaire dans la rue. « Des choses pareilles, criait Mrs. Irving, ça devrait pas s'faire dans ma maison ! » Nell répliqua par une telle bordée d'injures que la propriétaire la traita de « sale traînée… » Sa femme disparut un instant pour revenir avec un pot de chambre dont elle déversa le contenu sur la tête de Mrs. Irving. Gissing ne put en supporter davantage. Aucune des deux furies ne l'avait vu, il battit donc en retraite jusqu'à Tottenham Court Road puis se dirigea vers le British Museum. S'il pouvait trouver le repos sur cette terre, c'était parmi ses livres.

25

En deux ans, j'étais devenue une artiste confirmée et la Fifille à P'tit Victor s'était forgé une vie et un passé auxquels je croyais dur comme fer dès que j'entrais sur scène. Bien sûr, j'avais mes « modèles ». (C'était un mot de l'Oncle, qu'il prononçait à la française, s'il vous plaît !) J'avais vu Miss Emma Marriott dans *Gin et Feux de la rampe* ; j'avais aussi entendu « Lady Agatha » (alias Joan Birtwhistle, une personne des plus déplaisantes) chanter *Finis ton dessert, Marianne*, et j'avais gardé une petite inflexion des deux. Il y avait une autre actrice sério-comique, Betty Williams, qui avait débuté comme gommeuse, mais qui avait acquis le statut d'artiste à part entière avec son interprétation de *Ça fait du bien à la pôv'vieille servante*. Elle avait une certaine façon de se tenir de travers qui lui donnait toujours l'air de marcher sur le pont d'un navire ou sur une lande par grand vent : c'est à elle que j'ai emprunté cet effet pour interpréter *Ne le sors pas tant*. Ah ! ce que le public s'esclaffait, même quand je jouais la raffinée ! La Fifille à P'tit Victor avait l'innocence des vierges : qu'y pouvait-elle si elle avait le don des phrases à double sens ? Dan s'offusquait : à son avis, je devenais trop grossière. Je m'emportais contre lui : était-ce ma faute, à moi, si le balcon plaisantait et riait aux éclats ? Ce n'est pas moi qui trouvais que l'histoire de la Fifille à P'tit Victor prêtait à rire : la voilà recueillie par P'tit Victor après que ses parents ont péri dans l'incendie d'une charcuterie ; bien sûr, pour subvenir à ses besoins, elle doit se placer comme bonne chez les petits bourgeois de Pimlico, et qu'y peut-elle si tous les hommes de la maison la couvrent de cadeaux ? Comme elle le chantait : « Qu'est-ce qu'une fille peut y faire ? » Ah, ça, c'était du spectacle !

Ce n'est qu'après trois ans de scène (et de courses d'un café chantant à l'autre) que je me lassai de mon personnage de la Fifille à P'tit Victor. Son côté toute jolie toute douce m'agaçait et j'avais envie de lui régler son compte. Je me mis à la maltraiter sur scène : « Je vais tant t'griffer qu't'seras défigurée ! », me lançait la cuisinière dans la pièce, par exemple. Je me donnais des coups à tomber à la renverse. (Il faut préciser que je jouais à la fois la Fifille et la cuisinière : ce sketch-là était, selon l'expression de Dan, mon monopolylogue.) Non, décidément, la Fifille à P'tit Victor ne me convenait plus. J'étais assise dans la loge un soir en semaine, à m'apitoyer sur mon sort « à cette époque de ma vie », comme on dit, quand je remarquai que Dan avait laissé traîner un de ses costumes sur le dossier d'une chaise. Comme ce n'était pas dans son habitude, je me mis à en épousseter les divers éléments. Il y avait là un chapeau à visière cabossé, une vieille houppelande verte, un pantalon à carreaux, des bottes et une cravate ; j'allais les plier afin de les ranger quand je songeai soudain qu'il serait amusant de me déguiser avec. Ce que je fis séance tenante, près d'une grande glace posée contre le mur, à côté de la caisse à fards. Le chapeau, un peu trop grand, me tombait sur les yeux : je le repoussai en arrière à la manière des camelots ; le pantalon et la houppelande m'allaient comme un gant : nul doute que, dans cet accoutrement, je pourrais me pavaner avec autant d'aise que Dan sur les planches. Mais quel air n'avais-je pas dans la glace ! De la tête aux pieds, j'étais métamorphosée en homme, ç'aurait pu être un chanteur à diction, là, face à moi. Je crois que, dès ce moment-là, mon nouveau personnage germa dans mon esprit.

Dan entra dans la pièce tandis que je prenais des poses devant la glace.

« *Hello*, lança-t-il comme il l'eût fait face à un inconnu. Est-ce que je vous connais ?

— Oh ! que oui. »

Je me retournai et lui souris, malgré la gêne que j'éprouvais d'avoir endossé ses frusques. Il avait l'esprit vif : il me reconnut tout de suite.

« Grand Dieu, lâcha-t-il. Ça, alors, c'est rigolo (intrigué, il ne me quittait pas des yeux), c'est fichtrement rigolo…

— Je pourrais faire un tabac, Dan… Je pourrais créer le Grand Frère de la Fifille à P'tit Victor.

— Un dandy ?

— Un dandy mal fagoté. »

Je compris qu'il évaluait les chances du nouveau personnage. Il y a toujours de la place dans les music-halls pour une femme travestie en homme et, diantre, comme j'avais l'air d'en être un ! « Je suppose que ça pourrait se goupiller, dit-il. Ça ferait une bonne diversion. »

Nous avions vu juste. D'abord, je fus présentée comme « Le Frérot de la Fifille à P'tit Victor » mais ce nom-là était trop long pour les placards : je fus donc simplement « Frérot ». Le chapeau à visière faisait toujours rire quand il me tombait sur les yeux ou quand il tombait pour de bon mais j'y renonçai en faveur d'une calotte ; puis je choisis une redingote et un pantalon blanc, avant de compléter mon superbe costume avec un col droit et de grandes bottes. Pour entrer sur scène, j'imitais le déhanchement dandy des lions comiques ; je me débrouillais ensuite pour qu'un allumeur de réverbères qui passait par là fasse tomber ma calotte ; le public hurlait de rire parce que je me mettais alors à trembler – à trembler littéralement – de rage, après quoi j'ôtais délicatement la casquette de l'allumeur de réverbères et la lançais dans le caniveau. Le tout mimé, naturellement. Au début, Dan me montra tous les pas et les gestes comme s'il avait voulu faire de moi un nouveau Grimaldi. Mais j'étais une bonne comique et, bientôt, je mis au point mon propre argot du gars de la rue : mes « Dis, toi, un instant, mon culotté… » et « Pas si vite, toi, le gaillard là-bas », prononcés comme jamais ils ne l'avaient été auparavant, devinrent de grands favoris auprès du public. Je les gazouillais juste avant de sortir de scène en courant, puis je m'immobilisais dans ma course, une jambe tendue en arrière.

Le Frérot, l'horrible galopin, contait fleurette à une grosse pâtissière qui était censée avoir un trésor caché quelque part. « Avec ma Charlotte, confiait-il au public, au moins, j'suis sûr d'pas m'retrouver dans l'pétrin, c'est pas elle qui m'roulera dans la farine. Sa perruque, par contre, c'est pas du gâteau ! Les mauvaises langues disent qu'c'est un nid à puces, mais c'est pas la peine d'faire tant d'bruit pour une omelette : moi, j'aime bien ses bouclettes. » J'avais inventé un autre genre de drôleries. Quand la nouvelle législation sur le théâtre est sortie, je la parodiai en paradant à travers la scène, traînant une bannière où était écrit : « Rideau Coupe-Feu Temporaire ». Le public marchait toujours et, quand je le tenais avec ça, je lui assenais mes dernières chansonnettes. Je fis un succès de *J'suis marié moi-même* et de *Toute excuse est bonne pour un dernier verre* mais je terminais toujours mon numéro de travesti avec une chanson que l'Oncle m'avait dégotée. Elle était intitulée *C'était une lève-tôt et moi une…* et, souvent, je devais « remettre ça » avant que l'assistance me laisse partir pour le prochain théâtre. Bien sûr, tout était parfaitement programmé : mon numéro durait trente minutes, après quoi je sautais dans le coupé pour franchir dans les temps les portes de l'établissement suivant.

En une soirée, je passais du Britannia de Hoxton à huit heures et quart au Wilton de Wellclose Square à neuf heures, ensuite au Winchester, sur Southwark-Bridge Road, à dix heures et, enfin, au Raglan de Theobald's Road à onze heures. La vie était dure, il est vrai, mais je gagnais sept guinées la semaine, plus les dîners. Frérot devint une grande attraction et, en très peu de temps, je lui appris à être à la fois culotté et naïf, habile et innocent. Il était de notoriété publique que j'étais aussi la Fifille à P'tit Victor mais cela ne faisait qu'ajouter du piment à l'affaire. Je pouvais être fille et garçon, homme ou femme, sans nulle honte. Parfois, je me sentais au-dessus de tous, capable de me métamorphoser à volonté. L'idée de ma (fausse) sortie au pas de course, cinq minutes avant la fin, venait de là : après un changement éclair, je revenais en Fifille à P'tit Victor sous le regard médusé du public. L'Oncle, qui me tenait lieu d'habilleur désormais, m'attendait dans les coulisses, mes oripeaux féminins à la main ; il profitait de ce que je me changeais pour me donner une tape sur l'arrière-train mais je faisais semblant de ne pas m'en rendre compte. Je connaissais ses lubies par cœur et je savais me défendre. De toute manière, il fallait que j'entre dans la peau du personnage de la pauvre orpheline esseulée pour mon final larmoyant : *Je m'demande c'que ça fait d'êt'ppp....ôvre.* Ah, comme les piécettes pleuvaient du paradis pour cette affaire-là ! Comme je ne manquais jamais de le dire, habillée en loqueteuse : la monnaie que les pauvres me lançaient était vraiment « une manne des cieux ».

Il devait y avoir deux ou trois mois que Frérot avait vu le jour lorsque j'eus tout à coup une envie : celle, désopilante, de le sortir dans les rues de Londres et de lui montrer l'envers du décor. J'occupais, depuis quelque temps, une chambre seule dans notre pension, à côté de celle de Doris ; après le dernier spectacle, je rentrais en habit de ville, comme si j'allais simplement me tartiner une tranche de pain avant de me coucher, mais je remettais mes habits de Frérot, attendais qu'on allumât les veilleuses et que la maison fût plongée dans le silence pour me glisser dehors par la lucarne de l'escalier, à l'arrière. Naturellement, pour sortir, Frérot ne portait jamais ses costumes de scène, qui étaient aussi élimés qu'étriqués ; il s'était acheté une nouvelle panoplie. Je l'ai déjà noté ; c'était un polisson, et il n'aimait rien tant qu'arpenter les rues, la nuit, comme un véritable dandy ; il traversait la Tamise aux environs de Southwark pour se rendre à Whitechapel, à Shadwell et à Limehouse. Il connut bientôt tous les tripots sans jamais toutefois y mettre les pieds : il prenait son plaisir exclusivement à voir défiler la vermine de la cité. Les filles des rues avaient beau le siffler, il passait son chemin et, si quelqu'une de la pire espèce essayait de le toucher, ses paluches lui serraient les poignets et il la repoussait violemment. Il n'était pas aussi rude avec les petits michets, car il savait qu'ils étaient à la recherche de leur double : or, qui pouvait leur offrir miroir plus fidèle que Frérot ? Personne ne rencontra plus jamais Lisbeth de Lambeth, ni ne vit la Fifille à P'tit Victor dans les rues (qu'elle se fût évanouie dans la nature ou, comme j'aimais à le penser, qu'elle se fût endormie paisiblement). Pardon, ceci n'est pas tout à fait vrai. Un homme l'aperçut. Frérot traversait la Vieille Jérusalem, dans les environs de l'église de Limehouse, quand un Hébreu le croisa sous un bec de gaz : ils faillirent se heurter, car le juif marchait les yeux abaissés sur le trottoir. Lorsqu'il les releva, c'est Lisbeth qu'il devina sous l'habit d'homme, et il eut un mouvement de recul. Il murmura quelque chose comme « Démone » ou « Cadmon » : à cet instant, elle le frappa et il tomba à terre. Ensuite, elle continua son chemin sous ses traits de dandy, prise dans sa redingote et son gilet brodé ; elle mit même un point d'honneur à ôter son chapeau quand Frérot croisait les dames.

Doris me surprit dans mon déguisement, un soir, quand je retournais à New-Cut. Elle avait sans doute bu de la brune avec Austin plus longtemps que d'accoutumée, car elle était « grise ». « Lisbeth, ma chérie, me demanda-t-elle, comment es-tu donc attifée ? »

Toute persuadée que j'étais qu'elle n'aurait aucun souvenir de la scène le lendemain, j'improvisai une réponse sensée :

« Je répète, Doris. Je monte un nouveau numéro, mon ange, et j'ai besoin de me roder.

— Tu ressembles comme deux gouttes d'eau à un vieil ami à moi. (Elle déposa un baiser sur le col de ma redingote.) Un vieil et cher ami à moi. Disparu depuis longtemps. Chante-nous quelque chose, ma chérie, chante-nous quelque chose. » La voyant hébétée par la boisson, je la reconduisis jusqu'à sa chambre et lui chantai le refrain de *Ma chère mère veille encore sur moi, mais qu'il me tarde de la rejoindre au Paradis*. Comme elle aimait cette chanson ! Ainsi que je m'en doutais, elle ne se souvint de rien le lendemain matin. Non pas que cela eût la moindre importance, d'ailleurs : trois semaines plus tard, nous nous trouvions dans le petit salon d'Austin quand, soudain, la pauvre Étoile fut prise de suées et de tremblements ; le temps de la transporter à l'Assistance publique sur la route du Pont-de-Westminster, elle n'était plus de ce monde. L'alcool est un poison lent, dit-on, mais il frappe vite quand le corps est affaibli. L'enterrement eut lieu le vendredi après-midi, juste avant notre matinée au Britannia. Au bord de la tombe, Dan fit un petit discours. Il l'appela la « Blondin femme », parce que, comme lui, elle visait toujours plus haut. Elle ne tombait jamais, ajouta-t-il : nos yeux se levaient vers elle, pleins d'admiration. Ce fut une très belle oraison funèbre, nous y allâmes tous de notre larme. Puis nous jetâmes sa corde sur le cercueil et versâmes de nouvelles larmes. Jamais je n'oublierai ce moment. Après l'enterrement, j'étais au sommet de ma forme et l'enjouement de Frérot, ce soir-là, fit hurler de rire le public. Comme je le dis à Dan, nous sommes des professionnels, pas vrai ? Durant la nuit, je rêvai que je tirais un cadavre au bout d'une corde. Mais qu'importent les rêves quand on a la scène.

C'est ce que j'aurais dû répondre à Kennedy, le Grand Magnétiseur, à l'affiche avec moi deux semaines plus tard. « Comment fais-tu ? », lui avais-je demandé après l'avoir vu mettre plusieurs spectateurs « sous influence ». Un pêcheur, descendu du balcon à deux pence, s'était promené dans le théâtre en dansant le fandango, et un camelot et sa julie, hypnotisés, avaient exécuté une bourrée qu'en bons Londonien ils ne pouvaient guère avoir appris à danser.

« C'est un tour de passe-passe… ?

— Non, c'est un tour d'adresse. »

Nous prenions un *fish & chips* dans une taverne de Bishopsgate, près du théâtre ; il leva son verre et me fit regarder à travers. Nous étions dans un petit coin tranquille où personne ne pouvait nous déranger ; je remarquai un feu particulier dans son regard – quoique je me dise aujourd'hui que ce pouvait être, tout simplement, le reflet du feu de bois sur sa pupille.

« Vas-y, l'invitai-je. Étonne-moi, Randolph. » De sa poche, il sortit la belle montre en or qu'il utilisait sur scène et lut l'heure sur le cadran avant de la ranger. À cet instant même, je vis le feu au milieu des heures.

« Remontre-le-moi…

— Quoi, ma poule ?

— Le feu dans le cadran. »

D'un geste lent, il sortit à nouveau sa montre et la plaça à la lumière du feu. Je ne pus en détacher mon regard et, brusquement, je me souvins de la chandelle avec laquelle ma mère m'éclairait quand elle me mettait au lit dans notre logis du Marais-de-Lambeth. Voilà tout ce dont j'eus conscience avant de m'endormir. Du moins crus-je dormir. Lorsque j'ouvris les yeux, le Grand Kennedy me dévisageait avec horreur.

« Diable, qu'est-ce que tu as ? lui demandai-je, à défaut d'autre chose.

— Ça ne pouvait pas être toi, Lisbeth.

— Qu'est-ce qui ne pouvait pas être moi ?

— Je ne veux pas le répéter. »

J'eus peur un instant de ce que j'avais pu révéler.

« Vas-y. raconte.

— Toutes ces choses infâmes… »

J'éclatai de rire et levai mon verre.

« À ta santé, Randolph ! Tu ne te rends donc pas compte quand on te filoute ?

— Tu veux dire…

— Pas un instant tu ne m'as eue sous ta coupe. (Il garda, cependant, son air suspicieux.) Est-ce que tu pourrais avoir une si mauvaise opinion de ta Lisbeth de Lambeth ?

— Non, bien sûr que non. Mais tu étais si naturelle.

— C'est le métier, n'est-ce pas ? Toujours à faire semblant… »

Nous en restâmes là mais, par la suite, il ne fut jamais plus le même avec moi.

26

Mr. Lister : Quelles preuves possédons-nous, en dernier ressort, à l'encontre de Mrs. Cree ? Elle a acheté de l'arsenic afin d'éliminer les rats qui avaient élu domicile dans sa cave. Voilà tout. Si c'était là une cause suffisante pour condamner quelqu'un à l'échafaud, la moitié de la population féminine de ce pays devrait comparaître à ses côtés. La vérité est que l'accusation s'est montrée incapable de nous donner une raison valide pour laquelle Mrs. Cree aurait souhaité supprimer son époux. C'était un homme doux et studieux, souffrant de quelque désordre mental d'une nature obsessive, qui lui procurait, à lui, une raison suffisante pour se donner la mort, ainsi que Mrs. Cree l'a suggéré, mais pas à elle de la lui infliger. Était-il un bon époux ? Oui. Subvenait-il aux besoins de son épouse ? Assurément, et suggérer qu'elle l'aurait tué pour hériter de lui est insensé, quand on sait dans quel confort elle vivait déjà avant son décès. John Cree était-il une sorte de monstre qui tyrannisait sa femme ? S'il avait été une bête sous des traits humains, alors nous aurions pu voir là, en effet, la motivation d'un crime. Mais, en fait, nous avons appris que, malgré son infirmité mentale, c'était un époux aimant et dévoué. Il ne pouvait y avoir aucune raison au monde pour que Mrs. Cree ait voulu l'assassiner. Veuillez donc observer cette femme. Vous semble-t-elle incarner ce monstre terrifiant dont Mr. Greatorex a dressé le portrait ? Au contraire, je lis dans son visage toutes les vertus matrimoniales. J'y lis la loyauté, la chasteté, la piété. Mr. Greatorex a beaucoup insisté sur le fait qu'elle a naguère été artiste dans les goguettes et les music-halls, comme si c'était, nécessairement, signe de mauvaise vie. Or, plusieurs témoins nous ont certifié qu'elle avait mené une existence exemplaire du temps même qu'elle travaillait dans ces établissements. De sa vie à New Cross, nous n'avons entendu qu'éloges de la part du voisinage quant à son comportement conjugal. La bonne, Mortimer, a dit que c'était « une femme que la vie avait endurcie »... je tiens à répéter ses propres mots. Or, n'est-ce pas, souvent, la façon dont les domestiques parlent de leurs employeurs et, plus spécialement, les bonnes de leur maîtresse ? Mrs. Cree nous a dit qu'à plusieurs reprises elle avait menacé de renvoyer ladite Mortimer. Nous pouvons ainsi juger l'opinion de la bonne sous une lumière différente, car c'est là une raison suffisante pour que cette jeune femme ait été mal disposée envers sa maîtresse. Imaginons, maintenant, l'atmosphère qui régnait véritablement dans ce pavillon où un homme dévot jusqu'à la morbidité et soutenu, réconforté par sa chère épouse...

27

23 septembre 1880. Ma chère épouse désire encore retourner voir Dan Leno à la pantomime la semaine prochaine. La saison commence de plus en plus tôt mais je présume que les citoyens de Londres ont besoin d'être divertis des horreurs qui les entourent. Ô combien plus charmant de voir Barbe-Bleue tuer vingt femmes dans sa tour que d'imaginer la même chose arrivant dans la rue ! Je ne suis point moi-même aussi enclin à revoir Dan Leno. Ce n'est pas que j'aime le spectacle moins qu'un autre mais l'idée de le revoir vêtu en princesse ou en poissarde me trouble toujours autant. C'est contre nature et, à mes yeux, la nature est tout. J'appartiens à la nature, comme la rosée à l'herbe ou le tigre à la forêt. Je ne suis pas une figure mythologique, ainsi que les comptes rendus des journaux me présentent continuellement, ou quelque créature exotique sortie d'un roman noir ; je suis ce que je suis et je suis fait de chair et d'os.

Qui a prétendu que la vie est faite d'ennui ? Je suis retourné sur Ratcliffe Highway au crépuscule (j'ai dit à mon épouse que je rejoignais un ami dans la City). Dans la fraîcheur du soir, j'ai attendu devant la boutique du fripier et observé une jeune femme qui allumait les lampes dans l'appartement au premier étage ; après un moment, je vis l'ombre d'un enfant qui passait devant la fenêtre. Une fois de plus, je ressentis combien le sol que je foulais était sacré. J'en rendis grâce au nom du fripier et de sa famille. En effet, ils allaient bientôt entrer dans l'éternité et leurs blessures mêmes se feraient l'écho des coups de couperet du temps récurrent. Mourir sur le même lieu que la célèbre famille Marr (et de la même façon), diantre, quel témoignage de la puissance que la ville exerce sur ses habitants !

J'avais conçu un plan pour entrer *incognito* et en silence. J'attendis de l'autre côté de la chaussée que Gerrard ramassât sa recette et rangeât plusieurs vêtements qui traînaient sur le comptoir, puis montât à l'étage. (J'avais remarqué que c'était son habitude et qu'il ne fermait pas encore la porte à ce moment-là.) Je me précipitai alors à l'intérieur et cherchai une cachette : il y avait une seconde porte sous l'escalier, dont je compris, en l'ouvrant, grâce à l'odeur, qu'elle menait à une cave. J'aime pardessus tout l'odeur des entrailles de la terre et, sur l'impulsion du moment, je me noircis le visage avec la poussière qui recouvrait les sombres parois ; là, porte fermée, j'attendis d'entendre que quelqu'un fermait l'entrée du magasin et tirait le verrou. Je patientai quelques instants de plus dans la réclusion de la cave où me parvenait, cependant, le murmure des voix au premier étage. Bien sûr, je ne pouvais me ruer sur cette famille instantanément car, dans la consternation que cette fatale irruption n'aurait pas manqué de provoquer, un enfant ou une servante aurait risqué d'échapper. J'étudiai donc les possibilités pour les prendre tous l'un après l'autre sans défaut. Ils étaient, calculai-je, quatre ou cinq au-dessus de ma tête. Comment les Marr avaient-ils été expédiés ?

Une jeune femme (la servante ou, alors, la jeune fille de la maison) chantait *Aux Jardins de Vauxhall*, cet éternel succès d'*Une nuit à Londres ;* je sortis de mon antre afin de mieux écouter la mélodie. Près du comptoir se trouvait un escabeau, dont je tapai exprès le pied contre le plancher ; le bruit interrompit la chanson et, un instant plus tard, j'entendis un pas sur le palier. La fille s'enhardit dans le silence (j'eus, quant à moi, tout le mal du monde à me retenir d'éclater de rire). Elle dévala les marches. Je me tenais dans l'ombre tout près de l'escalier : lorsqu'elle déboucha dans la boutique, je saisis mon maillet, que je transportais dans ma poche, et l'abattis d'un coup. Elle ne cria point (elle n'eut pas même le loisir de pousser un soupir), ce qui ne m'empêcha pas de prendre son corps meurtri sur mes genoux, de sortir mon rasoir et de lui trancher la gorge d'une oreille à l'autre, tâche ardente à la vérité, son sang dégoulinant sur ma manche, ce pourquoi je tirai la belle jusqu'à la cave.

« Annie, es-tu en bas, Annie ? »

C'était Gerrard. Je fus tenté de répondre de la voix de la servante mais me mordis la langue pour n'en rien faire. Lentement, il descendit l'escalier, appelant la servante derechef, jusqu'à ce que je brandisse mon rasoir et lui en fisse tâter à lui aussi. Je lui eus séparé la tête du tronc presque avant qu'il n'eût émis le moindre bruit, et encore ne fut-ce qu'un râle qui semblait montrer qu'il avait toujours su quel sort l'attendait. « Ta servante était une mauvaise fille, lui murmurai-je à l'oreille, elle s'est donnée trop facilement. » Le vis-je m'adresser un regard plein d'étonnement ? Je lui caressai la joue. « Tu n'as pas manqué grand-chose, la pièce vient à peine de commencer. »

Je grimpai l'escalier, rasoir ouvert à la main : quelle vision devais-je offrir, tout baigné de sang et le visage maculé comme un Africain ! La fillette me vit la première et me regarda bouche bée. « As-tu un petit frère ? », lui demandai-je d'une voix douce. Alors seulement, sa mère se précipita sur moi en poussant les pires hurlements que j'eusse jamais entendus. Je dus faire cesser ce bruit sur-le-champ, et quoique ce fût à l'encontre de mon sens des convenances et du cérémonial, j'avançai avec mon maillet et l'assommai. Après quoi, je m'en pris aux enfants, qui s'étaient réfugiés dans un coin.

28

L'odieux massacre de la famille Gerrard, tout de suite attribué au Golem de l'East End, fit encore monter la fureur et le ravissement du public. Dès que les journaux eurent publié les détails des « dernières atrocités », personne ne parla plus de grand-chose d'autre. Quelque force antédiluvienne semblait avoir surgi à Limehouse, qu'une crainte irrationnelle et générale voyait déjà se propager à la ville, sinon à tout le pays. Un esprit malin avait été lâché, du moins est-ce ce que l'on croyait, et plusieurs chefs religieux émirent l'idée que Londres même (cette vaste métropole, la première en son genre dans le monde) était responsable de la calamité qui s'abattait sur l'East End. Le révérend Trussler, de l'église baptiste de Holborn, comparant les meurtres à la fumée des cheminées de Londres, les dénonça comme les nécessaires et inévitables conséquences de la vie moderne. Pourquoi alors cette flétrissure ne s'étendrait-elle pas ? Atteindrait-elle bientôt et Manchester, et Birmingham et Leeds ? D'autres phares de la société prônèrent l'emprisonnement de toutes les péripatéticiennes, supposément afin de les soustraire aux griffes du Golem de l'East End ; tout cela traduisant un désir unanime de purification rituelle. On alla même jusqu'à suggérer de raser tout l'East End pour y construire des cités de maisons-modèles. Le gouvernement de Mr. Gladstone étudia la proposition, qui fut néanmoins rejetée, étant jugée trop onéreuse et irréalisable : où, par exemple, seraient logés les habitants durant la reconstruction ? En outre, si ces gens étaient, dans une quelconque mesure, responsables de l'existence du Golem, de la même façon qu'on croyait que les matières en putréfaction donnaient naissance aux mouches, ils pourraient aisément répandre le fléau si on les dispersait dans la capitale. Même la Brigade criminelle semblait céder à ce genre de spéculations, jusqu'aux détectives chargés de l'enquête, qui donnaient l'impression de s'acharner sur les traces de quelque génie du meurtre. Les policiers n'avaient pas choisi le terme golem (l'honneur en revenait au *Morning Advertiser*) mais ils l'utilisaient entre eux. Comment un simple humain aurait-il pu leur échapper si longtemps ?

La sœur du fripier Gerrard occupait une soupente dans la maison de ce dernier au moment des meurtres ; ayant pris du laudanum pour soulager une rage de dents, à l'heure dite elle dormait à poings fermés et n'avait rien entendu. Il est difficile d'imaginer son horreur lorsqu'elle découvrit les cadavres de son frère et des siens. Or, tout en contemplant la famille décimée, elle remarqua une chose : rien, ni dans l'appartement ni dans la boutique, n'avait été dérangé, pas le moindre meuble, pas le moindre objet n'avait changé de place. (Elle ne pouvait savoir que l'escabeau utilisé pour éveiller l'attention de la servante avait été déplacé puis remis à sa place.) On aurait dit que les meurtres avaient eu lieu sans la participation d'aucun agent extérieur

– presque comme si la famille, obéissant à une force supérieure, *s'était donné la mort elle-même*. Un vent de panique souffla sur Londres.

Cette atmosphère affecta jusqu'à ceux qui, d'ordinaire, ne prêtaient guère attention au sensationnalisme ambiant et professaient même de le mépriser. Les meurtres de Limehouse furent une source indirecte du fameux *Portrait de Dorian Gray*, qu'Oscar Wilde écrivit huit ans après et dans lequel les fumeries d'opium et les théâtres populaires du quartier jouent un rôle important autour d'une trame fort mélodramatique. Ils inspirèrent encore la non moins célèbre série de Whistler intitulée *Les Nocturnes de Limehouse*, dans laquelle l'atmosphère inquiétante des ruelles des environs des docks est évoquée par le vert viride, le bleu outremer, l'ivoire et le noir. Whistler sous-titra cette série « Harmonies sur un thème », quoiqu'elle fût conçue de la manière la moins harmonieuse possible : il passa une soirée à croquer le quartier mais, avec sa cape noire et son air étranger, on le soupçonna d'être le Golem : poursuivi par la foule, il dut se réfugier dans le commissariat où George Gissing avait été interrogé quelques jours plus tôt. Des écrivaillons produisirent également sur ce thème macabre plusieurs pièces que montèrent les établissements qui, avec leur répertoire de « mélodrames horrifiants », préfiguraient le Grand Guignol. L'Effingham de Whitechapel, par exemple, ajouta *Le Démon de l'East End* à *La Mort de Chatterton* et au Squelette cocher qui composaient son répertoire. On fabriqua aussi, pour les kiosques et les théâtres miniatures, des effigies en carton des victimes du Golem de l'East End, vendues un penny pour les monochromes et deux pence pour les coloriées. C'est dans ce contexte que Somerset Maugham et David Carreras, alors tout jeunes enfants, prirent conscience de leur goût pour le théâtre – dans les années 20, Carreras devait d'ailleurs écrire une pièce fondée sur les meurtres de Limehouse, intitulée *Nul ne sait mon nom*.

Malgré tout (c'est encore là une de ces coïncidences qui émaillent cette histoire comme tant d'autres), il est un personnage de la scène qui est bien plus directement lié au massacre de la famille Gerrard de Ratcliffe Highway. Gerrard avait été le costumier de Dan Leno (en fait, Leno lui avait donné plusieurs de ses costumes féminins lorsqu'il avait ouvert sa boutique) et le célèbre comique avait rendu visite à la famille trois jours seulement avant le massacre. En cette occasion malheureuse, il avait donné un avant-goût de sa dernière chanson, *Le Prodige désossé*, qu'il interprétait en se contorsionnant comme un pantin de caoutchouc.

29

25 septembre 1880. Elizabeth et moi sommes allés voir la pantomime qui se donne à l'Oxford, près de Tottenham Court Road. Elle tenait absolument à voir Dan Leno jouer Sœur Anne dans *Barbe-Bleue* ; quant à moi, je fus ravi d'entendre, tandis que nous attendions dans le vestibule, que tout le monde discutait de ma propre pièce de Ratcliffe Highway. Les massacres, sur scène ou pas, plaisent toujours aux Londoniens et deux gentlemen parmi les plus spirituels comparaient même le Golem de l'East End à Barbe-Bleue. Je mourais d'envie de m'approcher d'eux et de me présenter : « Je suis celui-là même, leur aurais-je annoncé. Je suis le Golem. Voici ma main. Serrez-la donc. » Mais je me contentai d'un sourire et d'une inclination du buste. Bien sûr, le commun était également présent, un troupeau de mécaniciens et de petits marchands se précipitait vers le parterre. Des employés de la City avançaient parmi eux, leur dulcinée au bras. Lorsque nous fûmes parvenus au foyer, Elizabeth me pria d'acheter un livret.

« Les vieilles habitudes ont la peau dure, commentai-je.

« — Le reste change, en revanche, John. Regarde les fresques, et toutes ces fleurs… nous n'avions rien de semblable au Washington ou à l'Old Mo.

— Fini le temps des buccins au cresson, ma chérie. Aujourd'hui, c'est tout bière et côtelettes. »

À la porte se tenait le régisseur, en gilet cramoisi, de plus en plus survolté, les mains couvertes de bagues papillonnant dans tous les sens. « Veuillez rejoindre vos places. Six pence le parterre, neuf pence le balcon où va le beau monde. » Nous montâmes donc au balcon et, dès qu'Elizabeth eut aperçu la scène, tout échauffée, elle agrippa mon bras ; nul doute qu'elle se rappelait le temps où elle était Frérot ou la Fifille à P'tit Victor. Les lampes à gaz avaient disparu et le public était mieux mis et plus sélect mais, pendant un moment, elle crut humer, à s'y méprendre, l'atmosphère qu'elle avait tant aimée jadis. Elle avait à peine eu le temps de me montrer du doigt le piano à queue et l'harmonium que les filles d'Ève interprétant les « petits garçons » de la pantomime surgirent sur scène. Ensuite, Dan Leno fit son entrée, courant jusqu'au bord de la scène comme au bon vieux temps et, à l'instar de toute la salle, mon épouse rit aux éclats lorsqu'il s'annonça comme « Sœur Anne, celle qui voit venir ». Je ris aussi fort que tous car je savais qu'il y avait de l'assassinat dans l'air.

30

Ce n'était pas la première fois que Dan Leno jouait le rôle de Sœur Anne. À la longue, il s'était fait une spécialité des rôles féminins. Il n'était plus l'ambitieux (quoique anxieux) jeune comique dont Lisbeth de Lambeth avait fait la connaissance en 1864 ; seize ans plus tard, la mention « L'Homme le Plus Drôle du Monde » accompagnait sur les affiches le nom de Dan Leno, roi incontesté du music-hall. Désormais, de mille façons, il ne s'appartenait plus : ses activités étaient répertoriées dans les journaux, ses traits diffusés dans tout le pays par le biais d'innombrables photographies et ses personnages de femmes loufoques copiés par les comiques de moindre talent dans cent théâtres de bas étage. Il était connu pour les rôles de Dame Durden, de la Reine de Cœur dans *Humpty Dumpty*, de la Baronne dans *Babes in the Wood*, de la Veuve Twankey dans *Aladin ;* mais son rôle le plus fameux, et, au bout du compte, le plus tragique, serait celui de Mère l'Oie. C'est à l'époque où il l'interprétait qu'un ressort se brisa en lui et qu'il dut se retirer dans une institution privée pendant quelque temps – il ne se remit jamais entièrement et certains historiens du théâtre ont avancé l'hypothèse que Mère l'Oie l'avait effectivement anéanti.

Sœur Anne faisait sa grande entrée au milieu du premier acte, montée sur une charrette tirée par deux ânes, vêtue en dame à l'ancienne mode, avec une perruque haute comme une tour et un décolleté plongeant. On ne comprenait pas immédiatement pourquoi elle voyageait ainsi, jusqu'à ce qu'en fin de procession apparaisse un antique contrôleur des chemins de fer : le train avait eu une panne et elle était la seule passagère.

« Mazette, M'dam, z'êtes b'en chic. (Le contrôleur parlait très fort, pour se faire entendre au-dessus des hurlements de rires.)

— Vous trouvez que je fais assez riche ?

— Oh, ça ! On dirait une banque ambulante.

— Naturellement, dans ma position, il faut que j'en jette !

— N'vous gênez pas, je ramasserai volontiers… Cette robe-là a dû coûter son pesant d'œufs.

— Des mille et des cents. Ce qui me chagrine, c'est d'avoir tellement d'épaisseurs que je ne peux pas toutes les montrer. »

À ce moment du dialogue, elle se levait légèrement du sac d'avoine sur lequel elle était assise et regardait sous elle d'un air intrigué.

« Quoi M'dam, z'avez donc point de siège ?

— Oh, tout au contraire, mais je n'ai rien de solide pour le poser. »

Le contrôleur s'essuyait le front jusqu'à ce que les rires se tussent.

« Alors, z'êtes prête à sauter au prochain arrêt ?

— Mais oui, si vous m'trouvez un coq et un âne ! »

Humour très lourd, certes, du genre dont le public raffolait, mais, dans la bouche de Dan Leno, on aurait dit l'essence même de la comédie ; il était si commun et pourtant si fier, faisait le rodomont mais avait un petit reniflement pitoyable, se montrait exubérant dans l'échec mais absurde dans la réussite. La trame de la pantomime, adaptée du *Ver luisant* par un journaliste, montrait Sœur Anne essayant désespérément d'attirer l'attention de Barbe-Bleue : elle ne tolérait pas une remarque « désobligeante » à son égard et tenait tellement à se trouver un homme qu'elle ne s'arrêtait devant rien. Malgré son outrecuidance, elle chantait une chanson intitulée : *Je ne crois vraiment pas que je me mets trop en avant.* Elle avait même appris à jouer de la harpe pour attirer « Bleuet » dans ses rets mais, bien sûr, elle réussissait à se prendre les doigts, les bras et la robe dans les cordes de l'instrument, si bien qu'elle finissait par se battre avec lui par terre. Sur quoi elle n'exécutait une bourrée dans le but de charmer son homme que pour s'entendre dire qu'elle était « aussi élégante qu'un rouleau compresseur ». Néanmoins, elle ne perdait pas espoir et ne cessait d'expliquer à sa sœur, la belle Fatima, l'art de la séduction. L'une des scènes dont le public se délectait le plus avait lieu au deuxième acte, quand Sœur Anne se changeait derrière un minuscule paravent. Fatima entrait en scène et s'enquérait gentiment (sur le ton qu'on emploie pour demander conseil) : « Est-ce que tu mets une tenue habillée, ce soir, ma chérie ? »

Et Sœur Anne de répondre d'un air cinglant : « Tu ne voudrais tout de même pas que je mette une tenue nue ! »

Ce genre de réplique, c'était « en passant, pour s'amuser un peu », affirmait Dan en répétition. Il n'est peut-être meilleure indication du goût d'une époque que son sens de l'humour : les sujets les plus graves et les plus douloureux acquièrent, dans l'humour, une telle légèreté que la plaisanterie même devient cathartique. C'est la raison pour laquelle, en pleine période des meurtres du Golem de l'East End, les blagues sur ce dernier et ses victimes couraient les rues. Mais si l'humour offre un répit ou une échappatoire, il peut également devenir un véritable langage tacite par lequel un groupe ou une société peuvent revêtir de respectabilité leurs traits les plus condamnables. Peut-être est-ce l'explication d'une scène du troisième acte de *Barbe-Bleue* où Sœur Anne, attachée à une chaise par son héros depuis une semaine, s'évanouit de faim. À ce point, son geôlier la libère, l'allonge sur la scène et se met à sauter dessus avec ses sabots. Sœur Anne se relève timidement et s'enquiert d'une voix presque inaudible :

« Que faites-vous, mon cher ?

— C'est mon traitement. Le docteur m'a dit qu'il fallait que je crève l'abcès. »

Ce genre de plaisanterie était efficace et goûté du public. Mais il montre aussi combien les Londoniens de l'époque désiraient voir punies les femmes les plus actives et les plus impudiques. Il ne serait pas exagéré, en fait, d'établir un lien entre les meurtres des prostituées de Limehouse et l'humiliation des femmes dans la pantomime. Comme John Cree devait rire, en effet, lorsque Sœur Anne se retrouvait à bouillir en compagnie d'une douzaine de pommes de terre ! « Bleuet ! appelait-elle. Bleuet ! Je sors un instant acheter une botte de carottes ! » Et de s'extraire avec moult précautions de la baignoire en fonte, emportant dans chaque main une pomme de terre qu'elle se mettait à manger. C'était toujours le Dan Leno dont Elizabeth Cree se souvenait – le visage mélancolique (« toute la tragédie dont est empreint le visage d'un bébé singe », a écrit Max Beerbohm), le regard poignant, le débit rapide, proche de la quinte, le haussement d'épaules, puis, tout à coup, il décochait sa scie comme un éclair sa clarté dans l'orage : il avait conservé toute l'émotion et toute l'ardeur de sa jeunesse.

Sœur Anne comprenait enfin que Barbe-Bleue n'était pas la chaussure qu'il fallait à son pied et prenait du repos dans son boudoir en compagnie d'une vieille amie et confidente. Le rôle de Joanna Boulondéfait était tenu par un imposant acteur comique, l'adipeux Herbert Campbell, dont le personnage de matrone procurait le contrepoint parfait à celui de Leno, minuscule et bondissant.

« Ma chère Joanna, j'ai un regret, tout de même.

— Lequel, ma sœur Anne ?

— J'aurais pu tenir jusqu'à la saint-glinglin, si Barbe-Bleue avait voulu y mettre du sien.

— Mais une femme dans ta position…

— Quelle position ?

— Je n'oserais pas la décrire en public, ma sœur Anne… »

Et ainsi de suite. À maintes reprises, Elizabeth Cree devina que les comédiens, improvisant, se renvoyaient la balle ; cela ne fit qu'augmenter le plaisir qu'elle prit à la représentation et lui rappela l'époque où elle-même était sous les feux de la rampe.

31

De tout ce temps, je ne pensais jamais vraiment à ma mère (elle devait déjà être bien putréfiée, Dieu soit loué !). Il y avait des moments, toutefois, où je croyais la voir encore. Pas en chair et en os, bien sûr, mais dans l'esprit des femmes loufoques que Dan interprétait. L'une d'elles, en particulier, me faisait tordre de rire – Mam'zelle Dévote, une vierge immaculée comme lis, et si pieuse qu'elle s'évanouissait à tout bout de champ dans les bras du pasteur. Je l'ai aidé pour ce personnage-là en lui procurant des citations. « Livre des Juges, chapitre xv, verset 12 ! », criait-elle avant d'entrer en transe. Ça me rappelait tellement notre vie au Marais-de-Lambeth ! En échange, Dan me confiait des « trucs » pour mon personnage de Frérot ; un jour, il m'apprit même une démarche particulière : celle du serveur ivre qui fait mine d'être à jeun. Comme il le disait, le « tuyau me fit bon usage ». Mais j'aimais aussi piocher moi-même ici et là mes marques de fabrique et, de temps à autre, j'endossais le costume d'un de mes personnages masculins et allais traîner vers les docks ou les marchés, afin de récolter de nouveaux termes et expressions. Les camelots employaient une forme particulière d'argot entre eux, comme je m'en aperçus un soir à Shadwell, où l'on me proposa une « bope de chière » au lieu d'une « chope de bière ». Dan rit lorsque je lui rapportai ça, bien que je sois certaine qu'il connaissait déjà ce langage-là. L'argot des anciens était bien plus complexe : par exemple, si je désirais un verre de rhum, je devais demander « un doigt et demi du fameux sérum » ; fumer une pipe, c'était « tirer sur la tripe à la sors-moi du nez d'un type ». Je me dis parfois que les Londoniens sont des êtres bien spéciaux !

Une après-midi, Frérot retourna hanter mon vieux quartier à Lambeth. Quand je passai devant mon vieux logis de Peter Street, instinctivement je tournai pour m'engager dans l'entrée comme si je vivais encore là avec la morte ; je ressentis le plus grand plaisir à songer que, eût-elle encore été en vie, elle ne m'aurait absolument pas reconnue. J'étais une étrangère, à la mort comme à la vie. Sa tombe se trouvait dans le cimetière des pauvres près de Saint-George's-Circus ; je m'agenouillai devant et pris l'attitude de « l'éplorée » bien connue dans le mélodrame. « J'ai changé du tout au tout, lui dis-je dans un murmure. Si tu me vois depuis ton tas de cendre, tu peux juger par toi-même. Tu te souviens de la chansonnette, mère ingrate ? » Il y a tout à parier qu'elle aurait préféré entendre l'un de ses hymnes et m'enfoncer avec elle dans les sphères du Malin, c'est pourquoi, en vraie tranche-montagne, j'entonnai la chanson à boire du célèbre Trou à Charbon, sur le Strand :

Alors l'bourreau viendra aussi
Viendra aussi,

Alors l'bourreau viendra aussi
Avec ses salauds d'compères,
Il m'dira ce que j'dois faire.
Damnés soient ses yeux !
Alors j'mont'rai là-haut,
Mont'rai là-haut,
Alors j'mont'rai là-haut,
Ce s'ra la fin d'tous mes tracas,
Et sur tes prières un crachat.
Damnés soient tes yeux !

Nous n'avions pas le droit de la chanter sur scène mais l'Oncle me l'avait répétée tant de fois, que je finis par la savoir par cœur. (Quelle belle parodie, et le meilleur antidote jamais produit contre la frénésie religieuse !)

Ce soir-là, j'étais au mieux de ma forme et, après le spectacle, Charles Weston, du Drury Lane, m'a demandé si je voudrais jouer l'un des jeunes héros du *Babes in the Wood* de cette saison-là.

— Voudrais-je ?

— *Wood*riez-vous ?

— Oh que voui ! »

Ce premier contrat hors du circuit des music-halls a marqué, je crois, le début d'un certain refroidissement dans mes relations avec Dan. Il était loin d'être ravi qu'un artiste itinérant des music-halls aille faire une saison à la pantomime, mais il ne vous le disait pas franchement ; dans la vie de tous les jours, il continuait de se comporter en parfait gentleman, et pourtant il n'avait plus le rire aussi prompt. Il y avait eu un temps où, pour amuser la compagnie après une

répétition, lui et moi donnions notre version personnelle des « poses plastiques ». Nous nous accrochions
aux accessoires dans des attitudes contre nature, dépei-
gnant « La Favorite du Sultan revenant du Bain » ou
« Le Vœu Empressé de Napoléon ». Mais Dan n'avait
plus le cœur à ça et nous ne riions plus ensemble. Ce
qui ne m'empêcha pas d'obtenir un grand succès avec
mon interprétation du héros juvénile de *Babes in the
Wood* ; je crois avoir été la première à porter sur scène
des bas à paillettes ; une fois n'est pas coutume, je dé-
marrai une mode. Walter Arburthnot jouait la Baronne
et le duo désopilant de Lorna et Toots Pound (« Un
Éclat de Rire à la Minute ! ») interprétait mes acolytes.
Je me souviens encore des larmes qui me vinrent aux
yeux quand, lors de l'ultime représentation, la main
dans la main, nous avons interprété le fameux refrain :

> *À la panto du vieux Drury Lane,*
> *Sommes venus sans peine,*
> *Et espérons r'venir*
> *Toutes les années prochaines,*
> *À la panto du vieux Drury Lane.*

Hélas, cela ne devait pas être, et mes dernières années
dans les music-halls furent pavées d'obstacles et baignées
de larmes amères.

Mes ennuis commencèrent du jour où je retournai
avec Dan au Standard de Clerkenwell ; nous savions
qu'une grande partie des spectateurs étaient de persuasion juive, si bien que nous avions intégré quelques
blagues juives qui leur étaient spécialement destinées.
Je venais de chanter *Fossie la Frivole* et m'esquivais sous

les bravos ; des pièces tombèrent même sur la scène mais j'étais trop rompue et essoufflée pour faire un bis.

« Je suis éreintée, confiai-je à Aveline Mortimer, une danseuse "épileptique", plutôt aigrie, qui s'était fait, néanmoins, une spécialité du chahut. Qu'est-ce que je fais ?

— Retournes-y, ma chérie et souhaite-leur une joyeuse *Meesa Meschina*. C'est une fête chez eux qui a lieu en ce moment. »

Je retournai donc sur scène, ouvris grand les bras, pris mon plus beau sourire et articulai de mon mieux : « À vous, mesdames et messieurs, et spécialement à ceux de ces messieurs qui ne sont pas sans lien avec une certaine race d'élus… (Comme ils se mirent tous à rire, je marquai une pause pour reprendre haleine.) Puis-je vous souhaiter, du fond de mon cœur, *Meesa Meschina !* » S'ensuivit alors un silence de mort, puis un tel raffut, des sifflets et des huées, que je dus quitter la scène.

L'Oncle accourut, tandis qu'abasourdie j'attendais dans les coulisses. « Qu'est-ce qu'il t'a pris de dire ça, ma poulette ? (Il fit signe à Jo de baisser le rideau.) Tu ne sais pas ce que tu leur as dit dans leur patois ? *Meesa Meschina*, ça signifie "Mort subite" ! »

Je fus horrifiée et, quand je vis mon amie de tout à l'heure, Aveline Mortimer, s'esquiver, je crois que j'aurais pu lui asséner quelque coup de mort subite, en effet. Elle avait toujours envié mon succès mais, ah, que sa vengeance était vile ! Fort heureusement, Dan, qui savait régler toutes les urgences théâtrales et qui n'avait pas encore quitté son costume de la Belle Propriétaire (avec anglaises et falbalas…), se précipita sur scène. Il interpréta *L'Humain, par un qui les déteste*. Cela les calma un peu ; et, quand il enchaîna avec *J'repose le coude sur l'comptoir*, ils avaient déjà tout oublié.

D'ordinaire, je ne touchais jamais aux boissons alcoolisées, mais, comme j'étais encore toute retournée, ainsi qu'on peut facilement l'imaginer, après la fin du spectacle, l'Oncle m'emmena « à côté » et me paya un grand verre de *shrub*, son remontant préféré, du jus de citron sucré à la liqueur.

« C'est cette truie d'Aveline, lui dis-je. Elle ne dansera plus jamais dans le même spectacle que moi, je te le jure !

— Ne le prends pas comme ça, ma poulette. C'est déjà du passé, comme disait le bourreau au pendu. »

Il me caressa la main et me la tint une minute de plus que la décence ne l'eût voulu.

« Paie-moi un autre verre, l'Oncle. Je suis d'humeur à me rafraîchir le gosier, ce soir. »

Dan arriva alors, tout guilleret, en costume à gros carreaux, du dernier genre.

« Je parie que tu pourrais lui tordre le cou, lâcha-t-il.

— Comme tu dis.

— Parfait. Maintiens la vapeur. Je crois que j'ai un petit rôle pour toi. »

Je devrais expliquer que nous faisions à l'occasion des « extra » entre nos tournées : un pot-pourri burlesque de Shakespeare (Dan avait créé une Desdémone hilarante) ou la parodie d'un mélodrame horrifiant comme *Sweeney Todd*. Je n'oublierai jamais la fois où le célèbre « Roule Rowley » joua l'une des victimes de Sweeney, qui s'échappait en exécutant une série de sauts de carpe ; le public avait le temps de crier un « Roule, Rowley ! » avant qu'il ne disparaisse dans les coulisses avec une dernière culbute. Quoi qu'il en soit, Dan avait un projet d' « extra ». Il avait appris que Gertie Latimer montait, à la Cloche de Limehouse, *Maria Marten, ou le Meurtre de la Grange rouge* et il avait décidé d'amuser le monde en faisant un arrangement de son cru. Il jouerait Maria, l'infortunée victime, et il voulait que je joue son fiancé, qui l'étrangle puis cache son corps dans ladite grange rouge. Hugo Stead, le célèbre « Maniakodramatik », jouerait la mère de Maria, qui voyait en vision la mort de sa fille ; Hugo avait mis au point sa marque, le « Remède parfait », une façon particulière de sautiller sur place, jambes jointes et bras collés au corps. Chaque fois que Mrs. Marten aurait une vision, elle sauterait sur place d'excitation. On trouverait un moyen de lui adjoindre Roule Rowley, pour le pur plaisir de les voir cabrioler ensemble sur scène. Du moins était-ce là le plan de Dan, et, un soir, nous passâmes un certain temps à la taverne, à discuter des tours de chacun et du programme en général. Je n'avais jamais joué un assassin auparavant, et encore moins un assassin comique, et j'étais un peu démunie quant à la façon de m'y prendre.

Le curieux de l'affaire, c'est que mon futur époux, Mr. John Cree, se trouvait là, assis tout près de nous dans la taverne, à converser avec un duo de comiques à diction, Les Ombres du Soir. Nous avions échangé un ou deux mots depuis le soir fatidique où le P'tit Victor Farrell avait « rencontré l'Aveugle Destin », comme on l'écrit dans les programmes, si bien que j'étais à mon aise quand l'Oncle lui fit signe de venir à notre table. « John, cria-t-il, venez donc ici. Dan a décidé de passer aux planches grand teint. » Nous cherchions toujours à nous « placer » dans les journaux et, si possible, avec mention de notre nom. C'est pourquoi je souris de façon fort charmante lorsqu'il approcha sa chaise.

« Mr. Cree, lui dis-je, merci de vous joindre à nous. Dan projette un spectacle très sérieux, en effet.

— Et qu'est-ce que ce sera ?

— Un mélodrame horrifiant. Je vais me métamorphoser en un meurtrier très masculin.

— Je ne crois pas qu'un tel rôle vous siéra.

— Vous savez bien, Mr. Cree, que les gens du théâtre sont capables de tout. »

Mais Dan gâcha tout en expliquant que ce qu'il projetait n'était qu'un intermède burlesque. Néanmoins, John Cree écrivit dans la livraison suivante de l'*Era* que « la grande artiste burlesque Lisbeth de Lambeth, mieux connue de ses innombrables admirateurs sous le sobriquet de Frérot, divertira le public avec un rôle entièrement nouveau et sensationnel, dont nous avons des raisons de croire qu'il n'est pas sans rapport avec certains crimes… » Je crois que, déjà à l'époque, John avait le béguin pour moi mais je peux dire, en toute honnêteté, que je ne l'ai jamais encouragé. En parfait gentleman, il ne profita jamais des conversations en tête à tête que nous commençâmes à avoir après qu'il eut parlé de moi dans sa colonne, et pendant lesquelles nous discutions théâtre. Il me dit qu'il avait toujours vécu dans l'ombre de son père, qui était une sorte d'homme d'affaires à Lancaster : je ne pus que compatir. « Mais, au moins, ajoutai-je, connaissez-vous vos parents. Je souhaiterais pouvoir en dire autant. » Il saisit ma main mais je la retirai doucement. Puis il me dit qu'il était catholique ; cela me plut tant que je hochai la tête : « Quelle coïncidence, Mr. Cree… J'ai toujours eu moi-même un penchant pour cette religion. » Il me confia que son souhait le plus vif avait toujours été de faire carrière dans les lettres et que l'*Era* n'était qu'un premier pas. Je lui dis qu'il en allait exactement de même pour moi, que je n'acceptais de faire la tournée des music-halls que dans la perspective de faire un jour du théâtre légitime. Nous devînmes donc de bons amis et, après un certain temps, il me montra une pièce qu'il avait écrite. Elle s'intitulait *Le Carrefour de la misère*, d'après la fameuse intersection sur Waterloo Road, à l'angle de l'Hôtel d'York, où les artistes « sans cacheton » se réunissaient pour attendre les agents. La seule raison pour laquelle il s'intéressait tant à moi et à mes affaires était, sans doute, que j'étais du métier ; je dois admettre avoir été flattée par ses attentions, sans croire, néanmoins, que cela déboucherait sur quoi que ce soit de sérieux.

Les répétitions pour notre intermède furent infernales, parce que nous gardions tous notre attirail comique en réserve : Roule Rowley ne roulait qu'à contrecœur et, encore, très timidement ; les sauts périlleux du « Maniakodramatik » n'avaient rien de dramatique ni de fou. Quant à moi, je connaissais, naturellement, mon texte par cœur. Mais j'étais ébahie par l'entrain de Dan.

« Ça en fait un tas de grosses vaches, ça ! s'exclama-t-il en découvrant le décor de la ferme. On croirait la loge des dames !

— Es-tu enfin prêt, Dan ? »

L'Oncle était le premier à rire des plaisanteries de Dan mais, en tant que régisseur, il tenait à faire régner l'ordre.

« Non, je ne suis pas prêt. Et pour aller où ? Non pas que j'aie bien envie de rester, d'ailleurs.

— Allons, Dan. Joue le jeu. Nous n'avons pas le temps de blaguer. »

Texte en main, nous passâmes deux après-midi à étudier le canevas et à travailler les fioritures que nous inventions au fil de la répétition. L'Oncle avait écrit de belles paroles pour le meurtrier lorsqu'il se retrouve seul devant la grange rouge, paroles que je chantai avec brio :

> *On me traitera de boucher, on me dira fou*
> *comme une liane,*
> *C'est que j'y ai été amené par ma perfide,*
> *ma Marie-Jeanne*
>
> *Marten...*

Dan devait arriver à ce moment-là et demander « Parten ? » au lieu de « Pardon ? », or, le voilà qui restait le nez enfoui dans son texte.

« Vas-y, lui dis-je, décontenancée par son silence. C'est à toi.

— J'attends ton mot du guet.

— Dan, je te l'ai donné.

— Ah bon ? Je croyais que mon signal, c'était : "Lisbeth dit Marten et *éclate de rire*".

— Mais j'ai éclaté de rire. (Je me tournai vers l'Oncle, recherchant son soutien.) N'est-ce pas, l'Oncle ?

— Oui, Dan. Elle a éclaté de rire.

— Ah bon ? Je croyais qu'elle souffrait des hémorroïdes. (Sur quoi, tournant les pages du manuscrit, il réussit à se mélanger dans les feuilles.) Quelque chose ne va pas du tout ici. Je suis censé quitter la scène avec une oie. Quand est-ce qu'elle est arrivée, celle-là ? »

L'Oncle, qui ne perdait jamais patience, lui vint en aide.

« À quelle page en es-tu ?

— Page neuf.

— Voilà, tu as tourné trois pages à la fois, c'est tout… Tu peux continuer maintenant. »

Ainsi Dan put déclamer les dernières paroles de Maria Marten. « Je hais le jour où il m'a eue. Je hue le jour où il m'a haïe. Ouh que oui ! J'étais assise sur la marche, là, à penser à la vie (à moins que je ne fusse assise sur la vie à penser à la marche ?). Avec mon flair coutumier (mais sans mon fier costumier), je me disais : "Oh, quel sens a donc l'existence de la femme ? Qui est-elle ? Quelle fonction remplit-elle ?"… » À un point donné de ce monologue, dont je suis certaine que Dan aurait pu le continuer *ad vitam aeternam*, je devais m'approcher de lui par-derrière et, pour le plus grand plaisir de la galerie, l'étrangler à mains nues. Puis je devais le tirer jusqu'à la grange et cacher son cadavre sous la paille avant de dire, face au public : « Ça s'est fait en un tour de main, pas vrai ? »

« Tu sais, me confia Dan après la répétition, je crois que le comique ressort de plus en plus dans cette scène. Elle a beaucoup de ressort. » Il avait raison. Hélas, un soir, elle eut *trop* de ressort. Dan achevait le monologue de Maria, qu'il avait agrémenté de remarques à propos des nouvelles lois sur les veufs qui épousaient la sœur de leur épouse décédée (pour lui, tout était matière à plaisanterie), lorsque, me glissant dans son dos, je portai mes mains à sa nuque. « Prenez-le avec philosophie, disait-il alors à la cantonade. Que ça ne vous tracasse pas… » Au moment où je commençai à appuyer, un enfant cria dans la salle : sans doute cela me perturbat-il, car j'appuyai bien trop longtemps. Dan avait trop de métier pour interrompre une scène mais, quand je le tirai vers la grange, il était tout flasque. Sous le grimage, je discernai que le teint avait viré au gris ; et c'est à peine s'il respirait encore. Néanmoins, gardant mon sang-froid (malgré les mille regards qui étaient fixés sur moi), j'appelai : « Eh, venez donc, Mr. Marten. Votre fille est toute chose. » L'Oncle, qui jouait le père de Dan, avait déjà passé son costume de deuil pour la scène finale, l'enterrement. Chapeau noir à la main, il accourut et nous emportâmes tous deux Dan dans les coulisses : se figurant que cela faisait partie de l'histoire, le public se mit à rire. Le violoneux eut, par ailleurs, la présence d'esprit de venir sur scène, où il improvisa un petit air, tandis qu'à l'aide de sels et de brandy, l'Oncle et moi essayions de faire revenir Dan à lui. Roule Rowley et le Maniakodramatik prirent la relève en improvisant des sauts et des culbutes. Enfin, Dan cligna les yeux. Il me lança alors un regard que je n'oublierai jamais.

« La dernière chose que j'ai sentie, me dit-il, ce sont tes grosses paluches. Qu'est-ce qui t'est donc passé par la tête ?

— Je ne connais pas ma force, Dan.

— À qui le dis-tu ! »

Comme il vit que j'étais près d'éclater en sanglots, bien qu'il fût encore très faible, il me fit rire en plaisantant : « Tu pouvais appuyer tout son soûl, j'ai un cou en caoutchouc. » Après quoi, il insista pour retourner sur scène : je l'ai déjà dit, il n'y avait pas plus grand professionnel que lui.

Je crois, malgré tout, que j'avais perdu sa confiance. Jamais plus il ne fit appel à moi pour des bouffonneries qui exigeaient un contact physique. L'Oncle prit ma défense, naturellement, et mit tout cela sur le compte de mon énergie ; il était devenu l'un de mes préférés et je lui permettais même, de temps à autre, de me caresser le dessus de la main ou le genou. Jamais je ne lui autorisais d'autres familiarités mais il m'appelait sa « petite Lisbeth » et, en une occasion, il prit la liberté de m'appeler :

« Ma petite chérie à moi.

— Je ne suis pas ta petite chérie, l'Oncle, je ne suis pas ta promise.

— À ton bon cœur, Lisbeth. Mais ne joue pas aux ingénues avec moi.

— Je ne joue pas, je suis comme cela, voilà tout.

— Si tu le dis, Lisbeth, si tu le dis… »

L'Oncle ne vivait pas dans un meublé, il avait acheté un beau pavillon tout neuf à Brixton ; Dan et moi, et un ou deux autres, nous allions parfois y prendre le thé. Que nous nous amusions en ce temps-là ! Dan faisait mine d'être intimidé par les signes de prospérité dans la maison de notre hôte. Il désignait une théière en argent ou un meuble en ébène et lâchait : « Ça vous en bouche point un coin ? » Notre nouvel artiste en résidence, Pat Patterson-Paternoster, enchaînait avec un commentaire suivi des tentures en peluche, de la pendule en bronze doré, des fleurs en papier et de tout le reste. L'Oncle riait avec nous de nos railleries sur ses possessions mais, comme je devais le découvrir bientôt, il nous cachait les plus précieuses.

Un jour où il m'avait dit de venir prendre le thé plusieurs heures avant le spectacle, je compris vite que j'étais la seule invitée.

« "Ma très chère nièce, chanta-t-il, passez dans mon salon."

— Ce sont les paroles d'une ritournelle enfantine, n'est-ce pas ?

— Peut-être, Lisbeth, peut-être. Mais viens nonobstant. (Ce dernier mot, il le prononça de la voix grave et suave des lions comiques, avant de changer de style.) Assieds-toi et repose tes cannes. »

Il me versa une tasse de thé et me servit des sandwichs au concombre, puis, sans crier gare, me demanda si je voulais qu'il me révèle un secret.

« J'adore les mystères, l'Oncle. Est-ce bien atroce, au moins ?

— Hum, mon petit, je le crains. Montons là-haut et je te montrerai… (Nous grimpâmes jusqu'à l'attique.) Voici ma chambre noire, me murmura-t-il à l'oreille en tapotant sur une porte. Voici ma surprise ! »

Il ouvrit et j'eus à peine le temps de remarquer l'expression inhabituelle de son visage, qu'il m'avait déjà poussée à l'intérieur de ce que je pris d'abord pour un bureau, parce qu'il y avait un bureau et une chaise dans un coin. Or, voilà qu'au beau milieu de la pièce j'avisai tout à coup un appareil photographique trônant sur son trépied et recouvert d'un carré d'étoffe noire.

Il n'y avait pas plus mignon que l'Oncle, et je l'aurais volontiers imaginé s'adonnant à un passe-temps sage comme l'aquarelle ; je fus donc très surprise.

« Pour l'amour du Ciel, que fais-tu avec ça, l'Oncle ? lui demandai-je.

— Là est le secret, Lisbeth. »

Comme il était très près de moi, je sentis l'alcool mêlé à son haleine : sans doute avait-il coupé son thé ! « Puis-je compter sur toi ? Promets-tu de rester muette comme une tombe ? » Je hochai la tête et me passai le bras sur la bouche comme le vieux serviteur du *Grand Feu de Londres*. « Je vais te montrer une sélection de mes clichés de gigolettes. Par là. » Allant jusqu'au bureau, il ouvrit un tiroir fermé à double tour et en sortit des papiers. Du moins crus-je d'abord que c'étaient des papiers ; lorsqu'il me les tendit, je vis que c'étaient des clichés photographiques – des photographies de créatures, à moitié ou complètement dévêtues, avec des fouets ou des verges à la main. « Qu'est-ce que tu en penses, Lisbeth ? », s'enquit-il avec feu. J'étais trop interloquée pour répondre.

« C'est mon violon d'Ingres, Lisbeth ; rien de plus. Me comprends-tu ? J'aime une bonne bastonnade de temps à autre. Ne crois-tu pas que c'est le cas de tout le monde ?

— Tiens, celle-là, je la connais. (J'avais pris un cliché.) C'était l'assistante du grand Bolini. Elle se faisait scier en deux.

— C'est bien elle, en effet, ma poulette. Quelle actrice ! »

Naturellement, je fus scandalisée par le secret érotique de l'Oncle mais j'étais décidée à n'en rien montrer. Je dus même parvenir à lui sourire. « Et vois-tu, mon petit, j'aurais une faveur à te demander. » Je fis de la tête un signe de dénégation, qu'il préféra ne pas voir. Il se dirigea vers l'appareil photographique.

« Aurais-tu la grandeur de condescendre à prendre une pose plastique pour moi, Lisbeth ? Juste un seul petit tableau vivant ?

— Plutôt la mort, répliquai-je, répétant inconsciemment une réplique de *L'Équipe fantôme*. Quelle abomination !

— Oh, voyons, mon petit. Pas besoin de faire l'effarouchée avec moi.

— Que veux-tu dire ?

— Ma chérie… L'Oncle sait tout de sa précieuse petite Lisbeth du Marais-de-Lambeth. (Je rougis : preuve qu'il dut me désarçonner.) Tout juste. Je t'ai suivie, ma douce, quand tu revêts tes habits d'homme et vas à Limehouse. Est-ce que tu te préfères en homme, Lisbeth, pour séduire les filles ?

— Ce que je choisis de faire ne regarde que moi.

— Oh, pardon, ma chère, j'avais oublié… Et puis… il y a eu la p'tite affaire avec P'tit Victor.

— Qu'est-ce que cette foutaise, encore ?

— Je vous ai vus tous les deux à la Cantine ce fameux soir. Tu lui as balancé un bon coup dans le tibia, pas vrai, Lisbeth ? C'est cette même nuit qu'il a été retrouvé en bas d'un escalier, le crâne brisé et sa p'tite âme envolée. Tu dois pourtant bien te souvenir de ça, Lisbeth ? À l'époque, tu étais tellement effondrée…

— Je n'ai rien à te dire, l'Oncle.

— Nul besoin de *dire* quoi que ce soit, mon petit. »

Que pouvais-je faire ? De mauvais esprits auraient pu croire à ses calomnies, or, je n'étais qu'une artiste dramatique sans défense. La moitié des hommes et des femmes de Londres m'aurait déjà traitée d'éhontée parce que je travaillais dans les cafés chantants ; l'autre moitié n'eût été que trop heureuse de croire le pire. Il était dans mon intérêt de cajoler l'Oncle. C'est pourquoi, le dimanche, je pris l'habitude d'aller en fiacre à Brixton et d'administrer une punition bien sentie dans son grenier à cet homme épouvantable ; je dois avouer que je n'y allais pas de main morte mais il semblait ne pas s'en émouvoir. En fait, chaque fois que le sang jaillissait, il m'encourageait : « Vas-y, vas-y ! », me criait-il jusqu'à ce que je tombe d'épuisement. Tel est le prix que je dois payer pour ma nature, voyez-vous : je fais toujours tout du mieux de mes capacités. Je suis très professionnelle. Or, je ne crois pas que le cœur de l'Oncle fût à la hauteur : il avait un penchant pour la bouteille et, vu son poids, il était inévitable qu'il en ressentît bientôt les effets.

Trois mois après qu'il m'eut convaincu de le battre comme plâtre dans son grenier, il fut pris de palpitations. Je me rappelle très bien l'occasion : il était venu à notre répétition du *Boucher fou, ou Qu'est-ce qu'on a mis dans la saucisse ?* lorsqu'il s'effondra brusquement contre le décor. Il suait et tremblait tant que je suppliai Dan d'appeler un médecin mais, lorsque celui-ci est enfin arrivé, il était trop tard. L'Oncle était déjà monté au Ciel ; toutefois, j'eus la satisfaction de savoir que le dernier mot qu'il prononça était mon nom.

32

Mr. Greatorex : Voici donc Elizabeth Cree. Voici devant vous, si l'on en croit le discours que vous venez d'avoir l'honneur d'entendre, une femme outragée, calomniée, une épouse exemplaire, accusée d'avoir perpétré un meurtre ignominieux sur la seule foi des circonstances et des commérages. On a prétendu que son malheureux époux, John Cree, s'était supprimé en avalant de l'arsenic. Or, pourquoi aurait-il choisi une mort si douloureuse et si longue ? On nous a répété qu'il était catholique romain et, d'après son épouse, il était à ce point affecté par sa piété morbide, qu'il se croyait condamné par le Créateur et épié par les démons. Le suicide aura été son salut, a-t-on argué, quoiqu'il puisse vous paraître étrange qu'il se soit ainsi livré aux mains desdits démons pour l'éternité.

Laissons donc là toute théorie religieuse, pour ne nous arrêter qu'aux faits. Elizabeth Cree se rendit chez un apothicaire de Great Titchfield Street quelques jours avant la mort de son époux. « Afin d'acheter un produit "contre les rats", prétexte-t-elle, alors que la domestique, Aveline Mortimer, a juré sous serment que, dans le pavillon moderne des Cree, à New Cross, il n'y avait aucun animal nuisible d'aucune sorte. Sur quoi Mr. Cree est retrouvé mort, empoisonné à l'arsenic. Le coroner a déjà certifié que la victime avait dû absorber plusieurs doses du poison pendant au moins une semaine avant sa mort, aussi prématurée que malheureuse. Peut-être trouverez-vous ceci inhabituel dans le cadre du suicide d'un homme désespéré. Nous possédons, en outre, la preuve qu'une dose fatale fut administrée dans la soirée du 26 octobre de l'année passée, le soir même où, suivant le témoignage de la bonne, Mr. Cree se serait adressé à son épouse en ces termes : « Diablesse ! C'était donc toi ! » À peine quelques instants après, alors qu'il s'était effondré sur le tapis turc de sa chambre à coucher, Mrs. Cree sortit dans la rue en courant et en criant « John s'est donné la mort »… et autres affirmations du même genre. Peut-être trouverez-vous étrange qu'elle sût déjà que son époux non seulement avait eu l'intention de se suicider, mais encore l'avait réellement fait. Vous trouverez plus étrange encore qu'elle sût, sans qu'il ait été examiné, que la mort était due à l'absorption d'arsenic. Quoi qu'il en soit, elle ne parvint à réveiller le docteur Morse que quelques minutes plus tard et c'est lui qui déclara que John Cree avait succombé, sur quoi Mrs. Cree s'évanouit dans les bras de sa domestique.

Tournons maintenant notre attention vers Mr. Cree. Son épouse nous a assuré que c'était un papiste de disposition morbide, ce qui n'a été confirmé par aucun témoin. Nous devons, en d'autres mots, nous en remettre entièrement aux déclarations de l'accusée pour expliquer le geste de son époux. La domestique, qui a habité la maison pendant des années, a nié, une par une, toutes les allégations de sa maîtresse. Elle nous dit qu'au contraire Mr. Cree était un employeur généreux et libéral qui ne témoignait d'aucune sorte de fanatisme religieux. S'il se rendait une fois par semaine à l'église Sainte-Marie-des-Douleurs de New Cross, c'était à l'instigation de Mrs. Cree, qui, d'après la bonne, avait le plus grand désir de paraître respectable. Et, puisque le tempérament et l'état d'esprit de Mr. Cree sont capitaux dans le cas qui nous concerne… en vérité, c'est le seul argument de la défense… on trouvera utile d'analyser avec plus de détails et sa vie et son caractère. Quoique son père fût bonnetier à Lancaster, il vint à Londres au début des années 1860, en quête de gloire littéraire. Il désirait devenir auteur dramatique, semble-t-il, et, tout naturellement, il s'intéressa au monde du théâtre. Il trouva un poste de reporter à l'*Era*, un magazine consacré à l'actualité théâtrale, et c'est en cette capacité qu'il fit la connaissance et épousa en temps voulu la femme qui se tient aujourd'hui, ici, au banc des accusés. Quelque temps après ce mariage, le père de John Cree mourut d'une fièvre gastrique et son fils unique hérita sa fortune. Fortune que son épouse, naturellement, a hérité depuis lors. John Cree abandonna son poste à l'*Era* et, à partir de là, consacra tout son temps à des recherches moins futiles. Ainsi que vous l'avez entendu, il fréquentait la Salle de lecture du British Museum et écrivait une pièce de théâtre. En outre, d'après des notes qui ont été trouvées chez lui, on suppose qu'il collectait des informations sur les miséreux de Londres. Est-ce là le genre d'homme qui aurait succombé à des lubies religieuses, comme son épouse le prétend ? Ou bien John Cree était-il quelque sorte de tyran domestique, un Barbe-Bleue qui aurait fait de son foyer un enfer perpétuel ? Certes pas. Tout indique que c'était un homme paisible et courtois, qui n'avait aucune raison de mettre fin à ses jours et à qui son épouse ne pouvait tenir rancune de rien. Il n'était point, pour utiliser une analogie ô combien actuelle, une sorte de Golem de Limehouse !

33

26 septembre 1880. Ma chère épouse a tant aimé la pantomime que, hier au soir, dans la voiture qui nous ramenait à New Cross, elle chanta le *bis* avec lequel elle et Dan terminaient leur spectacle dans le bon vieux temps. Entrant dans la maison, elle prit les mains de la domestique dans les siennes et lui raconta le spectacle. « Ensuite, Dan fit un peu de marche à reculons avec Barbe-Bleue. "Je m'en vais et puis je reviens, juste pour que vous sachiez que je suis là." T'en souviens-tu, Aveline ? » Mon épouse imita même la voix rauque de Sœur Anne. Je montai, quant à moi, dans mon bureau à l'étage, de façon à régler une dispute avec moi-même ; il me semblait me souvenir d'un essai de Thomas De Quincey sur la pantomime. Était-il intitulé *Cris et Rires* ou *Le Cri au théâtre* ? Je me rappelais seulement que c'était un très bon titre mais la formulation exacte m'échappait. Je feuilletai donc mes *Œuvres complètes* du grand penseur et retrouvai cet essai qui, par une curieuse coïncidence, figurait dans le même volume que mon autre morceau préféré de cet auteur, *De l'assassinat considéré comme un des beaux-arts.* Son titre exact était *Rire, Cri et Langage.* Je découvris que j'avais, d'ailleurs, coché dans la marge un passage où la pantomime est décrite comme « un condensé d'amusement, de fantaisie, d'artifice et d'atrocité (les atrocités du clown ou ces crimes qui nous ravissent) ». Quelle merveilleuse expression c'était là, « ces crimes qui nous ravissent » ; en outre, elle exprimait parfaitement l'intérêt du public pour mes saynètes dans les rues de Londres. Je m'imaginais me présentant devant la prochaine catin et, un maillet à la main, m'exclamant « Nous revoilà ! » sur le ton approprié d'excitation hurlante. Je pourrais même me costumer avant de la découper. Ah, quelle vie ! Et le public, cela va sans dire, s'en pourlèche les babines ! N'est-ce pas Edmund Burke qui, dans son fort suggestif essai sur le Beau et le Sublime, expliquait comment les plus profondes sensations esthétiques sont liées à l'expérience du danger et de la terreur ? L'horreur est le véritable sublime. Le commun et jusqu'aux classes moyennes se prétendent révulsés par ma grande carrière mais, secrètement, ils en ont savouré et admiré chaque étape. Il n'est pas un journal, dans le pays, qui ne se soit attardé avec déférence sur mes splendides agissements, qu'ils sont allés, parfois, jusqu'à embellir, afin de répondre au goût de la plèbe ; en un sens, ils se font mes doublures, en observant mon moindre mouvement, en répétant mon texte. Comme j'ai travaillé jadis à l'*Era*, je sais jusqu'où peut aller la crédulité de ces journalistes ; nul doute qu'ils croient aujourd'hui au Golem de l'East End avec la même ferveur que tous les autres, et acceptent l'idée qu'une créature surnaturelle s'attaque aux vivants. La mythologie a donc, en quelque sorte, resurgi à Londres (si elle en avait jamais disparu !). Interrogez un Londonien : vous découvrirez que dort, au fond de lui, un manant gothique apeuré.

Je hélai un cab jusqu'à Highgate, puis me promenai vers Ratcliffe Highway ; un policier était stationné devant la maison des merveilleusement occis, et des badauds étaient plantés là à regarder la façade et à cancaner. J'eus le plaisir d'entendre des remarques témoignant du grand respect et de l'admiration qu'on me vouait. « Il l'a fait sans un bruit, disait l'un, il leur a coupé la gorge sans qu'ils s'aperçoivent de rien. » Ce n'était pas l'exacte vérité, puisque femme et enfants m'avaient d'abord vu monter l'escalier, mais c'est la pensée qui compte. « Y doit êt'in-visib'e, murmurait une femme à l'oreille de sa voisine. Pe'sonne l'a vu ent'er ou so'tir. » J'aurais voulu la remercier de ce commentaire flatteur mais, naturellement, il me fallut encore être invisible parmi eux.

« Dites-moi, m'enquis-je auprès d'un drôle de gars qui avait un foulard rouge noué autour de la tête, y a-t-il eu beaucoup de sang versé ?

— Des barriques. Ils ont dû lessiver toute la journée.

— Et qu'en est-il des pauvres victimes ? Quel sort leur réserve-t-on ?

— On va leur creuser une tombe commune dans le cimetière de Wellclose Square. (Il écarquillait les yeux en me faisant part de ces précieuses informations.) Et je vais vous dire ce qui va arriver au Golem quand ils le trouveront, lui.

— S'ils le trouvent.

— Lui, ils l'enterreront au carrefour. Avec un pieu planté dans son cœur. »

Voulait-il parler d'une crucifixion ? Non : je savais qu'il songeait à l'ancien châtiment réservé aux criminels d'exception : sort préférable, d'ailleurs, à celui qui consisterait à être enchaîné sur les berges de la Tamise, afin qu'y pourrisse lentement mon corps abandonné à la marée. Londres infini veillerait sur moi dans mon malheur.

Je retournai à New Cross. Mon épouse joua au piano une mélodie nouvelle de Charles Dibdin.

34

Lorsque, quelques heures seulement après que John Cree eut consulté l'essai de Thomas De Quincey sur la pantomime, les détectives interrogèrent Dan Leno au sujet du massacre de la famille Gerrard sur Ratcliffe Highway, ils découvrirent dans le salon du grand comique un exemplaire de l'ouvrage *De l'assassinat considéré comme un des beaux-arts*. Or, Leno n'éprouvait aucun attrait pour la mort, sous quelque forme que ce fût. (Le sujet, en réalité, le paralysait.) L'explication de la présence du volume chez lui était beaucoup plus improbable : c'était sa passion pour le clown le plus célèbre du XVIIIe siècle, Joseph Grimaldi.

Leno avait commencé d'étudier l'histoire de la pantomime dès l'époque de ses premiers succès dans les goguettes ; peut-être « L'Homme le Plus Drôle du Monde » cherchait-il à comprendre les conditions qui, en un sens, l'avaient créé. Il collectionnait les vieux programmes et des souvenirs tels que le costume d'Arlequin du *Triomphe de la Joie* et la baguette magique du *Cercle magique*. Bien évidemment, il avait entendu parler de Grimaldi dès son plus jeune âge : quarante ans après sa mort, personne ne l'avait encore détrôné. L'une des premières pièces qu'il avait achetées était une gravure coloriée représentant « Mr. Grimaldi en Clown dans la Nouvelle Pantomime à Succès, Mère l'Oie ». De l'avis d'un contemporain, Grimaldi était « le personnage le plus merveilleux de son temps, parce que tout ce qu'il faisait était tellement *pensé* ». La phrase avait beaucoup plu à Leno : ne résumait-elle pas son propre talent ? Lui-même « pensait un personnage de fond en comble » (c'était son expression). Il ne suffisait pas de s'habiller en Sœur Anne ou en Mère l'Oie ; il fallait devenir l'une ou l'autre. Par ailleurs, il goûtait beaucoup le célèbre épisode où, lors d'une tournée à Manchester, Grimaldi se rend chez un médecin, en proie à des troubles causés par l'épuisement nerveux auquel il succomba en fin de compte ; le médecin n'a qu'à voir l'expression du pauvre homme pour lui certifier qu'il n'y a qu'un recours dans son cas : « Il vous faut aller voir Grimaldi, le clown. »

Dan Leno connaissait peu de chose de son illustre prédécesseur jusqu'à quelques semaines avant la visite de Kildare lorsque, sur l'avis de Statisticon, L'Homme Mémoire, il s'était rendu à la bibliothèque du British Museum. C'est là, dans les catalogues réunis sous la vaste coupole, qu'il découvrit *Les Mémoires de Joseph Grimaldi* édités par Boz. Leno, qui était cultivé sans avoir reçu d'éducation scolaire (il disait que son école, ç'avait été une malle), savait que « Boz » était le pseudonyme de feu Charles Dickens. Il en fut d'autant plus ravi qu'il était friand des portraits de théâtreux proposés par Dickens dans *Nicolas Nickleby* et dans *Temps difficiles*. Il avait d'ailleurs rencontré le grand romancier : lorsqu'il se produisait au Tivoli, dans Wellington Street, celui-ci était venu le trouver pour le féliciter de sa prestation. Dickens était un grand amateur de music-hall et voyait en Leno une icône lumineuse de son enfance malheureuse.

Bien sûr, Leno demanda sur-le-champ à consulter les *Mémoires* et passa le reste de la journée, dans la bibliothèque, à lire le récit des aventures de Grimaldi. Il était venu au monde, nu et vagissant, un 18 décembre, deux jours avant le propre anniversaire de Leno. (Étaient-ils nés sous une bonne ou sous une mauvaise étoile ? Nul ne le savait encore…) Leno découvrit que Grimaldi était né à Stanhope Street, Clare Market, en 1779 ; il montait sur scène trois ans plus tard ; Clare Market n'était pas loin du lieu de naissance de Leno, qui, lui aussi, avait fait ses premières armes à trois ans. Là devait donc être une âme-sœur. Avec un enthousiasme et une excitation croissants, il nota les détails du costume caractéristique de Grimaldi : satin blanc, agrémenté de pièces multicolores et de paillettes ; le grand « auguste » britannique, le plus souvent muet sur scène, désignait du doigt la couleur qui correspondait à son humeur du jour. Leno recopia les détails d'une scène entière entre Glouglou le Clown Buveur et Miam-miam le Clown Goinfre ; ensuite, il transcrivit les paroles de la chanson la plus célèbre de Grimaldi, *Patates à l'eau*. Il alla jusqu'à mémoriser les dernières paroles que le clown immortel adressa aux spectateurs londoniens : « Il y a quatre années que j'ai exécuté mon dernier saut, chipé ma dernière huître et mangé ma dernière saucisse. Je ne suis pas aussi riche aujourd'hui que je l'étais alors : ainsi que vous vous le rappelez peut-être, j'avais une volaille dans ma poche gauche et la sauce dans la droite. Quarante-huit années n'ont fait que dévaster ma carcasse et je décline vite. Je me tiens plus mal sur mes jambes que je ne me tenais alors sur la tête. Ce soir donc, je revêtais pour l'ultime fois le costume bigarré : lorsque je l'ai enlevé il y a un instant, on aurait dit qu'il voulait rester collé à ma peau, et les clochettes de mon bonnet ont tinté tristement quand je l'ai ôté à jamais. J'ai finalement fait la culbute finale, *ladies and gentlemen*, et je dois me hâter de vous dire adieu. Adieu ! Adieu ! » À ce point, comme Dickens l'indique dans une note, on l'aida à se retirer de la scène. Dan Leno trouva que c'était le plus beau discours qu'il lui avait jamais été donné de lire ou d'entendre et, sous la coupole de la Salle de lecture, il le récita maintes fois jusqu'à ce qu'il le sût par cœur. Le répétant à voix basse, il songea à toutes les âmes en peine qui hantaient les rues de la cité, les enfants sans lit, les familles sans toit ; Grimaldi, à la fin de ses jours, Dieu sait pourquoi, semblait être devenu leur emblème, et soulager leur chagrin. Leno se souviendrait également de ce discours sur son lit de mort. Il le répéterait mot pour mot et ses proches, réunis autour de lui, le croiraient alors pris de délire.

Au cours de ce printemps de 1880, toutefois, il ne percevait encore que l'aspect glorieux et lumineux du génie de Grimaldi. Il avait été particulièrement frappé par la suggestion de Dickens suivant laquelle « son clown était l'incarnation d'une idée personnelle » : le romancier avait là, à son avis, décelé un trait qu'il partageait également, et quand Dickens poursuivait en décrivant « le bouffon authentique, le clown grimaçant, roublard, irrésistible, barguigneur », il comprenait (et il n'y avait dans cette prise de conscience aucune présomption ni arrogance), qu'il avait effectivement hérité de l'esprit de Grimaldi. Était-ce la surprenante coïncidence de leur date de naissance ou leur commun attachement à l'atmosphère londonienne dans laquelle ils naquirent et vécurent tous deux ? Le fait est qu'on ne pouvait douter de l'extrême similarité de leur genre de comique et de leur présence sur les planches. Bien sûr, Grimaldi fut plus souvent Arlequin et Leno une *Dame* (quoique Grimaldi se fût travesti à l'occasion, notamment pour le rôle de la Baronne Pompsini dans *Arlequin et Cendrillon*), mais leurs personnages, leurs caractères étaient très proches. Ils étaient issus du même terroir. Lorsque Leno quitta le British Museum en cette chaude soirée, il décida de descendre vers Clare Market, où Grimaldi était né.

C'était le même amas crasseux, foisonnant, entêtant, d'échoppes, de venelles, de tènements et de tavernes que ç'avait toujours été (mais qui, néanmoins, devait être rasé vingt ans plus tard, lors de « réhabilitations » effectuées à l'occasion du percement de Kingsway) ; l'année de la mort de Grimaldi, dans *Les Papiers posthumes du Pickwick Club*, Dickens écrivait que, dans ces parages, les « pièces [étaient] mal éclairées et encore plus mal ventilées », et que l'on y respirait des miasmes « dignes des champignonnières ». Leno s'engagea dans Stanhope Street et essaya de deviner quelle maison avait vu naître Grimaldi ; mais c'était toutes de pauvres masures et le clown sublime aurait pu voir le jour dans chacune d'entre elles.

« Oh, Mr. Leno, bonsoir à vous !

— Bonsoir. (Leno se retourna et vit un jeune homme pauvrement mis, debout sous un porche.)

— J'imagine que vous ne me remettez pas, sir.

« — Non. Pardonnez-moi mais je ne peux dire que je vous remette, en effet. »

L'homme, qui ne pouvait avoir plus de vingt-trois ou vingt-quatre ans, avait une expression ardente et effarée qui inquiéta Leno : il connaissait les effets de l'alcool sur l'esprit.

« Je m'en doutais bien, sir. Je faisais les utilités dans *Mère l'Oie* au Drury Lane, il y a trois ans, sir. C'est moi qui vous tendais votre capeline et votre manchon.

— Et vous vous acquittiez fort bien de votre tâche, je m'en souviens. (Leno scruta les ténèbres de l'étroite impasse privée.)

— Nous sommes beaucoup de gens du spectacle à habiter ici, Mr. Leno. Vous comprenez, c'est si près de Drury Lane et des autres salles plus modestes. (Il sortit de l'ombre du porche.) Jamais je n'ai été en retard d'une seule seconde quand je vous donnais votre manchon, pas une seule fois, sir, si vous voulez bien vous en souvenir…

— Certainement. Le manchon était toujours là à point nommé.

— Mais j'ai connu beaucoup de déboires depuis cette époque-là, sir. Notre métier peut être cruel.

— Certes, c'est la pure vérité. »

La veste et la chemise du jeune homme étaient élimées et il avait l'air de n'avoir pas mangé depuis deux jours.

« Comme vous le dites, sir. J'étais en tournée avec *Babes in the Wood* quand j'ai été mordu méchamment par une chienne à Margate.

— Ah, méfiez-vous des propriétaires de pensions pour artistes, elles ont souvent un goût prononcé pour la chair fraîche !

— Oh, non, sir ! Il ne s'agissait pas de ça, c'était une vraie chienne. Elle m'a mordu au poignet et au mollet. »

Leno ressentit tout à coup une telle bouffée de sympathie pour ce jeune homme qu'il aurait pu le prendre dans ses bras séance tenante, dans cette impasse où Grimaldi avait vécu jadis.

« Au poignet et au mollet ? Qu'est-ce que vous faisiez quand c'est arrivé, vous vous grattiez la jambe ?

— Je voulais séparer deux chiennes qui se battaient. J'ai dû rester trois semaines dans une salle d'hôpital et, quand je suis sorti, ma place était prise. Je n'ai jamais été rembauché depuis. »

Dan Leno sortit de sa poche un souverain qu'il donna à l'homme. « Voici pour le temps perdu sur *Babes in the Wood*. Considérez ça comme un arriéré dû par la profession. » Voyant que l'homme était près de fondre en larmes, Leno ajouta précipitamment :

« Saviez-vous que le grand Grimaldi était né dans le quartier ?

— Certainement, sir. Il occupait la pièce même où je loge aujourd'hui. J'allais vous le signaler parce que j'ai supposé que c'était la raison de votre venue.

— Pourrais-je m'imposer ? Juste un instant ?

— Ce serait un grand honneur, sir. Montons. Soyez le bienvenu. Pensez… avoir, réunis sous son toit, et Grimaldi et Leno… »

Ce dernier grimpa à la suite du jeune homme deux volées d'escaliers aussi sales qu'exiguës.

« Nous ne possédons aucun confort, vous voudrez bien nous en excuser.

— Oh ! ne vous inquiétez pas. Je sais ce que c'est. »

Ils entrèrent dans une chambrette basse de plafond et Leno ne put voir, de prime abord, que la femme enceinte étendue sur l'unique paillasse.

« Ma femme, sir, est sur le point d'accoucher. Veuillez l'excuser si elle ne peut se lever. Voici Mr. Leno, Mary. Il est venu nous rendre une petite visite. » La femme essaya de se lever mais Dan Leno, se penchant vers elle, lui toucha le front ; elle était brûlante de fièvre ; il jeta un regard alarmé au mari qui lui murmura à l'oreille : « Le docteur lui a donné une potion. Il dit que c'est normal à ce stade-là. » Mais ses yeux s'embuèrent de larmes.

Avec la remarquable vivacité d'intelligence et de perception qu'on lui connaissait sur scène, Leno décida d'agir.

« Seriez-vous terriblement offensé, s'enquit-il, si je demandais à mon médecin de venir ? Il habite dans les parages, pour ainsi dire, et s'y entend dans le mal d'enfant.

— Oh ! je serais ravi, sir, si vous pensez qu'il peut lui être de quelque secours. »

Alors seulement Leno détailla la pièce dont, à sa grande surprise, il vit que les murs étaient recouverts de vieilles affiches et de partitions. « Ce sont mes trésors, expliqua le jeune homme. Je ne m'en séparerais pour rien au monde. » Il y avait là les portraits de Walter Laburnum, de Brown le Tragédien (« Il importe guère ! ») et du Grand Mackney. Tandis que la jeune femme gémissait sur sa paillasse, Leno examina les partitions de *L'Adjudant des Perm'* et de *Bacon et Fayots*. « Ça, c'est un petit souvenir de Grimaldi lui-même », dit le jeune homme. Et de montrer à Leno dans un coin de la pièce un placard annonçant en grandes capitales noires « La Soirée d'Adieu de Mr. Grimaldi Aura Lieu le Vendredi 27 Juin 1828, Avec au Programme

Un pot-pourri en musique, Suivi par *Le Fils adoptif* et, pour Terminer, *Le Canard d'Arlequin*. » Leno s'approcha pour toucher la feuille du doigt. Ce devait être le soir où Grimaldi avait déclaré : « Quarante-huit années n'ont fait que dévaster ma carcasse et je décline vite. » Cependant, là, à côté de cette affiche, il y en avait une autre qui étonna le grand comique. Grossièrement imprimée sur un papier qui avait déjà jauni, elle annonçait « Toujours Champion de tous les Champions, Dan Leno, Chanteur à Diction et Champion du Monde de la Bourrée. Pour Une Semaine Seulement. »

« Ça, c'était à Coventry, dit-il. Et ça ne date pas d'hier.

— Je le sais bien, sir. J'ai trouvé cette affiche épinglée au mur d'un bric-à-brac, sur l'Old Kent Road. Je l'ai achetée sans hésiter. »

C'est ainsi que, dans cette chambrette, Joseph Grimaldi et Dan Leno furent enfin expressément réunis. Leno regarda à nouveau la jeune femme étendue, souffrante, sur sa paillasse étroite, et remarqua, au-dessus d'elle, la partition d'*Elle ne se plaignit jamais, jusqu'après nos noces*. « À présent, je vais vous laisser et aller chez mon médecin sans tarder. » Discrètement, doucement, il déposa un autre souverain sur un guéridon en pin, avant de sortir à la suite de son hôte.

« Puis-je noter votre nom, ainsi que votre adresse, lui demanda-t-il lorsqu'ils se retrouvèrent dans la cour obscure. Il en aura besoin pour vous trouver.

— Chaplin, sir. Harry Chaplin. Tout le monde nous connaît dans le quartier.

— C'est un bon nom de scène. (Leno posa sa main sur l'épaule du jeune homme, où il la laissa un instant.)

Mon médecin viendra rendre visite à Mrs. Chaplin au plus vite. Eh bien, au revoir. »

Leno sortit de Clare Market et, en rentrant à Clerkenwell, où il habitait, il laissa un message à Doughty Street, chez son médecin de famille, concernant Mrs. Chaplin. On peut dire qu'il sauva la vie de l'enfant.

À partir de cette journée passée en grande partie dans la Salle de lecture du British Museum, Leno voua un véritable culte à Grimaldi ; il se jetait sur tout ce qu'il trouvait à son propos. Le jour de la visite du détective, il n'avait que récemment découvert l'essai de Thomas De Quincey sur la pantomime, dans lequel l'art de Grimaldi est décrit comme « le summum du comique sans parole ». Il avait lu tard la veille et ce n'est qu'après avoir fini la dernière page qu'il avait soufflé la lampe de son salon et était monté se coucher. Voilà pourquoi, le lendemain matin, le livre était ouvert à la première page de l'essai suivant, *De l'assassinat considéré comme un des beaux-arts*, fait qui n'échappa pas au détective.

Le policier avait de bonnes raisons de venir interroger Dan Leno, bien que sa curiosité eût été, naturellement, aiguisée par l'idée de rencontrer l'homme le plus drôle du monde. Kildare ne fut pas plus tôt entré dans le salon, que Mrs. Leno avait encombré de fruits et de fleurs en cire, de pendules en régule et de coussins brodés, qu'il trébucha sur un coin de l'épais devant de foyer. Une voix voulut le rassurer : « Les gens font souvent ça. » C'était bien la célèbre voix de Leno mais, quand il se retourna, alors qu'il s'était imaginé devoir rencontrer un être surnaturel au visage recouvert d'une couche de graisse et de fard, il découvrit un petit homme bien mis et bien pris dans sa taille, qui lui tendait la main en signe de bienvenue. « Je crains que Mrs. Leno ne soit une fanatique des tapis », s'excusa-t-il encore.

Une semaine s'était écoulée depuis le massacre de la famille Gerrard. Dan Leno s'était attendu à cette visite ; Mr. Gerrard avait été son « costumier » au Canterbury et dans plusieurs autres salles avant de se lancer dans le commerce du vêtement, et ils étaient restés amis. Il existait d'autres liens, cependant, entre Leno et les meurtres commis par le Golem de l'East End. Jane Quig, la première victime dont le corps avait été retrouvé sur les marches menant aux berges, à Limehouse Reach, avait dit à une amie : « J'm'en vais voir Dan Leno dans c'te nouvelle pantomime qu'il joue » et elle s'était vantée d'« êt'dans les p'tits papiers » du comique (elle mentait, comme on s'en apercevrait bientôt). L'autre lien était plus dérangeant encore ; le cadavre d'Alice Stanton, la prostituée assassinée devant la pyramide de Saint Ann, à Limehouse, était vêtu d'un costume d'amazone au col duquel était attachée une petite étiquette en coton portant le nom de « Mr. Leno ». Les détectives de la Division H avancèrent l'idée que le Golem de l'East End avait peut-être l'intention de tuer Dan Leno en personne, et, pour ainsi dire, se rapprochait de lui par le biais de ces pis-aller, mais l'hypothèse fut vite abandonnée comme étant trop abracadabrante. La véritable explication fut trouvée, comme nous l'avons déjà vu, lorsqu'on découvrit qu'Alice Stanton avait l'habitude d'acheter des vêtements d'occasion chez Gerrard, lequel en recevait beaucoup de son célèbre ami. C'est ainsi qu'Alice était morte vêtue du costume de la femme jockey de *Humpty Dumpty*, qui montait « Ted, la Rosse qui Faisait du Sur-Place ».

« Voilà une histoire fort passionnante, sir », dit Kildare en désignant le volume des œuvres de Thomas De Quincey ouvert à la première page de *De l'assassinat considéré comme un des beaux-arts*.

Leno prit le livre et y jeta un coup d'œil. « Je n'ai pas encore lu celui-là. Est-ce qu'il vous intéresse plus particulièrement ? » Il observa Kildare d'un regard pénétrant et songea, l'espace d'un instant, qu'il y avait quelque chose de bizarre en lui.

« Il concerne les massacres des Marr, sir. Par une coïncidence étrange, ils ont été perpétrés dans la même maison que celle…

— Des Gerrard ? »

Leno scruta la première page de l'essai avec une horreur non dissimulée. Il feuilleta les pages suivantes et lut, en passant, que « … le but ultime du meurtre est exactement le même que celui de la tragédie ».

« On dirait une de ces pièces grecques…, ajouta-t-il… avec leurs Furies, ou quelque nom qu'on leur donne…

— Il ne s'agit pas de la Grèce, sir, mais de Londres. Nous avons nos propres furies. (Kildare pouvait à peine croire que son interlocuteur était le grand comique qui faisait hurler de rire des salles entières.) Pourriez-vous m'expliquer comment vous connaissiez la famille Gerrard ? »

Leno donna les détails de sa relation avec son ancien costumier tout en questionnant Kildare pour essayer de savoir où en était l'enquête.

« Dites-moi, demanda-t-il après avoir terminé son récit. Les journaux prétendent qu'il n'y a pas eu de survivants mais je garde toujours l'espoir que vous ayez pu retrouver vivant l'un des bambins…

— Hélas, non, sir. Ils ont tous été massacrés. Puis-je vous faire une confidence ?

— Bien sûr. (Leno prit le détective par le bras et l'emmena près d'une fenêtre aux lourdes tentures.)

— Un membre de la famille a survécu.

— Qui ?

— La sœur de Mr. Gerrard, sir. Elle dormait dans la soupente au moment des meurtres, mais elle ne fut découverte qu'après que l'alarme fut donnée. Elle avait pris du laudanum pour soulager une rage de dents.

— Elle n'a donc rien vu ?

— Pas qu'elle s'en souvienne. Mais il reste un léger espoir. La peur lui a fait perdre la tête et, pour l'instant, ce qu'elle raconte n'a de sens ni pour moi ni pour les autres. »

Kildare était venu à Clerkenwell sans grand désir de contre-interroger Leno ou sa famille ; il savait déjà que le comique se produisait sur la scène de l'Oxford au moment du massacre des Gerrard et qu'il avait des alibis semblables pour les autres meurtres. Tout Londres était au courant que Dan Leno faisait la tournée des music-halls six soirs par semaine. Kildare était venu voir l'observateur plutôt que l'acteur ; il était assez fin pour avoir compris que, si quelqu'un avait pu saisir un détail, une infime inflexion, c'était Leno. Telle est la raison pour laquelle il changea alors le cours de la conversation.

« Vous rappelez-vous si Mr. Gerrard vous a jamais paru nerveux récemment, Mr. Leno ?

— Non, pas le moins du monde. La dernière fois que je l'ai vu, il rangeait de nouveaux arrivages et nous n'avons fait qu'échanger des politesses. »

Il ne mentionna pas le fait qu'il avait répété sa nouvelle chanson et son nouveau numéro de danse devant toute la famille : c'était, à la lumière des récents événements, une scène trop bizarre pour se la remémorer.

« Frank Gerrard avait le sens de l'étoffe.

— Avait-il des ennemis ?

— Pas dans le milieu du théâtre. Les gens des music-halls ont leurs jalousies et leurs rivalités mais nous traitons cela sur le mode héroï-comique. Quoi qu'il en soit, la plupart boivent trop pour se rappeler avec qui ils sont brouillés. »

Peut-être le grand artiste songeait-il à sa propre réputation de « vieille socque » ou de « vieux buvard » ; quand Leno avait décidé de s'enivrer, il buvait sans discontinuer, jusqu'à plus soif, dans le but de se réveiller le lendemain matin sans plus de soucis qu'un nouveau-né. Il savait que, dans son ivresse, il interprétait nombre de ses personnages de scène, mais qu'il les poussait à de tels extrêmes que même ses amis intimes ne pouvaient suivre ses élucubrations. À son réveil, dans un fauteuil qui n'était pas le sien ou sur un parquet inconnu, il était en paix avec lui-même, comme exorcisé. « Non, reprit-il, chez nous, on ne ferait pas ça. Sans compter que Frank était trop bon costumier pour qu'un des nôtres songe à le supprimer. » Il ôta un fil sur l'épaule de la veste de Kildare qui, éberlué, dut écarquiller les yeux pour revenir à lui-même.

« Il y a une circonstance fort étrange que je voulais vous signaler, Mr. Leno. Cela concerne cet essai que vous lisiez.

— Je ne l'ai pas lu, je vous l'ai déjà dit.

— Je vous crois. Je ne vous accuse absolument de rien… L'étrange est que l'assassin a dû l'étudier avant de tuer votre ami. Il y a trop de ressemblances pour qu'il s'agisse de pures coïncidences.

— Vous pensez donc que l'homme est instruit ?

— Cultivé, en tout cas. Mais, surtout, ce pourrait être un acteur jouant un rôle.

— Et le livret du souffleur, dans ce cas, serait cet horrible essai ? », s'enquit Leno en jetant le livre par terre.

Kildare éluda la question :

« J'ai eu le plaisir de vous voir un jour dans votre parodie de *Maria Marten*.

— Ah oui, La Grange Rouge… ça remonte à des années…

— Mais je me rappelle parfaitement la façon dont le meurtrier vous agrippait par le cou et vous étouffait presque. Il vous tranchait la gorge à l'aide d'un rasoir, n'est-ce pas ?

— "Elle", pas "il"… hum, à l'époque, c'était la grande mode des mélodrames horrifiants.

— Voyez-vous, c'est précisément là que je voulais en venir. On dirait que ce meurtrier, ce "Golem de l'East End", se croit sur une scène du Boulevard du Crime. Tout cela est tellement théâtral et exagéré ! C'est fort curieux. »

Leno réfléchit un instant à ce nouvel angle d'approche.

« Je pensais la même chose l'autre jour. Tout semble tellement artificiel…

— Hélas, les morts sont bien réelles.

— Certes, mais, comme vous le dites, le contexte ne l'est pas : les comptes rendus dans la presse, les foules qui affluent sur les lieux des crimes, cela sent la goguette, le théâtre de variétés. Me comprenez-vous ? (Les deux hommes marquèrent une pause.) Puis-je rencontrer la survivante ? Puis-je rendre visite à Miss Gerrard ?

245

e ne suis pas certain…

aissez-moi lui parler, inspecteur. Elle me connaît. Elle m'a vu sur scène et, je le crois, me fait confiance. Peut-être parviendrai-je à lui soutirer des détails que vous n'obtiendrez pas avec vos méthodes. Les gens se confient à Dan Leno, savez-vous ?

— Eh bien, si vous y tenez… J'ai besoin de tout le soutien qu'on peut m'offrir. »

L'affaire fut donc bientôt arrangée et, le lendemain matin, on conduisit Dan jusqu'à une pension de Pentonville où, dans le plus grand secret, la police avait installé miss Gerrard ; ayant pensé qu'elle pourrait, à un moment ou un autre, reconnaître la voix ou le pas du Golem de l'East End, on avait décidé de la soustraire à l'attention oiseuse des reporters.

« Eh bien, ma pauvre Peggy, lui dit Leno quand on le fit entrer dans la pièce où elle était recluse. Voilà une bien triste affaire.

— Bien triste, en effet, Mr. Leno.

— Appelle-moi Dan. »

Il l'observa. Elle balançait la tête d'un côté puis de l'autre, parce qu'elle n'aimait plus fixer son attention sur un point précis. C'était une femme bien faite et plutôt forte mais, dans la lumière blême de la fenêtre de sa pension, elle semblait presque éthérée.

« Ils n'ont pas fait de bruit, Dan. Pas un bruit. Sinon, je serais descendue. Je l'aurais arrêté. (Leno comprit qu'il fallait la laisser ressasser ses souvenirs.) Les petits enfants auraient dû être épargnés, Dan. Il aurait pu me prendre, moi. Mais pas eux. Ils étaient comme les enfants de *Babes in the Wood*.

— "Perdu dans l'obscure et lugubre forêt, je vois là-bas une silhouette aux aguets." (*Babes in the Wood* était justement l'une des premières pièces qu'il avait interprétées : il se rappela l'enfant prodige qu'il était alors et, récitant les deux vers, éprouva, un instant, tout l'effroi des petits Gerrard.) Telle est la beauté de la pantomime, Peggy. On n'y croit que l'espace d'un spectacle. Dans la vie réelle, c'est un peu plus dur, vois-tu. J'aime à croire que, dans la pantomime, nous essayons, précisément, d'adoucir la dureté de la réalité.

— Vous les faites rire, je le sais... Plus rien ne pourra me faire rire, désormais.

— Je te comprends. En un moment pareil, les mots me manquent, Peggy. Crois-moi...

— Ne vous inquiétez pas pour moi, Dan.

— Au contraire, je m'inquiète. Je désirais t'apporter du réconfort en te disant ce que je ressens. Tout cela est tellement absurde. Tellement insensé. »

Il ne trouvait que des mots fades et anodins alors que, sur scène, il aurait récité une longue tirade désespérée et mimé sa douleur.

« Tout ira bien, conclut-il, tout ira bien.

— Non, j'en doute, Dan.

— Tu as raison, moi non plus, je ne le crois pas. Mais, tu sais, le temps estompera l'horreur. »

Agité, à l'étroit dans la petite pièce, il éprouva le besoin de bouger : il se mit à marcher sur le bord du tapis marron et élimé.

« Sais-tu ce que je vais faire ? Je vais t'installer dans une jolie petite boutique de modiste loin d'ici. Ta famille venait de Leeds, n'est-ce pas ?

— De Manchester.

« — Voilà ! Que peut-il y avoir de mieux que de monter un petit commerce à Manchester ?

— Je ne pourrais pas…

— Tu es sa seule famille, Peggy. Tu le lui dois.

— Si c'est ainsi que vous voyez les choses…

— C'est ainsi que je les vois, en effet. Mais, pour l'heure, je voudrais que tu fasses un petit somme. Tu es épuisée, Peggy. Viens donc par ici. Est-ce là l'alcôve où tu dors ? »

Leno avait tellement l'habitude d'indiquer leurs déplacements aux acteurs qu'on l'eût cru en train de diriger une répétition. La jeune femme se leva et alla vers la porte, avant de revenir, comme si elle n'avait pas vraiment compris ce qu'elle devait faire.

« Pourquoi croyez-vous que c'est arrivé, Dan ?

— Je l'ignore. C'est trop… trop profond. »

Surprenant adjectif que celui-là, appliqué à un crime si brutal : c'est que Dan Leno pensait à ce moment-là aux correspondances entre les meurtres des Marr et ceux des Gerrard. On y décelait comme un élément de rituel qui, malgré l'horreur réelle qu'il éprouvait face à la chose, le fascinait encore.

« Tout a une raison, ne croyez-vous pas, Dan ? (La jeune fille se caressa la nuque.) Je ne peux prononcer ce mot… mais… ils parlent de ce…

— Du Golem ? (Leno repoussa le terme, comme s'il eût repoussé, d'un souffle, une simple bulle d'air.) La parade est trop facile. Il est étonnant, tout de même, que les gens craignent moins le Golem qu'ils ne craindraient une personne réelle.

— Mais les gens croient à ce… Voilà ce que j'ai entendu dire.

— Les gens croient n'importe quoi. J'ai appris cela, au moins. Et sais-tu ce que je dis toujours ? Croire, c'est voir. (Une fois de plus, en proie à une grande agitation, il fit le tour de la pièce.) Il n'est pas inconcevable, poursuivit-il, que ton frère ait connu son meurtrier. As-tu remarqué quelqu'un dans le voisinage... avant que tout ceci n'arrive ?

— Je n'en suis pas certaine. J'ai retourné ça des milliers de fois dans ma tête.

— Eh bien, fais-le encore une fois, s'il te plaît.

— Je prenais l'air à la lucarne de la soupente, le soir tombé, et j'ai vu une silhouette, plutôt malingre. Me comprenez-vous ? Je l'ai expliqué au détective mais il m'a dit qu'ils recherchaient un homme de carrure imposante.

— Le genre "fort comme un bœuf" ?

— À ce qu'il disait... Or, l'homme que j'ai vu était tout frêle...

— Voyons, voyons... »

Immédiatement, l'intelligence visuelle de Leno, toujours prompte à imaginer gestes et mouvements, se mit à l'œuvre : il se glissa, comme une ombre, jusqu'à un coin de la pièce.

« Cela ressemblait un peu à ça, Dan, en effet. Mais les épaules remuaient davantage.

— Ainsi ?

— C'est encore plus ressemblant.

— Hum... c'est bizarre, Peggy. Ne me crois que si tu le désires, mais je pense que c'est une silhouette de femme que tu as vue sur Ratcliffe Highway.

35

Un long silence suivit l'annonce du verdict dans l'affaire Elizabeth Cree. Celle-ci devina que ce même silence l'entourerait durant le restant de ses jours. Puis pour l'éternité. Elle pourrait crier tout son soûl, jamais aucun écho ne lui parviendrait. Elle pourrait supplier, aucune voix ne lui répondrait. Le « Pardon », la « Miséricorde » ? S'ils existaient, ils avaient eu la langue coupée. Ce silence lourd de menace, un jour, l'absorberait. Peut-être, toutefois, pourrait-elle, en son sein, trouver quelque bonheur : enfin, elle entrerait en communion avec l'infini silence.

Elle avait été déclarée coupable du meurtre de son époux et condamnée à mort par pendaison dans la cour de la prison où elle serait incarcérée. Elle avait su, dès le début, qu'elle poserait les yeux, en fin de compte, sur la toque noire du juge et elle ne trahit aucun sentiment particulier lorsqu'il la mit sur sa tête ; il ressemblait, songea-t-elle, au Pantalon de la pantomime. Ou plutôt non, il avait le teint trop fleuri, il était trop rond. Il n'aurait pu tenir qu'un rôle de *Dame*. De la salle d'audience on la fit descendre dans un couloir souterrain, par lequel on accédait à une cour : de là on la mena, dans un fourgon tiré par des chevaux, jusqu'à la prison de Camberwell. Même arrivée là, elle n'éprouva guère le besoin de gémir, de crier ou de prier. Quel dieu, après tout, aurait-elle invoqué ? Celui qui connaissait la vérité sur sa vie et sur celle de son époux ? Cette nuit-là, dans sa cellule de condamnée, elle fredonna l'une de ses ritournelles préférées, *J'suis un p'tit peu trop jeune pour savoir*. La dernière fois qu'elle l'avait chantée, c'était à l'enterrement de l'Oncle.

36

Rien n'a plus jamais été pareil entre Dan et moi après que l'Oncle nous eut quittés pour la grande pantomime dans les Cieux. Il ne fut jamais carrément grossier mais je comprenais qu'il m'évitait ; je suppose qu'il était jaloux des cinq cents livres sterling que l'Oncle m'avait laissées, en plus de tout l'équipement photographique, mais jamais il n'aborda le sujet. Plusieurs fois, je songeai qu'il connaissait peut-être, depuis le début, le secret érotique de l'Oncle et m'y croyait mêlée. Hélas, que pouvais-je y faire ? Nous essayâmes donc de continuer comme avant, mais le cœur n'y était plus. Je connus un grand succès avec une nouvelle chansonnette très mélodieuse, intitulée *Le Mal du pays d'une vierge irlandaise*, ou *Où sont les patates d'antan ?* Mais je n'arrivais plus à me mettre dans l'état d'esprit adéquat. Sans doute plus affectée par la mort de l'Oncle que je ne le croyais, ayant besoin d'une épaule sur laquelle pleurer, je recherchai la compagnie de John Cree. Bien sûr, je savais que c'était un gentleman ; il se distinguait, à l'évidence, des autres reporters et l'Oncle, un jour, avait évoqué son « brillant avenir ».

« Ah oui, répondis-je en toute innocence. Il m'a parlé de la pièce de théâtre qu'il compte écrire.

— Et moi, je te parle des pièces d'or sur lesquelles il pourra compter, ma petite, du quibus, de la galette qu'il aura, le jour où son Crésus de père se cassera la pipe. » John Cree m'avait déjà témoigné de l'intérêt et j'avoue que cette nouvelle aviva ma curiosité.

Or, il se trouve qu'un mois après l'enterrement, le même John Cree entra dans la loge du Wilton où j'étais en compagnie de Diavolo, le Gymnaste Unijambiste.

« Ça alors, m'exclamai-je, voici l'*Era*. Avez-vous déjà vu Diavolo sur le fil, **Mr. Cree** ?

— Je n'ai pas eu ce plaisir.

— À ne manquer à aucun prix… Mais oui, asseyez-vous donc avec nous un moment. »

Il approcha une chaise et nous bavardâmes, comme cela se fait communément dans les music-halls, jusqu'à ce que Diavolo décide d'aller prendre l'air du soir ; je connaissais son faible pour les cervelas et ne doutais pas qu'on le verrait bientôt en faire glisser un à l'aide d'une chope de brune.

« Eh bien, Lisbeth, me dit John Cree après un moment, il semble que vous et moi, nous nous retrouvons souvent seuls tous les deux.

— Quand vous ai-je donc donné la permission de m'appeler Lisbeth ?

— À la deuxième table séparée de l'auberge Blair, le mercredi de la semaine passée.

— Quelle mémoire ! Vous devriez vous produire sur les planches, Mr. Cree.

— Appelez-moi John.

« — Soyez un ange, John. Accompagnez-moi jusqu'à la porte, il fait trop chaud ici ce soir.

— Que diriez-vous de suivre Diavolo ?

— Non, je connais ses habitudes. Ce serait indélicat.

— Voulez-vous vous promener, alors ? La soirée est belle. »

Nous quittâmes donc le Wilton ensemble pour nous rendre à Wellclose Square. Ce n'était pas le plus sûr des quartiers, mais, Dieu sait pourquoi, je me sentais en sécurité avec John Cree.

« Comment se présente *Le Carrefour de la Misère* ? lui demandai-je.

— Il avance. J'ai presque terminé le premier acte. Mais je n'arrive pas à décider du sort de mon héroïne.

— Tuez-la.

— Êtes-vous sérieuse ?

— Non, pas du tout, je plaisante. (Je tentai un rire.) Je crois qu'elle devrait se marier. L'héroïne se marie toujours à la fin.

— Ah bon ? »

Je ne poursuivis pas dans cette veine et nous descendîmes vers la Tamise. Les maisons étaient moins collées les unes aux autres et l'on apercevait les mâts des navires amarrés dans le bassin ; je pensai au Marais-de-Lambeth, quand les pêcheurs laissaient leurs barques sur la berge.

« J'espérais, lâcha-t-il enfin, que vous accepteriez de jouer le rôle quand la pièce sera terminée.

— Comment s'appelle l'héroïne ?

— Catherine. Catherine Colombe. Pour l'instant, affamée, elle court à sa perte mais je me demande si je ne devrais pas la sauver dans la scène suivante.

— Non, qu'elle sombre !

— Pourquoi ?

— John, parfois je trouve que vous ne connaissez vraiment pas grand-chose au théâtre. Le public adore assister à la déchéance des personnages. (Je marquai une pause.) Naturellement, vous pouvez la sauver au dernier acte. Mais pas avant qu'elle ne souffre énormément.

— Ça alors, Lisbeth, je n'avais pas la moindre idée que vous étiez dramaturge !

— Il faut imiter la vie, voilà tout. Être aussi rude et sombre qu'elle. »

J'avais pris son bras afin qu'il me guide sur des pavés aux arêtes vives, et je le lui serrai pour lui montrer qu'il ne fallait pas me prendre au pied de la lettre.

« Je pense, à ce propos, dit-il, qu'il vous faut, justement, quelqu'un pour vous protéger. Si la vie est aussi rude et sombre que vous le dites, eh bien, alors, il vous faut un souffleur et un régisseur.

— L'Oncle était tout cela pour moi, et plus encore.

— Pardonnez-moi de vous le rappeler, Lisbeth, mais l'Oncle est mort.

— Il me reste Dan.

— Dan est un trop grand artiste. Il ne se sacrifiera ni pour vous ni pour qui que ce soit.

— Qui parle de sacrifice ?

— Moi, Lisbeth. Vous avez besoin de quelqu'un qui se dévoue corps et âme pour vous, et pour l'éternité. »

Je lui fis entendre l'un de mes rires de comédie légère. « Et où trouverai-je cette perle rare ? » Comme nous étions arrivés sur les bords de la Tamise, nous contemplâmes le panorama de dômes, de flèches et de toits.

« Vous devriez demander que l'on vous peigne un décor de ce genre pour *Le Carrefour de la Misère*, dis-je afin de rompre le silence. Ce serait du meilleur effet.

— C'est, je le conçois, ainsi que la tradition décrit Londres. Mais j'aimerais, moi, montrer un intérieur ou un débit de gin : la vraie vie. (Il me tenait encore par le bras, et posa alors sa main sur la mienne.) Est-ce trop espérer ? La vraie vie ?

— Oh, mais à quoi cela ressemble-t-il ? Dites-le-moi.

— Je crois que vous ne l'ignorez point, Lisbeth.

— Tiens ! Peut-être devrais-je, dans ces conditions, vous aider à écrire votre pièce, John. Si on y retrouvait ma propre vie…

— Ce serait merveilleux… »

Depuis la mort de l'Oncle, je rêvais de quitter le music-hall pour me lancer sur la scène légitime. Avec John Cree comme auteur et mécène, quelle raison y avait-il pour que je ne devienne pas une nouvelle Mrs. Siddons, une nouvelle Fanny Kemble ? Après ce soir-là, notre intimité s'accrut et, ensemble, nous visitâmes toutes les salles où l'on jouait nos mélodrames préférés : par-dessus tout, j'aimais le diorama à Leicester Square et la cascade artificielle à Muswell Hill ; John était attiré par les quartiers les plus pauvres de la ville. Il prétendait qu'ils l'inspiraient – je l'ai toujours pensé : les goûts et les couleurs ne se discutent pas.

Ainsi qu'on pouvait s'y attendre, dans les loges, on chuchotait déjà sur notre compte. Une après-midi, je lui fis comprendre que nous ne pouvions plus continuer de nous montrer aussi souvent ensemble sans clarifier notre situation face au monde. Apparemment, c'est ce à quoi il s'attendait, ou ce qu'il espérait, et nos fiançailles eurent lieu le dernier jour de 1867. J'étais impatiente d'être convertie à sa religion (que les gens du music-hall appréciaient particulièrement). Nous unîmes nos destins le printemps suivant, lors d'une cérémonie fort simple à Notre-Dame-des-Rochers, à Covent-Garden. C'est Dan Leno qui me conduisit à l'autel, moi, pauvre orpheline, et quatre ballerines tenaient ma traîne ; mes vieux camarades étaient tous là et Ridley, le Comique-Squelette, fit un beau discours durant le repas de noces. Je priai Dan de dire quelque chose mais, curieusement, il s'abstint. Toutefois, je savais comment appâter cette bête-là : je l'abreuvai de boissons fortes et, après quelques verres, il porta un toast très galant. « Je la connais sous le nom de Lisbeth-de-Lambeth depuis si longtemps, dit-il, que je ne m'habituerai jamais à Mrs. Cree. Nous nous sommes rencontrés au vieux Coq-Vaincu il y a de si nombreuses années, que je crois qu'il est temps, maintenant, qu'elle se laisse pousser la barbe. Que n'a-t-elle pas fait dans les goguettes, les cafés chantants, les saloons et les music-halls ? Elle a jonglé avec les jongleurs, elle a été la plus aérienne des ballerines et la plus endiablée des épileptiques. Elle a tambouriné avec les tambourineurs, pirouetté avec les pirouetteurs, elle a fait illusion avec les illusionnistes. Or, voilà qu'elle a remballé ses frusques et ses accessoires et que, pour la dernière fois, elle a pris le coupé pour rentrer à la pension pour artistes… » Comme il ne tenait plus bien sur ses jambes, je lui caressai la main et le remerciai. Il leva son verre, le porta à ses lèvres, puis, hébété, s'effondra sur notre table de banquet. Ce fut un jour merveilleux, d'autant plus émouvant que, ce soir-là, je vis la plupart des sketchs pour la dernière fois. Ainsi finit ma deuxième vie.

37

À la une du Morning Adviser *du 3 octobre 1880 figurait l'annonce suivante :*

Pour l'information du public, nous publions cette illustration représentant un golem, tirée d'une gravure en la possession de Mr. Every, libraire émérite à Holborn. On notera sa taille par rapport à celle de sa victime, ainsi que ses yeux exorbités et brillants qui font penser à une lanterne de voiture. La légende qui l'accompagne, en caractères gothiques, nous informe que cette créature est faite d'argile rouge, mais nous ne pouvons qu'exprimer ici notre désaccord, car comment aurait-elle pu, alors, tellement défigurer le corps de ses victimes ? Nous avons évoqué le problème avec le Dr Paley, du British Museum, qui a effectué des recherches sur les coutumes et traditions de l'Europe, et il a confirmé nos doutes. Il ne voit aucune raison pour laquelle le golem ne pourrait être fait de pierre, de métal ou de quelque autre matériau durable. Il ajoute *(horribile dictu !)* qu'il peut, en outre, changer de forme à volonté ! Il nous apprend enfin que le golem est toujours fabriqué dans les grandes cités et qu'un terrible instinct lui confère une connaissance parfaite des rues et des ruelles du lieu où il a vu le jour.

Cela ne surprendra guère Mrs. Jennifer Harding, la coquetière de Middle Street, à la renommée non usurpée, qui nous dit avoir vu la créature lapant du sang dans les rebuts du marché aux viandes de Smithfield, avant de se diriger vers l'hôpital du même nom. Une vendeuse d'allumettes, Anne Bentley, est en proie à l'hystérie depuis vendredi dernier, date à laquelle elle aurait été soulevée par une créature translucide dépourvue d'yeux. Elle était sur le point d'entrer dans l'Asile des pauvres de Wapping, où sa mère réside dans la Méchante-Cour, lorsqu'elle fut surprise par ce monstre et se sentit soulevée. Elle s'évanouit sur-le-champ et ne recouvra ses sens qu'à Charterhouse Square, où elle fut retrouvée, les vêtements en désordre et déchevelée. Elle affirme que le Golem l'a épluchée et gobée comme un fruit ; elle pense être enceinte et craint d'accoucher d'un monstre. Toute confirmation de ses présomptions sera, bien évidemment, rapportée dans ces pages. Pour l'heure, l'infortunée victime a été enfermée à l'asile de Shadwell.

Des deux rives de la Tamise nous sont parvenus des récits de semblable nature. Mr. Riley, de Southwark, nous écrit pour nous signaler que, la semaine dernière, une créature d'une force extraordinaire a été vue courant le long des toits de la Grand-Rue de Borough. Cher Mr. Riley, veuillez nous envoyer de plus amples informations dès que vous serez en mesure de le faire. Mrs. Buse, propriétaire d'une fabrique de sièges dans la rue du Rideau, fut troublée lundi matin par une « ombre » qui, nous confie-t-elle, la suivit partout jusqu'à ce qu'elle se fût enfuie en criant dans la Grand-Rue de Shoreditch. Elle est, à présent, remise et offrira une chaise en récompense à quiconque pourra lui procurer une explication convaincante à ce mystérieux phénomène. Une fois de plus, ici comme dans de nombreux autres cas, le nom de « Golem » court sur toutes les bouches. Nous prenons donc la liberté de clamer haut et fort, face à ceux qui refusent d'ajouter foi à ces rapports, qu'« il y a plus, Horatio, dans les cieux et ici-bas… ». Ces dernières années, on a découvert des prodiges dans les objets les plus insolites, du système solaire au flocon de neige. Qui peut dire que d'autres encore ne nous attendent pas là où nous nous y attendons le moins ?

38

Après notre mariage, John Cree et moi emména-
geâmes dans une maisonnette de Bayswater, près du
vieil Hippodrome ; je menai là une existence si différente de celle que j'avais connue dans les music-halls,
que je devais parfois me pincer afin de vérifier que
j'étais toujours la bonne vieille Lisbeth. Mais c'en était
fini des monologues et des ritournelles : aux yeux du
monde, j'étais Mrs. Cree, et je prenais grand soin de
ne jamais évoquer mon passé avec nos voisins ou avec
nos fournisseurs. Bien sûr, il n'y avait aucune raison
pour que je n'apparaisse pas un jour sur les plus grandes
scènes et, quand l'inspiration semblait lui manquer, je
persuadais mon époux de continuer à travailler sur *Le
Carrefour de la Misère*. Je ne lui aurais jamais permis
d'abandonner ; l'héroïne me plaisait énormément, et
je savais que je pourrais insuffler beaucoup d'émotion
au personnage. C'est, d'ailleurs, au cours de l'une de
mes rêveries sur le sujet, que je conçus une idée charmante. Depuis que nous avions emménagé à Bayswater,
je ressentais le besoin d'avoir une femme de chambre.
Or, où trouverais-je une meilleure domestique qu'au
carrefour de la Misère, là où se réunissaient les artistes

« sans cacheton » des goguettes, des caf-conc' et des music-halls ? Connaissant la plupart de réputation, j'étais certaine que je pourrais dénicher une jeune femme proprette, serviable et lassée d'attendre qu'un établissement lui proposât un contrat. Elle aurait, par exemple, comme je l'avais fait moi-même, joué les soubrettes dans quelque tableau en un acte, et, de ce fait, aurait de bonnes notions de maintien. Et puis, de quelle mine de ragots ne disposerions-nous pas pour nos heures de farniente !

Je mis mon chapeau et, sans en dire un mot à mon cher dramaturge enfermé au premier étage, je sortis et hélai un cabriolet. Le trajet me sembla prendre une éternité. Parvenue au carrefour de la Misère (que Dan appelait toujours « La Halle aux Claque-dents »), j'observai la foule d'artistes désœuvrés : j'en reconnus beaucoup, bien sûr, et dus me retenir pour ne pas leur faire signe en passant. Je demandai au cocher d'arrêter le cab au coin de York Road et de m'attendre un moment. Puis je marchai vite jusqu'à cette morne congrégation. Il y avait là un contorsionniste que j'avais connu au Queen's, à Poplar ; il me salua d'une profonde révérence, et crut sans doute que j'étais sans cacheton. Je venais de croiser un très mauvais sério-comique qui fit semblant de ne pas me voir quand, par pure coïncidence, j'avisai Aveline Mortimer, adossée à un mur, l'air hagard. J'avoue volontiers que je souris de la voir tombée si bas : n'avait-elle pas, après tout, en me conseillant de souhaiter une *Meesa Meschina* aux Hébreux, manqué de me faire mettre à mort ? Elle eut beau lever la tête avec affectation en me voyant approcher, je notai avec plaisir que la fatigue et le désespoir l'empêchaient de réussir à donner le change.

« Ça alors, fit-elle, voilà-t-il pas Lisbeth du Marais-de-Lambeth en personne !

— Mrs. John Cree, je te prie.

— Mazette ! Comme ça, tu as gagné le pompon… »

Je cédai à l'impulsion du moment :

« Cela fait combien de temps que tu cours le cacheton, ma chère ?

— Pas plus d'une semaine. »

À en juger par l'état de ses vêtements, elle ne pouvait que mentir.

« Aurais-je tort de croire, Aveline, que tu cherches un bon petit rôle ?

— En quoi ça te regarde, Lisbeth ?

— Et si je veux t'en proposer un ? »

Elle me lança un regard ébahi.

« T'as pas ta salle à toi, Lisbeth, tout de même ?

— Non. Mais j'ai plusieurs pièces à mon acquis. (Elle ne saisit pas le sens de mon trait d'esprit.) Je veux t'employer, ma chère. Comme domestique.

— Comme *domestique* ?

— Réfléchis-y un instant. Trente shillings la semaine, nourrie, blanchie. Un dimanche sur deux. »

C'était une offre alléchante qui la fit hésiter.

« Je ne serai pas une maîtresse pénible, Aveline, et tout différend que nous ayons eu par le passé est oublié.

— Facile à dire… »

Elle ne me faisait pas encore entièrement confiance : elle croyait que j'avais élaboré un stratagème pour me venger d'elle.

« Songe à ce que nous allons nous amuser à parler du bon vieux temps ! (Comme elle hésitait encore, je lui murmurai à l'oreille :) N'importe quoi vaudrait mieux

263

que cette dégradation, non ? Est-ce que tu préfères finir à la rue ?

— Tu peux monter à deux guinées ?

— Trente-cinq shillings. Je ne peux pas te donner plus.

— Affaire conclue, Lisbeth.

— Voilà une bonne fille ! (Je sortis de mon aumônière un shilling, que je lui tendis.) Je serai de retour dans une demi-heure. Paye-toi un bacon-haricots en m'attendant. »

J'avais l'intention de me faire emmener en cabriolet chez Haste & Spenlow pour y acheter un beau petit uniforme de bonne avec collerette et bonnet amidonnés, mais je me ravisai. « À y réfléchir, mieux vaut que tu m'accompagnes. Rien de mieux que l'intéressée pour prendre sa mesure, au fond, ma chérie, n'est-ce pas ? » C'est ainsi que nous retournâmes toutes deux au cab ; elle s'installa à côté de moi, un soupçon d'impertinence dans l'expression.

« Est-ce que je devrai faire la cuisine ? me demanda-t-elle au moment où le cocher faisait claquer son fouet.

— Naturellement, Aveline. Ce doit être l'un de tes nombreux talents.

— Oui. Ils m'ont appris ça à l'asile. (Je dus paraître surprise, car ses traits se figèrent.) Autant que tu le saches tout de suite, comme ça je serai tranquille, pour le meilleur et pour le pire. (Ce genre de citations mal employées était typique d'Aveline !)

« Ainsi, tu étais à Sainte-Madeleine, ma chérie ?

— Non, pas du tout. Très peu pour moi. J'étais peut-être une pauvresse mais pas une traînée. J'ai toujours été vierge de pied en cap. »

Je ne la crus pas un instant mais je préférai la laisser dire : à quoi bon se quereller avant même qu'elle eût endossé sa tenue ?

« As-tu connu tes parents, Aveline ?

— J'ai toujours connu ma mère… à la charge de la paroisse.

— Comme c'est triste. »

N'est-il pas extraordinaire de voir comment certaines femmes réussissent à échapper à leur condition alors que d'autres en restent prisonnières ? La pauvre Aveline ne valait pas mieux que sa mère, alors qu'en cabriolet, telle une reine, je parcourais Londres comme si ç'avait été ma taverne à huîtres. « La pauvreté doit être une chose terrible », conclus-je.

Aveline n'aurait certainement pas laissé passer cette remarque sans rétorquer si, juste à ce moment-là, le cabriolet ne s'était immobilisé devant Haste & Spenlow. Elle n'eut pas plus tôt sauté, toute pimpante, sur le trottoir de Catherine Street, que je frappai à la vitre : « Veux-tu me donner la main, Aveline ? Nous entrons dans un magasin. » C'était sa première leçon de maintien. Avec mauvaise grâce, me sembla-t-il, elle prit ma main pour me guider sur les pavés. Le magasin avait beau être presque vide, c'est à peine si elle se laissa prendre les mesures. En fin de compte, je lui trouvai un merveilleux petit uniforme, gansé de gris, et remontai dans le cab de fort bonne humeur. Dès qu'elle se fut installée à côté de moi, je sortis le bonnet de son carton et le plaçai sur sa tête.

« Voilà. Tu es jolie comme une image.

— Une image de quoi ?

— Une image de la féminité, Aveline ! De la féminité en service. Allons-nous essayer le reste, maintenant ?

— Où est-ce qu'on va ? À l'Alhambra ? »

C'était là une référence au fait qu'autrefois nous changions souvent de costume dans notre coupé en allant d'un établissement à l'autre. J'imagine que c'est la raison pour laquelle elle se mit alors dans la peau de son personnage et que, une fois qu'elle eut ajusté sa collerette en coton noir, elle fut l'image même de la soubrette.

« Le changement de costume est réussi, dis-je. Une nouvelle femme est née.

— Je dois avoir l'air de jouer les utilités.

— Pourrais-tu ajouter un "madame" à cette phrase, s'il te plaît ?

— Je dois avoir l'air de jouer les utilités, madame.

— Très bien, Aveline. Non, tu n'as pas du tout l'air de jouer les utilités. Je peux même t'assurer que tu joues l'un des rôles principaux. Maintenant, répète après moi : "Est-ce que ce sera tout, sir ?"

— Serais-je dans le vrai si je disais que ce sir-là a quelque chose à voir avec le gentleman de l'*Era* pour lequel tu avais le béguin ?

— Je ne le formulerais pas de cette manière mais l'idée est juste. Mr. Cree est mon époux. Exécute-toi à présent ! (Je lui tapai la joue avec mon gant.)

— Est-ce que ce sera tout, sir ?

— Oui, merci, Aveline. (Cela dit avec la voix grave de mon mari, après quoi je repris la mienne.) Qu'y a-t-il pour dîner ce soir ? »

Aveline réfléchit un instant.

« Hachis parmentier ?

— Oh ! non. Sois plus sélect.

— Friture de poissons ?

— Mieux que ça, Aveline. On parle de Bayswater, pas de l'Old Kent Road.

— Bouillon de queue de bœuf. Suivi d'une dinde avec tout le tralala.

— Très bien. Ce sera parfait. Bon… tu te souviens du genre de courbette qu'on faisait dans les comédies légères ?

— Comment j'aurais pu oublier !

— Montre-moi, alors, ma chère. »

Elle se leva et, malgré l'exiguïté du cab, réussit la figure avec grâce.

« Excellent, Aveline. Je te donnerai un carnet avec des phrases à apprendre par cœur. Me comprends-tu ?

— Je peux apprendre un texte, Lisbeth. Tu le sais très bien. »

Cette fois, je lui donnai une gifle pour de bon. « Mrs. Cree ! » Elle ne fit rien pour répliquer et je compris que j'avais déjà le dessus. « À présent, comportez-vous en jeune fille correcte et modeste, nous venons de pénétrer dans Bayswater. »

En fait, lorsque nous approchâmes de la maison, elle était l'image même du soigné et de la convenance ; quand elle descendit du cab et me tint la porte ouverte, je m'aperçus qu'elle s'habituait déjà à son nouveau rôle. Je pense même qu'elle se piquait au jeu. Bien sûr, je n'aurais guère pu lui dévoiler la véritable raison pour laquelle j'avais décidé de l'employer : je crois, d'ailleurs, que je n'en avais pas vraiment eu l'idée, moi-même, avant que je ne l'eusse vue flâner sur Waterloo Road telle une créature de la nuit.

Cette raison concernait mon époux. Très tôt après mon mariage, j'avais découvert que c'était un homme aux appétits ingouvernables ; il essaya d'avoir des rapports avec moi dès notre nuit de noces et ce n'est qu'après que je l'en eusse supplié qu'il accepta de se procurer de la satisfaction avec la main. Je ne pouvais tolérer – et je ne le puis toujours pas – l'idée d'être pénétrée par un homme, et je l'avertis clairement que quoi que ce fût de cette nature entre nous était totalement exclu. Je ne pouvais lui permettre de me toucher en cet endroit-là, pas après que ma mère y eut déjà été. Elle m'avait pincée sauvagement, elle m'avait piquée avec son aiguille et, un jour, quoique je fusse fort jeune, je me souviens qu'elle y enfonça un bâton. Elle avait beau avoir trépassé depuis longtemps, je sentais encore là sa main. Personne ne m'y toucherait plus jamais.

Ainsi donc je partageais la couche de Mr. Cree, l'autorisais à me caresser, voire à me lécher, mais l'acte, nenni. Il sembla surpris et même atterré par ma détermination, mais me savait trop aguerrie pour être influencée par un quelconque rappel des supposés « droits » de l'époux : entre artistes du music-hall, comme Dan disait toujours, on se traite en égaux ou pas du tout. Que ce fût dans la loge ou sur les planches, les femmes avaient droit au chapitre. Par bonheur, mon époux était un gentleman ; il n'aurait jamais songé à s'imposer et c'est parce que j'appréciais sa courtoisie que je décidai de le dédommager : l'idée me vint d'aller faire mon choix au Carrefour de la Misère quand je songeai au stratagème de la soubrette. Si je pouvais dévier les attentions de mon mari sur une proie aisée et disponible, alors ses désirs seraient assouvis et je demeurerais heureusement intacte. C'était une grande chance que mon regard se fût posé sur Aveline Mortimer ; je la savais de morale relâchée (elle s'était un jour mise en ménage à Pimlico avec un chanteur de revue nègre) et ne doutais pas qu'on pût la persuader de se rendre utile.

« Eh bien, dites-moi, Aveline, lui dis-je lorsque nous nous assîmes dans le salon après notre arrivée, croyez-vous que vous serez heureuse dans votre nouvelle situation ?

— Je l'espère, Lisbeth.

— Mrs. Cree. »

Comme elle portait désormais le costume approprié, elle s'était faite plus docile et respectueuse ; c'est merveilleux ce qu'un bon costume peut faire !

« Vous devez également me promettre ceci, Aveline : vous devez me promettre de m'obéir en toute chose. Sommes-nous bien d'accord ?

— Oui, Mrs. Cree. »

Elle se douta bien qu'il y avait anguille sous roche (je le devinai à sa mine « sério-comique ») mais je n'avais pas la moindre intention de la mettre dans le secret. Je laissai Mr. Cree et Aveline seuls en plusieurs occasions et, dissimulée dans les coulisses, observai la nature suivre son cours. Ce qui ne m'empêchait pas de prendre mon époux en pitié chaque fois que je le voyais enfiler son ulster pour se rendre au British Museum.

39

John Cree se rendait plus souvent à la Salle de lecture du British Museum depuis qu'il s'était révélé incapable d'ajouter la moindre réplique à sa pièce. S'il était mal à l'aise et agité, la seule raison n'en était pas son échec en tant qu'écrivain : il était également fort perturbé par son épouse. Il l'avait d'abord connue comme une artiste des music-halls mais, depuis leur mariage, elle lui apparaissait comme une créature encore bien plus mystérieuse et inquiétante. Il saisissait parfaitement le trouble qu'elle créait en lui : elle jouait son rôle d'épouse à merveille et, pourtant, dans la définition, dans la perfection même de son jeu, il y avait un je-ne-sais-quoi de bizarre. Quelquefois, Elizabeth Cree donnait l'impression d'être totalement absente, comme si quelqu'un d'autre avait endossé son rôle, mais il y avait d'autres moments où elle était l'« épouse » avec une ardeur et une détermination quasi professionnelles. Là était la cause du malaise de son époux et il était fréquent que ce dernier s'égarât de son mélodrame, *Le Carrefour de la Misère*, jusque dans le drame non formulé de son existence domestique. En dernière ressource, il lisait des ouvrages consacrés aux maux des miséreux de Londres et passait son temps sous la coupole de la célèbre bibliothèque.

Un jeune homme avait pris l'habitude de s'asseoir, à côté de lui, à la table C3. Depuis une semaine, John Cree l'observait qui remplissait, à main levée, des pages et des pages de papier-pot. Il avait de longs cheveux bruns et portait un manteau d'astrakan qu'il refusait de laisser au gardien du vestiaire, Herbert ; contrairement à l'usage, il en enveloppait le siège en cuir bleu. Il paraissait, en outre, toujours extrêmement satisfait de ses compositions : de temps à autre, au milieu d'une longue phrase, il regardait dans la direction de John Cree pour vérifier s'il l'observait encore. Il quittait souvent la Salle de lecture afin de prendre l'air (John Cree l'avait, en une occasion, surpris en train de faire les cent pas sous la colonnade en fumant une cigarette turque) mais prenait toujours garde de laisser ses écrits bien en évidence.

Néanmoins, Cree ne s'intéressait guère aux activités du jeune homme ; il devina, correctement d'ailleurs, que, frais émoulu d'une grande université, il venait tenter sa chance littéraire dans la capitale. Mais les livres qu'il consultait, eux, attiraient son attention – un matin, il l'avait vu lire Longin et le *Liber Studiorum* de Turner. C'était la marque d'une sensibilité réelle et le travail du jeune homme, étalé au vu de tous sur la table voisine, ne l'en intrigua que davantage. Il était allé jusqu'à s'emparer d'une feuille, pendant que l'auteur fumait une cigarette sous la colonnade, et l'avait parcourue rapidement : « Toutefois, n'oublions pas que le jeune homme instruit qui a écrit ces lignes et qui fut à ce point ouvert aux influences wordsworthiennes fut également, ainsi que je l'ai souligné au début de ce mémoire, l'un des plus subtils et secrets empoisonneurs, non seulement de son époque, mais aussi de tous les temps. Comment naquit la fascination de Thomas Griffiths Wainewright pour ce péché étrange, il ne nous le dévoile pas, et le journal dans lequel il notait le détail des résultats de ses terribles expériences et les méthodes qu'il adoptait a malheureusement disparu. Même plus tard, il n'aimait guère évoquer le sujet et préférait parler de *L'Excursion* de Wordsworth et des *Poèmes fondés sur les affections*. Le meurtre était son occupation mais c'est la poésie qui faisait ses délices. »

40

À l'égard de sa pièce, mon époux ne faisait plus aucun progrès. Il coulait tant d'heures infécondes à la poursuite de ses études, tirant sur sa pipe et buvant d'innombrables tasses de café (servies, naturellement, par sa chère Aveline), que je finis par perdre patience. Je lui vantai les vertus de la concentration et de la persévérance mais il se contentait de soupirer, se levait de sa chaise et allait contempler le jardin par la fenêtre. Je crois même que son silence masquait parfois une certaine irritation envers moi, moi qui le rappelais à son devoir.

« Je fais du mieux que je peux ! me rétorqua-t-il un soir d'automne, haussant la voix.

— Calme-toi, John Cree.

— J'essaie, lâcha-t-il en baissant le ton. Mais j'ai perdu la foi. Ce n'est plus comme avant, quand nous nous retrouvions dans ta loge…

— Ce temps-là est bien révolu. Ne souhaite pas qu'il revienne. C'est le passé et le passé est mort.

— Mais, au moins, ma vision du monde, alors, donnait un sens à mon existence. Quand je visitais les music-halls et que je travaillais pour l'*Era*…

« — Ce n'étaient ni une vie ni une occupation res-
pectables.

— J'avais l'impression, pourtant, d'appartenir à...
à mon époque, à... aujourd'hui, je ne suis plus sûr
d'appartenir... désormais...

— Tu m'appartiens, à moi.

— Bien sûr, Lisbeth. Mais je ne peux guère écrire
une pièce sur notre vie...

— Je le sais bien. Notre vie manque d'intérêt dramatique, d'éléments de sensationnel. »

Je le dévisageai, sa faiblesse me fit pitié et, en même
temps, je pris une résolution. Je terminerais moi-même
Le Carrefour de la Misère. J'en savais assez long sur le
métier et, quant à la pauvreté et à sa sœur, la dégradation, quel auteur dramatique, dans le pays, avait recousu
des voiles dans le Marais-de-Lambeth ? N'avais-je pas
flagellé l'Oncle jusqu'à ce que le sang jaillisse de son
dos, n'avais-je pas arpenté les rues de Limehouse en
habit d'homme ? J'en avais suffisamment vu. Je com-
pléterais la pièce et interpréterais le rôle de l'héroïne
sur une scène légitime londonienne. Je savais à quel
point de la pièce mon époux était parvenu, puisque
je la lisais en cachette la nuit, et attendais avec impatience que Catherine Colombe meure de faim dans
sa mansarde de Covent Garden. Et puis, au dernier
moment, elle était découverte par un agent de théâtre
et emmenée dans un sanatorium près de Windsor...
C'est après cela que John s'était interrompu : j'achetai
donc une ample provision de crayons et de papier chez
Stephenson, dans Bow Street, et le remplaçai. Je dois
admettre que j'ai un certain talent pour la composition dramatique et, comme j'appartiens moi-même au

sexe faible, je me trouvais une affinité naturelle pour Catherine Colombe ; prenant Aveline comme public, je répétai des scènes dans notre salon, avant de les reporter sur le papier. Je trouvai même mes meilleurs effets lors d'improvisations. J'avais déjà décidé que Catherine Colombe, la pauvre orpheline, recouvrerait pleinement la santé et triompherait de ses ennemis. Mais elle n'avait pas encore assez souffert, c'est pourquoi j'ajoutai à la version de mon époux un ou deux épisodes d'horreur. Il y avait une scène, par exemple, où, au plus profond de son désespoir, elle boit du gin jusqu'à s'effondrer par terre ; elle se retrouve à l'aube, dehors, en plein Londres, sur le seuil d'un immeuble de Long-Acre, sa robe déchirée, les mains maculées de sang, ignorant tout des circonstances qui l'ont amenée là, et dans cet état. Je dois admettre que l'idée de cette scène très frappante m'avait, en réalité, été suggérée, pour ainsi dire, par Aveline Mortimer : j'avais la conviction qu'elle s'était elle-même retrouvée un jour dans cette déchéance, mais je ne lui en dis rien. Je récitai donc mon texte, m'adonnai à quelque improvisation, arpentai le salon avec de grands gestes, jusqu'à ce que je lui eusse rendu justice. « Est-il possible que ce soit moi, étendue ici ? Non, je ne suis point ici. Quelqu'un, un inconnu, a pris ma place. (*Elle lève les bras au ciel.*) Ô Dieu qui êtes aux Cieux, que puis-je donc avoir fait ? Ce sang sur mes doigts doit témoigner de quelque terrible méfait. Se pourrait-il que j'aie tué un innocent bambin et que je ne me rappelle pas mon crime ? Pourrais-je avoir assassiné sans le savoir ? (*Elle essaie de se lever, en vain.*) Alors, je serais pire que les bêtes sauvages qui, quoiqu'elles n'éprouvent aucun remords, sont au moins conscientes de leurs actes ! Il y a une autre Catherine, obscure et qui se cache de la première. Je vis dans la caverne de mon horreur et suis privée de lumière ! *(Elle s'évanouit.)* » Dans ma fougue, j'avais renversé une chaise et cassé un vase posé sur un guéridon, mais Aveline nettoya tout. Cette scène m'inspirait beaucoup et quand le public apprendrait que le sang avait été versé en défendant la vie d'un enfant aux prises avec son père ivrogne, alors, la moralité serait sauve.

Un mois me suffit pour achever *Le Carrefour de la Misère*, avec un dénouement à mon goût, c'est-à-dire avec le retour triomphal de Catherine Colombe sous les feux de la rampe ; j'avais rédigé un exemplaire de présentation, de ma grosse écriture ronde, que j'envoyai directement, par messager, à Mrs. Latimer, du Théâtre de la Cloche, à Limehouse. Elle était spécialisée dans les mélodrames de tempérament et je lui précisai dans une note que *Le Carrefour de la Misère* était justement très sanguin et « d'actualité ». Je m'attendais à recevoir une réponse par retour du courrier mais une semaine entière s'était écoulée que je n'avais toujours aucunes nouvelles – alors même que j'avais expliqué dans ma lettre que plusieurs autres théâtres étaient intéressés. Je me résolus donc à aller la trouver, ce pour quoi je louai un coupé sur-le-champ ; je savais que je ferais meilleure impression si l'on s'apercevait qu'il m'attendait dans la rue, si bien que je le fis s'arrêter juste devant le théâtre. Après quoi, je franchis les célèbres portes ornées de vitraux. Gertrude Latimer – Gertie pour les intimes – se trouvait dans son petit bureau derrière le bar, comptant la recette de la veille. Elle ne me reconnut pas instantanément dans mon costume d'épouse, mais, au bout d'un moment, elle renversa la tête en arrière et éclata de rire. Elle était ce que, chez les comiques, on dénommait « un beau brin de femme » et la graisse de son double menton tremblotait comme de la gélatine.

« Fichtre ! Lisbeth de Lambeth ! Comment ça va, Fifille ?

— Je m'appelle Mrs. Cree, maintenant, si vous le permettez.

— Oh, je permets, je permets ! Mais ça ne te ressemble pas, tant de cérémonie, Lisbeth. La dernière fois que je t'ai vue, on t'appelait Frérot.

— C'est du passé, Mrs. Latimer, et une ère nouvelle s'amorce. Je suis venue à propos de la pièce.

— Là, je ne te suis plus, ma fille.

— *Le Carrefour de la Misère*. La pièce écrite par mon mari, Mr. Cree. Elle vous a été envoyée il y a plus d'une semaine. Pourquoi, oh ! pourquoi, n'avez-vous pas répondu ?

— "Soupira la demoiselle de magasin"… Je vois que tu n'as pas oublié tes classiques, Lisbeth. (Elle n'était certes pas démontée.) Voyons donc. Nous avons bien reçu quelque chose de ce nom-là ou à peu près… »

Elle alla à une armoire dans un coin, qui, lorsqu'elle l'ouvrit, se révéla pleine de manuscrits et de piles de papiers. « Si elle est arrivée la semaine dernière, elle sera sur le dessus… Voilà, qu'est-ce que je te disais ! »

Le Carrefour de la Misère fut le premier manuscrit sur lequel elle mit la main. Elle le parcourut avant de me le tendre.

« Je l'ai donné à lire à Arthur, Fifille, et il l'a refusé. Il a dit que l'intrigue laissait à désirer. On a besoin d'un bon canevas, Lisbeth, sinon le public s'ennuie. Te rappelles-tu ce qui est arrivé au *Fantôme de Southwark ?*

— Mais ça n'avait ni queue ni tête : toutes ces plaintes, ces gémissements…

— Ça a failli causer une émeute, Fifille. Les gémissements, c'est moi qui les poussais, je peux te l'assurer. »

J'essayai de lui expliquer la trame du *Carrefour de la Misère* et allai jusqu'à lui lire des passages choisis mais elle ne se laissa pas amadouer. « Ça n'ira pas, Lisbeth. C'est tout sauce et pas de viande. Tu me comprends ? On n'a rien à se mettre sous la dent. »

Si je l'avais eue sous la dent, elle, j'aurais fait de la bouillie de son gras double.

« Est-ce votre dernier mot, Mrs. Latimer ?

— J'en ai bien peur. »

Dès lors que notre affaire était réglée, elle se cala confortablement dans son fauteuil et m'examina. « Mais, dis-moi, Lisbeth, as-tu définitivement quitté la scène, et de ta propre volonté ? Tu étais si bonne à la diction. Tu nous manques. »

Je n'étais guère d'humeur à lui faire des confidences et je me préparai donc à prendre congé.

« Que dois-je dire à mon époux, Gertie Latimer, lui qui a sué nuit et jour pour écrire son mélodrame ?

— Meilleure chance la prochaine fois ? »

Je quittai son bureau sans un mot de plus, passai le bar et étais sur le point de rejoindre le coupé stationné devant le théâtre quand me vint, soudain, une idée fort attrayante. Tournant les talons, je rentrai d'un pas décidé et, reposant *Le Carrefour de la Misère* sur la table de Gertie Latimer, lui lançai : « Combien m'en coûterait-il pour louer votre établissement ? Pour une soirée seulement ? »

Elle détourna le regard : je devinai qu'elle faisait un calcul rapide.

« Tu veux dire pour une sorte de soirée de bienfaisance ?

— Oui. Et la bénéficiaire, ce sera vous. Tout ce que je veux, c'est votre scène. Vous n'y perdrez rien. »

Elle n'en hésita pas moins.

« J'ai bien un trou entre *Le Cercueil vide* et *L'Adieu de l'Ivrogne...*

— Eh bien, cette soirée-là me suffira.

— À cette époque de l'année, Lisbeth, ma recette est parfois considérable.

— Trente livres.

— "Liquide" fourni par tes soins ?

— Marché conclu. »

L'argent venait de mes modestes économies, que je gardais dans une bourse dissimulée derrière le miroir de ma chambre ; je le lui amenai quelques heures plus tard et nous topâmes là sans plus attendre. Nous nous mîmes d'accord sur une date, trois semaines plus tard, et elle me promit tous les accessoires et tous les décors dont j'aurais besoin. « J'ai un très beau Covent-Garden, me dit-elle. Te rappelles-tu *Les Camelots* ? Il était utilisé pour les burlesques mais il fera un excellent décor mélancolique. Et, dans les coulisses, j'ai un bec de gaz que tu pourras prendre pour t'appuyer dessus, ma fille. Il doit même y avoir une charrette *d'Oliver Twist* dans un coin, bien que j'aie comme dans l'idée qu'Arthur l'a échangée contre un tapis volant. » Je la remerciai pour le prêt du bec de gaz mais, en fait, tout ce dont j'avais besoin, je le possédais en moi.

Je connaissais déjà mon rôle sur le bout du doigt. Aveline, dois-je avouer, s'y entendait merveilleusement dans celui de la méchante sœur. Et il ne nous manquait donc que trois rôles masculins d'utilités pour compléter la troupe. Je n'eus guère de difficulté à les trouver ; Aveline connaissait un prestidigitateur sans cacheton qui fit un excellent mari ivrogne, et je trouvai deux figurants pour jouer les rôles de l'agent et du gommeux. Ils vinrent tous à la maison bien sagement tandis que mon mari perdait son temps au British Museum : je désirais qu'il ne fût pas mis au courant de mon plan jusqu'au soir de la représentation. Quelle délicieuse surprise ce serait ! Mon unique problème était de nous assurer un public. Naturellement, je voulais jouer devant une salle comble mais comment allais-je l'obtenir sans l'aide d'affiches ni d'annonces dans les journaux ? C'est Aveline qui trouva la solution : inviter tous les traînards et les musards de Limehouse, et tous ceux qui n'auraient rien à faire ce soir-là. J'hésitai d'abord, parce que je voulais me produire devant un public plus raffiné mais je compris le mérite de son idée. Ce ne serait pas un public sélect mais il serait enthousiaste. Nous connaissions toutes deux le quartier suffisamment et, le matin même de la représentation, nous distribuâmes des coupons sur lesquels, de notre propre écriture, nous annoncions un divertissement gratuit. Tant de porteurs, de colporteurs et de marchands ambulants désiraient être divertis *gratis*, et pour rien encore, que nous avions rempli le théâtre en moins d'une heure. « N'oubliez pas, précisai-je à tous, ce soir à six heures tapantes, n'est-ce pas ? »

J'avais demandé à Mr. Cree de rentrer plus tôt de la Salle de lecture, prétextant que j'avais besoin qu'il m'assistât auprès d'un plombier impudent, et je l'attendais à la porte avec une telle expression de joie et d'affection qu'il s'arrêta net sur les marches.

« Pour l'amour du ciel, qu'est-ce qui ne va pas, Lisbeth ?

— Tout va bien. Toi et moi, nous allons faire un petit tour.

— Où ça ?

— Pas un mot de plus. Contente-toi de savourer le plaisir d'être vu au bras d'une immortelle de la scène. »

Le cabriolet nous attendait au coin de la rue et, comme j'avais informé le cocher de notre destination, nous partîmes sans tarder d'un bon trot.

« Lisbeth, ma très chère, pourrais-tu me dire où nous allons ?

— Tu dois t'habituer à m'appeler Catherine ce soir. Catherine Colombe. (Crevant d'impatience, je ne pus garder mon secret plus longtemps.) Ce soir, John, je serai ton héroïne. Ce soir nous allons au *Carrefour de la Misère*. (Il n'avait encore aucune idée de ce qui se passait ; comme il allait parler, je lui posai mon index sur les lèvres.) Je vais réaliser ton vœu le plus cher. Ce soir, ta pièce va prendre vie sous tes yeux.

— Que racontes-tu, Lisbeth ? Je n'en ai pas écrit la moitié.

— Elle est terminée.

— Je ne comprends pas un traître mot de tout ce que tu me dis depuis que nous avons quitté la maison. Comment pourrait-elle être terminée ? »

Le ton de mon époux aurait vraiment pu me faire voir rouge mais rien ne pouvait plus endiguer mon enthousiasme désormais.

« J'ai fini, à ta place, *Le Carrefour de la Misère*, mon aimé.

— T'ai-je bien entendue ?

— Je voyais trop combien tu souffrais, John. Je savais que tu pensais avoir échoué en tant qu'auteur parce que tu ne pouvais pas terminer ta pièce. C'est pourquoi je me suis mise à l'ouvrage. Et, maintenant, elle est finie. »

Il se recula sur le siège du cab, blanc comme linge ; il serra les poings, les porta à son front. Un instant, je crus qu'il allait me frapper, mais il se contenta de se frotter les yeux férocement.

« Comment as-tu pu faire ça ? lâcha-t-il dans un murmure.

— Faire quoi, mon aimé ?

— Tout détruire.

— Détruire ? Détruire quoi ? J'ai simplement mené à bien ce que tu as entrepris.

— Tu m'as détruit, moi. Tu m'as ôté mon dernier espoir de réussite et de gloire. Elizabeth, sais-tu ce que cela signifie ?

— Voyons, John, tu l'avais abandonnée ! Tu passes tes journées le nez dans tes livres au British Museum.

— Me comprends-tu encore si peu ? Me tiens-tu en si piètre estime ?

— Cette conversation tourne au ridicule.

— Ne vois-tu pas que je ne *voulais pas* la terminer de sitôt ? Que je n'étais pas prêt ? Que je voulais la préserver *ad infinitum* comme un but dans ma vie ?

— John, ton attitude me surprend. (Je restai, curieusement, d'un calme olympien et réussis même à regarder par la fenêtre le Diorama quand nous passâmes à Houndsditch.) Tu m'avais, plus d'une fois, répété que, selon toute probabilité, tu ne l'achèverais jamais. Je croyais te délivrer d'un fardeau.

— Tu ne comprends donc rien à ce que je te dis, n'est-ce pas ? Tant qu'elle était inachevée, je pouvais garder espoir. (Il était rentré en lui-même et j'eus le sentiment que je pouvais encore sauver la mise.) Ne vois-tu pas que c'était toute ma vie ? Je pouvais vivre dans l'espoir d'atteindre un jour à la renommée littéraire. Or, que me dis-tu, à présent ? Que tu l'as achevée...

— Ton égoïsme me confond, John. (J'avais découvert depuis belle lurette qu'avec les hommes attaquer, c'est vaincre.) N'as-tu donc jamais pris en compte mes sentiments dans cette affaire ? N'as-tu jamais pensé que je me fatiguerais peut-être d'attendre ? Il était écrit que je serais Catherine Colombe. J'ai vécu cette pièce maintes fois. Elle m'appartient autant qu'à toi. »

Il resta muet et regarda par la fenêtre tandis que nous entrions dans Limehouse. « Je ne peux toujours pas y croire », murmura-t-il presque à part soi. Ensuite il se retourna et, me caressant la main, me dit : « Je ne pourrai jamais te le pardonner, Elizabeth. »

Comme nous parvenions au coin de Ship Street, le cab s'arrêta afin de laisser passer la charrette d'un boulanger. Mon époux en profita pour ouvrir la portière et sauter sur le trottoir avant que j'eusse pu dire ou faire quoi que ce fût ; après quoi il prit le chemin de la Tamise. Depuis lors, Limehouse n'est plus, à mes yeux, qu'un lieu désert. Qu'étais-je censée faire, cependant ? Une salle comble m'attendait et je me doutais que, quoi que pût en penser Mr. Cree à ce moment précis, il comprendrait en temps voulu qu'avec *Le Carrefour de la Misère* s'ouvrait ma nouvelle vie sur la scène légitime. Je me hâtai jusqu'à Limehouse Street, saluai Gertie Latimer sur le seuil de son théâtre en lui pinçant affectueusement la joue, et regagnai sans tarder la loge, où Aveline m'attendait.

« Où est-il ? me demanda-t-elle tout de go.

— Qui ça, ma chère ?

— Tu le sais bien.

— Si c'est de mon époux que vous parlez, il vous fait parvenir ses excuses. Il ne peut être des nôtres ce soir. Une indisposition…

— Oh, mon Dieu !

— Aucune importance, Aveline. Nous allons de l'avant comme prévu. Ce sera un triomphe. »

Nos trois acolytes de l'autre sexe devaient se préparer dans leur loge ; j'allai vérifier : l'atmosphère était empuantie par les vapeurs d'alcool mais je choisis de me taire, préférant aller jeter un coup d'œil à notre public. La salle se remplissait coquettement mais je distinguai déjà un personnage turbulent au parterre. Il y avait deux ou trois femmes de petite vertu au fond et plusieurs porteurs, pour employer l'expression de Dan, poussaient « des romances à caractère ouvrier et analphabète ». Mais, connaissant la plèbe, j'étais confiante : il n'y aurait aucun problème.

« Alors, ce public ? », s'enquit ma partenaire quand je rentrai dans la loge.

Comme elle avait préparé mon premier costume, j'ôtai mes vêtements de ville et l'endossai.

— Parfait, à ce qu'il me semble, lui répondis-je au bout d'un moment.

— Est-ce que tu te rappelles ce que l'Oncle disait : "Regarde toutes ces poires dans la salle qui se sont fendues d'un sou pour se fendre la poire" ?

— Chasse l'Oncle de tes pensées ce soir, Aveline. Cette pièce n'a rien à voir avec ce que nous jouions à l'époque dans les goguettes. Il faut l'aborder avec un esprit tout différent.

— En parlant d'esprit, c'est plutôt l'esprit-de-vin que ça sent dans la loge d'à côté.

— Certes. Je punirai ces ivrognes plus tard. Il n'y a rien à faire pour l'instant. Bien, ma chère petite bonne, boutonnez-moi, maintenant ! »

J'arborais un merveilleux modèle turquoise qui symbolisait les grandes espérances de Catherine Colombe à son arrivée à Londres ; bien sûr, j'avais insisté pour qu'Aveline porte une tenue beaucoup plus terne et appropriée à une méchante vieille fille, la sœur de l'héroïne, qui me rejetait au moment de ma chute et m'envoyait à l'asile des pauvres. Je fus bientôt prête et, tandis que la salle s'emplissait encore (dans un tumulte qui nous parvenait jusqu'à la loge), je fus en proie à une telle anxiété, mêlée d'anticipation, que je faillis m'évanouir. J'avais complètement oublié l'ingratitude de John Cree et me sentais seule face à mon moment de gloire, qui approchait à grands pas.

Gertie Latimer entra avec un « remontant » et, entre de grosses lampées de bière brune, nous félicita du nombreux public que nous avions su attirer. Mais j'étais au-delà de ces contingences. Le rideau allait se lever et j'indiquai à Aveline qu'elle devrait se tenir derrière moi quand nous ferions notre entrée sur scène.

« N'oublie pas, répétai-je à voix basse, trois pas derrière moi. Et ne t'adresse pas directement au public. Ça, c'est mon travail. » Le rideau se leva et le petit orchestre piaula avant de faire silence. Je m'avançai de quelques pas, levai la main comme pour me protéger les yeux et portai un regard dolent sur l'assistance. Catherine Colombe était née. « Londres est si vaste, si bizarre, si désordonné. Oh, ma chère Sarah, je ne sais si je survivrai dans cette tour de Babel. »

« Hé, Charlie, c'est quoi qu'c'truc-là ? » L'exclamation avait été lancée de la galerie par une poissarde ou une créature de cet acabit. J'attendais que le vacarme cessât lorsqu'une voix reprit :

« J'sais pas mais c't'un miracle qu'ça s'meuve ! »

Une troisième voix cria du poulailler. « C'éti les deux méchantes sœurs ? »

Toute la salle s'esclaffa. J'aurais pu tordre le cou à ces femelles, mais je poursuivis, d'une voix plus forte qu'auparavant.

« Trouverai-je ici une couche que je pourrai dire mienne, ma chère sœur ?

— La mienne, pardi, si qu't'as du pot ! »

C'était une autre voix, encore venue de la galerie : basse remarque qui fut suivie par une kyrielle de même nature. Je sus dès lors l'erreur que ç'avait été d'ameuter toute la vermine de Limehouse ; j'avais cru que des Londoniens comme moi seraient sensibles à cette tragédie mais j'avais eu tort, ô combien... Il ne me fallut que quelques instants pour comprendre qu'ils prenaient *Le Carrefour de la Misère* pour une farce ; tous mes efforts visant à lui conférer grandeur et émotion étaient vains, ils accueillaient chaque réplique avec des hurlements de rire, des cris et des applaudissements. Je connus alors la pire humiliation de mon existence et mon agonie fut aggravée encore par le comportement de nos trois partenaires masculins, qui jouèrent pour le poulailler ; dès qu'ils eurent saisi l'humeur de la salle, ils retombèrent dans leur comique habituel. J'ai le regret d'ajouter qu'Aveline, aussi, se laissa aller à quelques viles bouffonneries.

À la fin du dernier acte, la tête vide, je quittai la scène précipitamment et m'effondrai, en larmes, sur un siège près de la machine à tonnerre. Gertie Latimer m'apporta un verre de « quelque chose de fort » que, dois-je avouer à ma grande honte, j'avalai d'un trait.

« C'est tout un, dit-elle, essayant de me calmer : la tragédie, la comédie, c'est tout un. Ne le prends pas à cœur.

— Je le conçois parfaitement, répondis-je. Je suis une professionnelle. »

Il serait difficile, néanmoins, de décrire la révulsion que j'éprouvais pour la plèbe qui, ce soir-là, avait assailli le parterre, la galerie et le poulailler. Cette plèbe avait durci mon cœur à jamais – je peux l'avouer aujourd'hui –, tout comme elle avait, avec ses rires et ses railleries, mis un terme à ma carrière théâtrale. De surcroît, il m'était arrivé une autre mésaventure dans cet établissement maudit, au moment où j'atteignais le point culminant du drame : on me retrouvait gémissant piètrement dans l'artère du centre de Londres qu'on nomme Long-Acre. Je levais le bras vers une passante, jouée par Aveline (revêtue, pour interpréter ce personnage, d'une robe blanche que nous avions dénichée dans l'armoire aux costumes). Je m'exclamais : « Sous ces haillons, je suis une femme comme vous. Vous vous prendrez vous-même en pitié si vous prenez pitié de moi. » La salle avait trouvé cette réplique hilarante mais, parmi les rires et les hourras des ivrognes, je m'étais, moi, sentie métamorphosée. J'aurais pu être seule dans le théâtre, tel un diamant pur et dédaigneux qui scintille jusque dans la fange. Puis cette impression passa et je me retrouvai si égarée, si peu assurée parmi les agitations des convulsionnaires, que je frappai rudement du poing sur le plancher afin d'aviver en moi la sensation de ma propre souffrance. Je voyais les visages des filles perdues qui, dans la lueur des lampes à gaz, grimaçaient et bâillaient et, à cet instant, elles devinrent le symbole de mon angoisse et de mon effarement. Je m'étais rendue à la plèbe – telle était la vérité – et je ne serais jamais rendue à moi-même. Quelque chose en moi m'avait abandonné, ne fût-ce que temporairement : l'amour-propre, l'ambition, que sais-je ?… Mais il y avait également quelque chose qui avait été banni de moi à jamais.

Mes larmes séchèrent. Aveline et les trois hommes avaient l'air inquiet lorsqu'ils sortirent de scène mais je ne pus me résoudre à leur régler leur compte. Je n'allai pas saluer malgré les acclamations de la cour du roi Pétaud. Comment l'aurais-je pu ? Alors qu'Aveline et les trois autres allaient, eux, s'exécuter tel un quatuor de cirque, je me changeai au plus vite et m'éclipsai par la sortie des artistes. Peu importait ce qui pouvait m'arriver désormais. C'est pourquoi je me mis à arpenter, sans plus d'appréhension que de but précis, les venelles et les allées les moins ragoûtantes de Limehouse.

41

George Gissing était tombé sur la citation de Charles Babbage juste avant de terminer son essai sur la machine analytique pour la *Pall Mall Review*. Il l'avait trouvée dans l'une de ses préfaces (le terme utilisé à cette époque était : « Avertissement ») : « L'air est une infinie bibliothèque où est consigné pour l'éternité tout ce qu'homme a jamais dit et tout ce que femme a jamais susurré. » Il se répéta la formule en parcourant les artères humides et brumeuses de Londres ; la nuit était fort avancée et il venait de déposer son article dans la boîte aux lettres du bureau de John Morley à Spring Gardens. Il voulait éviter le Haymarket pour rejoindre sa mansarde, de crainte d'y croiser sa femme ; il choisit d'obliquer vers l'est, le Strand et Catherine Street. Or, il s'aventura trop loin et se retrouva dans le labyrinthe de Clare Market ; bien qu'il ne fût situé qu'à un *mile* de son logis, Gissing ne connaissait pas l'endroit et il comprit bientôt qu'il s'était bel et bien perdu dans son dédale de cours et de venelles.

Des chiens errants trouvaient leur exécrable pitance dans des tas de rebuts et d'excréments ; il vit une cahute, un nid à rats, qui, lorsqu'il se risqua à l'intérieur, se révéla être une échoppe où se vendaient des vêtements de seconde main ; elle était éclairée par une chandelle à mèche de jonc comme on en utilisait jadis. Un vieillard, aux traits rudes et fripés comme les oripeaux qu'il vendait, était assis sur une caisse au milieu de la pièce ; il fumait une pipe en terre cuite, qu'il ne retira pas lorsque Gissing se présenta sur le seuil. « Pourriez-vous me montrer la direction du Strand ? » Le vieillard ne répondit pas mais Gissing ressentit la pression d'une main sur sa cuisse. Il eut un mouvement de recul, ne s'apercevant qu'alors de la présence de deux fillettes assises à ses pieds sur la terre battue. Hormis quelque crasseux vêtement de corps, elles étaient nues et on les devinait affamées. « Pitié, aidez-nous, sir, gémit l'une d'entre elles. Il y a tant de bouches à nourrir et nous n'avons qu'un seul bout de pain rassis. » Enfermé dans son silence, le fripier continua de fumer sa pipe en observant l'intrus. Gissing plongea la main dans sa poche, où il trouva des pièces qu'il déposa dans la paume tendue de la fillette. « Pour toi et ta sœur », dit-il. Il allait lui caresser la joue mais elle avança la mâchoire, comme pour le mordre, et s'enfuit en courant.

Plus loin, il tomba sur deux hommes, en veste de velours à côtes et foulard sale noué autour du cou, qui tapaient sur un fourneau en fonte avec des gourdins : il ignorait ce qu'ils faisaient mais ils avaient l'air de le faire depuis une éternité. Ils s'interrompirent quand ils l'aperçurent et le dévisagèrent en silence jusqu'à ce qu'il passe son chemin. Il lui fallait quitter ces parages au plus vite mais, au moment où il s'engageait dans une allée plus large, il entendit qu'on le sifflait. Un jeune gars vêtu d'un gilet à manches et d'un bonnet de toile émergea du porche ténébreux d'un écailler.

« Qu'est-ce t'fais là ?

— Rien de particulier. Je marche.

— T'marches, ouais ? Pourquoi par ici ? »

Le ton du jeune gars était menaçant en surface mais, en même temps, il trahissait comme une invite roublarde et complice à la fois.

« T'cherches à déplumer le poulet ?

— Déplumer le poulet ?

— T'as une tête à aimer les poulets de grain. (Il porta la main à l'entrejambe de Gissing.) Un sh'llin fera l'affaire pour moi. T'm'suis ? »

Gissing le repoussa et repartit plus vite encore qu'il n'était arrivé ; il se mit carrément à courir lorsqu'il entendit à nouveau des pas dans son dos, puis il obliqua dans une ruelle adjacente. Or, quel édifice se dressait devant lui ? Une immense construction qui vomissait de la chaleur et de la lumière : il croyait déjà que, tel un spectre médiéval auréolé de feu et planté monstrueusement parmi les miséreux, la machine analytique s'était éveillée à la vie. Puis il comprit qu'il se trouvait devant une manufacture. À nouveau, il entendit du bruit dans son dos : peu désireux de se laisser rejoindre, il n'eut d'autre option que de se diriger vers l'édifice. L'odeur de plomb ou d'acide, ou des deux à la fois, était extraordinaire et quasi insupportable ; s'engageant par une porte ouverte qui semblait servir d'entrée au bâtiment, il découvrit une chaîne de femmes en blouse noire qui montaient un escalier vers un atelier en étage. Chacune portait sur l'épaule un gros chaudron dont la fumée s'échappait en bouillonnant vers la charpente :

s'enroulant autour de leurs blouses sombres, elle les entourait de nuées ascendantes. Au rez-de-chaussée, formant une seconde chaîne, d'autres femmes se passaient de main en main des chaudrons dont le contenu était versé à la fin de la chaîne dans un four rougeoyant. Gissing n'avait aucune idée de ce qu'elles faisaient mais, dans le tumulte et la fumée, il fut frappé par un fait étrange : elles chantaient. Comme les deux hommes qui tapaient le fourneau avec leurs gourdins, il pouvait y avoir une éternité qu'elles montaient et descendaient l'escalier en psalmodiant à l'unisson. Au bout d'un moment, il distingua même les paroles de leur chant : il s'agissait d'une bonne vieille mélodie qui faisait le tour des goguettes, *Ah ! Pourquoi y a pas la mer à Londres ?*

Il attendit jusqu'à ce qu'il jugeât à nouveau sûr de s'aventurer dans la nuit, puis s'engagea dans une ruelle, laquelle, à son grand soulagement, débouchait sur une rue plus large qui menait au Strand. Ce soir-là, il avait entendu de ses propres oreilles « tout ce qu'homme a jamais dit et tout ce que femme a jamais susurré » – et si l'air était, de fait, une infinie bibliothèque, un vaste récipient dans lequel étaient préservés tous les bruits de la cité, alors rien ne se perdait jamais. Pas une voix, pas un rire, pas une menace, pas un chant, pas un bruit de pas dont l'écho ne retentît à l'infini et dans l'éternité. Il se rappela avoir lu dans le *Gentleman's Magazine* un article sur un mythe immémorial selon lequel toutes les choses perdues pouvaient être découvertes sur la face cachée de la lune. Pourquoi n'existerait-il pas, de même, un lieu où serait retrouvé un jour le Londres infini et éternel ? À moins qu'il n'eût déjà été découvert – pourquoi pas en lui-même ou en chacun des individus qu'il avait croisés ce soir-là ? Enfin, il rentra à Hanway Street. Nell dormait dans leur lit étroit : il l'embrassa tendrement sur le front.

42

C'était bientôt l'aurore lorsque je rentrai à Bayswater ; je ne désirais pas réveiller mon époux mais je tirai Aveline de son sommeil en frappant doucement à la porte de sa soupente. L'inquiétude se peignit sur son visage quand elle ouvrit.

« Où étiez-vous ? Que vous est-il arrivé ?

— Que voulez-vous dire ? Il ne m'est rien arrivé. Soyez une gentille fille et préparez un feu pour votre maître.

— Mais vous êtes si pâle et si…

— Séduisante ? C'est l'air frais du matin, Aveline. Il caresse la peau avec une telle délicatesse… »

Je la quittai et redescendis jusqu'à la porte de la chambre à coucher de mon époux. Pendant quelques secondes, je restai là à débattre avec moi-même si, d'un baiser innocent posé sur son front, je devais le réveiller, mais je me contentai finalement de lui murmurer à travers la porte : « Il ne m'est rien arrivé. Rien du tout. »

Hélas, il fut, ce jour-là, morose et sauvage. Cependant, quand il vit que je ne me départais ni de ma gaieté ni de ma patience, il se ravisa. Je ne dis pas un mot sur les événements de la veille et, par mon comportement, réussis à donner l'impression que l'incident était clos, et oublié. Il n'y aurait aucune séquelle. Par le biais de plusieurs regards sévères lancés à Aveline, je m'assurai que jamais le sujet ne serait évoqué et il est un fait que jamais il ne le fut ; jamais plus on ne parla sous notre toit du *Carrefour de la Misère* et, au bout de quelques semaines, notre existence à Bayswater avait, du moins en apparence, repris son cours régulier.

J'avais enterré ma colère si profond qu'il y avait des moments où moi-même je ne la retrouvais plus. Pourtant, elle était bien là, tout comme il me suffisait d'observer les traits de mon mari pour y lire les traces à la fois de son échec et de son ressentiment. Mais pourquoi aurais-je dû en endosser la responsabilité ? Pourquoi aurais-je été la seule de notre maison à m'asseoir au banc des accusés ? À me sentir coupable ? Qu'avais-je donc fait ? J'avais simplement aidé mon époux à rédiger une pièce tellement insignifiante qu'elle n'aurait pu être jouée si je n'avais engagé toutes mes économies et qui, même lorsque je l'avais fait, avait été huée par la plèbe de l'East End. Aveline, de même, me regardait de biais, comme si j'avais, moi, pollué l'atmosphère de notre demeure. Eh bien, ce n'était ni ma faute ni un fardeau que j'étais décidée à porter seule. Il y en avait d'autres, des plus faibles et des plus inconséquents que moi ! Croyaient-ils tous qu'on pouvait sans vergogne me prendre comme bouc émissaire ?

« Voulez-vous bien porter une boisson chaude à Mr. Cree ? », demandai-je un soir à Aveline. Mon époux avait pris l'habitude de se retirer tôt dans sa chambre où il lisait pendant des heures ; je ne me plaignais jamais puisque ma propre compagnie me satisfaisait pleinement.

« Je crois, Aveline, que vous devriez lui en apporter une tasse tous les soirs. Cela l'aidera à dormir, ne croyez-vous pas ?

— Si vous le dites.

— Je le dis, en effet. Le cacao fait des miracles. Mais n'oubliez pas, tous les soirs, sans faute. »

Je la suspecte d'avoir deviné mon plan dès lors mais elle ne s'y opposa point. Elle avait toujours admiré Mr. Cree en secret (je le savais) et elle était tout instinct. Quant à Mr. Cree, eh bien, comme je l'ai déclaré plus haut, ses appétits étaient tout simplement incontrôlables. Quelques semaines de cacao et le tour serait joué !

43

Aveline Mortimer époussetait les fruits en cire dans le salon. Elle entendit John Cree entrer dans la pièce ; c'est pourquoi, recourant à sa vieille technique de scène, elle se mit à fredonner un air (censé signifier au public qu'elle travaillait dans la joie).

« Que chantez-vous, Aveline ?

— Oh, sir, ce n'est rien... ce qu'on appelle un "air gai".

— Pourtant, vous n'avez pas l'air bien joyeuse.

— Je suis très joyeuse, au contraire, sir, car Mrs. Cree le désire.

— Vous n'avez pas à obéir à mon épouse en tout point.

— Allez le lui dire, vous ! »

Le ton était cassant et elle continua de fredonner plus férocement encore qu'auparavant. Elle fit mine de remettre en ordre les fruits en cire. Levant la tête, elle s'aperçut que Cree regardait par la fenêtre.

« Mon épouse me dit que votre famille était pauvre, Aveline. Est-ce la vérité ?

— Je viens de l'asile des pauvres, sir, si c'est ce que Mrs. Cree veut dire. Je le lui ai avoué sans honte.

— Il n'y a aucune honte à avoir, en effet, quand c'est le lot de tant de gens.

— Et ça pourrait redevenir le mien.

— Oh, ne dites pas cela. Il ne faut jamais dire cela…

— Votre femme ne s'en prive pas. (Aveline savoura cet instant.) Parfois, elle en fait toute une histoire. "Retourne à l'asile des pauvres, retourne là d'où tu viens." (Nouvelle pause.) Et vous vous demandez pourquoi je ne suis pas toujours joyeuse entre ces murs ? »

S'éloignant de la fenêtre, John Cree vint poser une main légère sur l'épaule d'Aveline, qui était penchée au-dessus des fruits en cire.

« Mrs. Cree ne maîtrise pas toujours ses paroles, Aveline. Elle ne pense pas ce qu'elle dit.

— Elle est dure, sir, très dure. Exactement comme elle l'était sur scène.

— Je le sais. »

Cree retira sa main. Il s'étonna de révéler ainsi des sentiments que, jusque-là, il s'était autant cachés à lui-même qu'à autrui. Cependant, il fut soulagé de partager sa colère et son ressentiment.

« Je peux m'élever contre elle, prendre votre défense. Je veux être votre protecteur, Aveline, en même temps que votre employeur.

— Vraiment, sir ? »

Elle allait se tourner et lui lancer un regard plein d'affection lorsque Elizabeth Cree entra.

« Oui, sir, je préparerai du poulet ce soir, si c'est ce que vous désirez.

— Mr. Cree désire manger du poulet ce soir ? Eh bien, je crois que vous savez faire cuire un poulet, Aveline, n'est-ce pas ? »

Elle ne pouvait avoir entendu quoi que ce fût de leur conversation, pourtant elle fit preuve d'une certaine froideur envers domestique et époux.

« Ton souhait me surprend, John. Tu sais bien que tu digères mal la viande blanche. Tu ne dormiras encore point cette nuit.

— Ce n'était qu'une envie passagère, Elizabeth… si un autre plat te dit davantage…

— Non, point du tout. D'ailleurs, je doute que mes désirs comptent le moins du monde dans cette maison. Aveline, faites attention à la farce. Rien de trop riche ou de trop salé. On m'a dit que le sel trouble le sang, est-ce vrai ? »

Et de quitter la pièce aussi abruptement qu'elle était entrée. John Cree et Aveline Mortimer échangèrent des regards interrogatifs. Le maître de maison s'assit et se prit la tête entre les mains.

« Savez-vous, Aveline, ce que je souhaite le plus au monde ?

— Du poulet ?

— Non. Je souhaite que vous et moi puissions…

— Allez-y, sir, allez-y.

— … nous soutenir l'un l'autre. Sinon notre vie ici deviendra…

— … un enfer ?

— Oui, c'est exactement cela : un enfer. »

Il jeta un coup d'œil vers la porte claquée par son épouse un instant plus tôt.

« Pourrais-je vous demander un service, Aveline ?

— Oh ! volontiers, sir.

— Voudriez-vous me montrer les asiles des pauvres ?

— Hein ? (Ce n'était pas ce à quoi elle s'était attendue et elle eut du mal à cacher sa déception.) Qu'est-ce que vous voulez dire ?

— Ma pièce est un échec. Ma femme me l'a clairement fait savoir. Mais, depuis plusieurs mois, Aveline, je travaille sur un thème fascinant. Je veux étudier les modes d'existence des miséreux. (Il parlait avec feu, elle lui lança un regard horrifié.) Le butin revient aux vainqueurs : telle est la leçon de notre siècle. Mais, voyez-vous, Aveline, désormais je crois que je préférerais fréquenter les vaincus.

— Ne me dites pas que vous voulez vivre avec les pauvres ! Mrs. Cree est peut-être une tartare mais de là à…

— Non, pas vivre avec eux mais leur rendre visite. Parler à ces pauvres gens que l'on recueille dans les asiles. »

Pour Aveline, cette requête ne pouvait émaner que d'un homme qui n'avait plus toute sa raison mais elle savait qu'elle pourrait le manœuvrer et retirer quelque bénéfice de cet arrangement. Elle accepta donc de l'accompagner à l'insu d'Elizabeth Cree ; elle connaissait bien les lieux et le nombre de leurs habitants. Ils visitèrent ensemble des établissements de Clerkenwell à Borough et John Cree exultait. Jamais il n'avait vu tant de pauvreté ! Il aurait pu saisir ces guenilles de misère et de vice et les élever jusques aux cieux. Il aurait pu saisir cette masse d'existences viles et les soulever au-dessus de sa tête afin que chacun se prosternât devant. Il comprit également qu'en la personne d'Aveline Mortimer il avait trouvé une prolétaire qui pourrait lui gagner le salut.

44

Je reconnus tous les signes, les silences soudains, les chuchotements, les rougeurs subites et, plus encore, le fait qu'il ne la regardait jamais quand elle servait le petit déjeuner. Je laissai passer un mois puis, au début de décembre, je fis irruption dans sa chambre sans frapper à la porte ; comme je m'y attendais, ils étaient tous deux couchés ensemble. « Honte et infamie ! », m'exclamai-je. Désemparé, il sauta du lit, alors qu'elle se contenta de sourire en me fixant des yeux. « "Voici donc ce que le sort me réservait ! (Dans mon emportement, j'empruntai sans m'en apercevoir cette réplique à *La Tragédie de Northolt*.) Tel est le fruit de mon union !" » Je ressortis de la chambre et, claquant la porte derrière moi, éclatai en sanglots aussi audibles que possible. Désormais, je tenais mon époux avec un lien plus fort qu'un cordage. La coupable, ce ne serait plus moi. Il me supplierait de lui pardonner, enfin je serais maîtresse sous mon toit.

En effet, il en fut ainsi. Il me supplia d'oublier ce dont j'avais été témoin, de ne pas susciter ce qu'il décrivit comme une « tragédie domestique ». Son imagination n'était pas des plus fertiles. J'acquiesçai à contrecœur, quoique avec grâce et, à partir de ce jour-là, je n'eus plus à me plaindre de lui. Je suppose qu'il fraya avec des putains puisqu'il ne s'approcha plus jamais d'Aveline. Il était, ainsi que Dan aurait pu l'exprimer, « battu à plates courbures ».

L'une des séquelles de ses affligeants attouchements assit davantage encore ma position. Environ trois mois après l'incident, il devint manifeste que l'attouchée était grosse. « Aveline, ma chère, m'enquis-je d'une voix fort douce un jour que nous étions ensemble au garde-manger. Me trompé-je en pensant que vous avez un locataire qui gigote dans votre ventre ? »

Ne pouvant le nier, elle me fixa de son regard plein de défi. Je poussai plus avant :

« Et qui croyez-vous l'a logé là ?

— Je ne saurais le dire. Ça pourrait être presque n'importe qui. »

Avant qu'elle n'eût le temps de me lancer l'obscénité que, sans nul doute, elle préparait, je la saisis par les poignets et les lui serrai très fort.

« Je pourrais vous mettre dehors séance tenante, Aveline Mortimer, après ce que vous avez fait. Vous vous retrouveriez à la rue, sans secours ni faveurs à attendre de quiconque. Que vous adviendrait-il alors ? Personne ne se soucie d'une fille déchue. Vous finiriez à l'asile des pauvres, d'où vous n'auriez jamais dû sortir.

— Que désirez-vous que je fasse ?

— Votre devoir, ma chère. Vous ne pouvez avoir un enfant de mon époux. C'est impensable. Inimaginable. Cet objet doit être détruit. »

J'entendis, à ce moment, Mr. Cree qui rentrait au bercail et je conçus instantanément un coup de théâtre : je me précipitai dans le vestibule et, tirant mon époux

302

par la manche jusqu'à Aveline, lui annonçai expressément ce qu'il avait fait. Il fut à ce point désarçonné que, s'adossant au mur, il s'enfouit le visage dans les mains, et éclata en sanglots.

« Ce n'est pas le moment de pleurer ou de se lamenter, Mr. Cree, grondai-je. C'est le moment d'agir.

— Agir ?

— Cet enfant ne peut voir le jour. Il est le fruit d'un accouplement honteux et porterait toujours sa malédiction. (Je crois que ma mère avait, jadis, prononcé une phrase semblable, et je répétai celle-ci fort naturellement.) C'est une abomination et il doit être tué. »

Je suis certaine qu'Aveline avait déjà eu recours à cet expédient par le passé, car elle n'offrit aucune résistance. Mon époux sembla vouloir y objecter mais je l'en empêchai d'un geste de la main.

« Ce n'est pas à vous de nous dicter notre conduite désormais, Mr. Cree. Il vous incombe de porter le fardeau du péché et de la réprobation.

— Mais que faire ?

— Ne vous immiscez point dans nos affaires de femmes. J'ai votre accord : cela suffit. »

Il était dans mon dessein de les tenir tous les deux sous ma coupe : au moindre signe de rébellion, je pourrais leur remémorer les détails du triste sort de leur rejeton. Qui croirait que j'y aurais pris part, alors qu'Aveline et Mr. Cree auraient fort bien pu tout régler par eux-mêmes ? Je n'étais pas une infanticide. J'étais l'épouse innocente et trahie. Durant les semaines qui suivirent, je fis absorber à Aveline une potion de ma confection, qui, favorisant les crampes et les spasmes, expulserait à coup sûr la graine du ventre. Elle sembla avoir attrapé la mort mais, en une semaine, la chose était sortie. Le soir même (c'était en hiver, je m'en souviens), je l'enfermai dans une boîte en fer-blanc, que je lançai dans la Tamise, aux environs de Limehouse. De nombreux objets similaires y étaient rejetés par la marée : personne ne remarquerait plus particulièrement la créature expulsée par Aveline.

Voilà qui était fait. Je régnais enfin sur la maisonnée et n'avais plus à endurer aucune ingérence de la part de l'un ou de l'autre. Par un heureux hasard, le père de Mr. Cree mourut quelques mois plus tard, au cours, précisément, d'une visite que nous lui rendions dans le Lancashire, et, notre fortune s'en trouvant centuplée, je pris la résolution d'emménager dans un pavillon sur New Cross. Dès lors, mon cher époux passa toutes ses journées parmi ses livres au British Museum. Il prétendait rédiger un opuscule sur la vie des miséreux. Sujet ô combien déplaisant, sur lequel je savais, néanmoins, qu'il serait incapable de jamais compléter aucune étude, de quelque sorte que ce fût.

45

L'inspecteur Kildare partageait sa maison de Kensal Rise avec un ami, également vieux garçon. George Flood, ingénieur aux Chemins de fer métropolitains, avait un esprit vif et curieux qui s'était maintes fois révélé être un atout pour Kildare. Celui-ci lui pinça délicatement la joue en rentrant de son entrevue avec Dan Leno.

« Hum, George, vieille branche, nous avons écopé d'un drôle de paroissien !

— Encore le Golem ?

— Celui-là même. Cette histoire est sans issue. Sans issue aucune. »

Ils s'installèrent confortablement dans des fauteuils placés face à face de part et d'autre de l'âtre où brûlait du bon charbon de terre. Dans un coin de la pièce retentissait le tic-tac sonore de l'horloge.

« Que dirais-tu d'un gin à l'eau, Éric ?

— Non, merci. Je vais fumer une pipe, si cela ne te gêne pas. J'en ai besoin pour cogiter. » (Il sortit sa pipe, l'alluma et posa sur son ami un regard contemplatif.) « Tu sais, George, que je n'apprécie guère les anciens modes de pensée…

— Et pourquoi devrait-il en être autrement ?

— J'ai mes doutes quant à cette affaire du Golem. Crois-tu qu'une telle créature puisse exister ? »

George scruta les flammes et l'horloge sonna la demie.

« Dans ma branche, Éric, nous traitons de rivets, d'acier, de fonte truitée…. Nous nous occupons exclusivement de choses matérielles.

— Je le sais, George.

— Mais il nous arrive d'avoir affaire à un rail ou à un alliage récalcitrants qui refusent tout bonnement de rester là où ils le devraient. Les voilà qui se tordent, partent à angle droit… me suis-tu ?

— Tout à fait.

— Sais-tu ce que nous disons alors ?

— Non, mais je vais le savoir, George.

— Nous disons que la matière a sa vie propre. Nous disons qu'elle est "contaminée". Dis donc, je vais tout de même te servir un gin, tu m'as l'air exténué. »

Flood alla jusqu'à la desserte, où il versa un verre de gin qu'il tendit ensuite à son compagnon après avoir déposé un baiser sur son crâne. Il se rassit.

« Nous en apprenons tous les jours davantage sur la matière, vois-tu. Te doutes-tu que, ce faisant, nous découvrons sans cesse de nouvelles formes de vie ?

— Comme l'électricité, par exemple ?

— En plein dans le mille, une fois de plus, Éric… L'éther, aussi. L'électromagnétisme, et tout le reste…

— Ce n'est pas la même chose que le Golem, George.

— Je n'en suis pas si sûr. Ces dernières années, nous avons été témoins de tant d'inventions extraordinaires, nous avons assisté à tant de changements… Ne crois-tu pas que le Golem pourrait faire partie du nombre ? »

L'inspecteur Kildare se leva pour se rapprocher de son ami. « Tu dis des choses fort curieuses, George, lorsque tu t'attelles à un problème. » Il se pencha et caressa les favoris de son compagnon.

« Tout ce que je veux dire, Éric, c'est qu'il te faut rechercher une cause matérielle. »

46

30 septembre 1880. J'ai dû garder le lit à la suite d'une mollesse d'estomac et ma chère épouse m'a soigné avec sa dévotion habituelle. Je voulais poursuivre un ouvrage à Limehouse mais, dans certains cas, l'art doit céder le pas à la vie.

2 octobre 1880. Mon épouse m'a surpris lisant un compte rendu dans le *Graphic* : les Gerrard ont été expédiés au petit cimetière près de Wellclose Square. J'ai été content pour eux qu'ils aient été placés dans leur sol natal. Bien sûr, j'aurais aimé assister à la cérémonie mais j'en ai été empêché par mon indisposition. Je regrettais sincèrement leur disparition, dans la mesure où ils avaient quitté ce monde sans avoir le loisir de témoigner de mon art : la vélocité dans la lame, la pression sur l'artère, la confidence avouée dans un murmure, tout cela restera, pour citer notre grand poète Lord Tennyson, « inconnu de nom et de renom ». C'est pourquoi j'en suis venu à détester le nom « Golem de Limehouse » : il n'est pas digne d'un grand artiste.

4 octobre 1880. Ce matin, Mrs. Cree est entrée dans ma chambre avec un objet qui m'appartenait et dont la vue, dois-je admettre, m'a fait perdre mon sang-froid. C'était l'écharpe que j'avais gardée en souvenir du massacre des Gerrard. Elle était teintée du plus profond carmin jamais issu de la carotide. Je l'avais dissimulée à l'intérieur du buste en plâtre de William Shakespeare qui trône sur la plinthe dans le vestibule, où j'avais cru que jamais personne ne pourrait la découvrir.

« Qu'est-ce ? s'enquit mon épouse.

— J'ai saigné du nez. Je n'avais rien d'autre pour épancher le saignement. »

Elle m'observa d'un air intrigué.

« Mais pourquoi l'avez-vous cachée dans la statue ?

— C'est un buste, pas une statue… Quand je suis rentré, vous étiez au piano et je n'ai pas voulu vous tracasser avec cette broutille. Voilà pourquoi je l'ai placée là-haut. Comment l'avez-vous retrouvé ?

— Aveline a cassé le "buste" en l'époussetant.

— Shakespeare est donc en pièces.

— Irréparable, je le crains. »

Nous n'en dîmes pas plus. Mon épouse déposa l'écharpe sur le bureau et je fis mine de me replonger dans la lecture de mon journal.

5 octobre 1880. Voyons… quel cours a suivi la journée ? Ce matin, me sentant tout à fait remis, je suis descendu prendre le petit déjeuner. Aveline me dit que Mrs. Cree dormait encore. Je mangeai mon œuf en paix. Je jetais un coup d'œil à la une du *Chronicle*, où figurait un article intéressant sur les enquêtes policières, lorsque je crus entendre des bruits de pas dans mon bureau : il se trouve juste au-dessus de la salle du petit déjeuner ; levant la tête, j'entendis, à ne point s'y méprendre, le craquement d'une latte de plancher. Je quittai la table et montai l'escalier à pas de loup ; puis, allant directement à la porte de mon bureau, je l'ouvris d'un grand geste théâtral. Or, il n'y avait personne à l'intérieur. Je redescendis et frappai à la porte de mon épouse.

« Qui est-ce ? (À sa voix, il était possible que je l'eusse réveillée.)

— Puis-je vous apporter quoi que ce soit, ma chère ?

— Non, rien du tout. »

Je retournai dans mon bureau. Je suis méticuleux par inclination et tous mes livres et papiers sont rangés avec méthode : il ne me fallut qu'un coup d'œil pour m'apercevoir que mon sac en cuir noir, sur la gauche de mon fauteuil, avait été légèrement déplacé. Naturellement, il était fermé à clef (il s'agit du sac-jumelle dans lequel je garde tous les outils de mon art) mais il était manifeste que quelqu'un aurait bien voulu inspecter son contenu.

6 octobre 1880. Je suis persuadé maintenant que mon épouse se doute de quelque chose. Elle m'a interrogé, fort discrètement, sur le soir où j'étais allé « rendre visite à un ami dans la City » – le soir même où avait eu lieu la cérémonie de Ratcliffe Highway. Je lui ai répondu sur le même ton badin. Elle ne m'en observa pas moins d'un air étrange. Je me rassure avec la pensée qu'elle ne pourrait absolument pas se douter que son époux, si doux et si patient, pourrait être l'assassin de femmes et d'enfants, le Golem de Limehouse en personne. Ce serait là un trop grand mystère à percer.

7 octobre 1880. Aujourd'hui, elle m'a demandé où j'avais acheté le châle que je lui ai offert il y a plusieurs semaines. « Quelque part vers Holborn », lui ai-je répondu sans trop d'hésitation. Après quoi je réfléchis que, puisque je l'avais acheté chez Gerrard, il se pouvait qu'il y ait eu une étiquette portant son nom ou son adresse. J'attendis qu'elle eût quitté le pavillon (elle allait acheter « des produits frais » pour le dîner, me dit-elle), puis je me précipitai dans sa chambre. L'écharpe était placée bien en vue, drapée sur une chaise légère dorée dans un coin. Il y avait bien eu une étiquette : elle avait été décousue.

8 octobre 1880. Mais que soupçonne-t-elle donc ? Va-t-elle s'adresser à la police ? Non, elle tient trop à sa position sociale pour la mettre en danger. Si ses soupçons se révélaient non fondés, comment justifierait-elle ses actions envers moi ? Qui, en tout état de cause, la croirait ? Un homme respectable et prospère comme moi, qui plus est érudit, gentleman, heureux propriétaire d'un pavillon, ne saurait être soupçonné d'être responsable d'un tel bain de sang. Le Golem de Limehouse pouvait-il, décemment, avoir pignon sur rue à New Cross ? Elle ne rencontrerait que dérision ; je savais que son orgueil la retiendrait de risquer cet affront. J'étais à l'abri de tout danger.

9 octobre 1880. Il est arrivé un nouveau petit incident. J'attirais son attention sur un article du *South London Observer* concernant un coupeur de bourse arrêté dans le voisinage : elle me lança un regard singulier et marmonna je ne sais quoi à propos de châtiment. Je crois qu'elle a vraiment quelque chose en tête.

47

On a demandé à l'aumônier catholique de la prison de Camberwell de rendre visite à Elizabeth Cree dans la cellule des condamnés.

Père Chemin : Il n'est aucun péché qui ne puisse être pardonné, Elizabeth. Notre Sauveur est mort pour nos péchés.

Elizabeth Cree : Vous parlez comme ma mère. Elle était très pieuse.

Père Chemin : Elle était catholique, comme vous-même ?

Elizabeth Cree : Non, aucunement. Elle fréquentait une petite chapelle en tôle ondulée sur la Grand-Route-de-Lambeth. C'était une Fille de Béthesda, ou quelque chose dans le genre…

Père Chemin : Mais qui vous a donc guidée vers la Vraie Foi ?

Elizabeth Cree : Ce fut le désir de mon époux. J'ai suivi le catéchisme avant notre mariage, puis ai été convertie.

Père Chemin : Votre mère s'y est-elle opposée ?

Elizabeth Cree : Grand Dieu, non ! Elle était morte depuis longtemps. Mais, voyez-vous, même avant de rencontrer mon époux, je connaissais bien le culte catholique. Nombre des artistes des music-halls étaient catholiques… mon vieil ami Dan Leno disait que nous avions cela dans le sang. Il voyait un lien entre Rome et la pantomime, et j'en ai été convaincue moi-même depuis. Parfois, il m'emmenait à la messe à Notre-Dame-des-Douleurs, à New-Cut. C'était vraiment drôle.

Père Chemin : En compreniez-vous le sens ?

Elizabeth Cree : Je comprenais tout. Cela me semblait si naturel… Les costumes, la scène, les cloches, les nuages d'encens. Je connaissais tout ça depuis *Ali-Baba*. Naturellement, à l'église, les artistes sont plus dévots.

Père Chemin : Elizabeth, vous comprenez bien que je suis venu entendre votre confession et vous absoudre de vos péchés.

Elizabeth Cree : Ainsi, je serai pure au moment d'être pendue ?

Père Chemin : Je ne puis vous donner l'absolution jusqu'à ce que vous ayez consenti à vous confesser.

Elizabeth Cree : Dans ce cas, servez-moi de souffleur, mon père. Pour la première fois de ma vie, j'ai oublié mon texte.

Père Chemin : Bénissez-moi, mon père, car j'ai péché. Il y a…

Elizabeth Cree : … longtemps que je ne me suis confessée ? Je ne parlais pas de ce texte-là, mon père. Je pensais à mon monologue dans *Ali-Baba*, quand je me retourne contre mes quarante voleurs pour les assommer avec ma baguette magique.

Père Chemin : Peut-être êtes-vous encore troublée ?

Elizabeth Cree : Je ne suis pas troublée le moins du monde. Peut-être suis-je un peu excitée. Après tout, je vais être pendue dans deux jours.

Père Chemin : C'est la raison pour laquelle il vous faut vous hâter de vous confesser. Si vous mourez en état de péché mortel, il n'y aura plus d'espoir pour vous.

Elizabeth Cree : Et je grillerai pour l'éternité ? Je suis surprise que vous entreteniez des notions si enfantines, mon père. Je ne puis croire que l'Enfer ressemble à une baraque de *fish & chips*. Les crimes commis sur terre sont punis sur terre.

Père Chemin : Ne parlez pas ainsi, Mrs. Cree. Je vous conjure de songer à votre âme immortelle, si vous ne voulez pas qu'elle brûle.

Elizabeth Cree : Mais au contraire, qu'elle s'enflamme, qu'elle s'embrase ! J'ai l'âme d'un canon, elle a chauffé de tout temps. J'en ai assez de vos palabres, vous parlez comme ma mère. Si l'Enfer existe, c'est là qu'elle est.

Père Chemin : Je ne pourrai donc entendre votre confession ?

Elizabeth Cree : Devrai-je vous avouer que j'ai empoisonné mon époux ? Et s'il y avait eu des crimes bien pires, plus noirs encore ? Peut-être ai-je commis des péchés plus sanglants, plus horribles, dépassant de beaucoup celui commis envers mon époux ! Et si d'autres morts réclamaient vengeance ? Je peux vous dire ceci, père Chemin : je n'ai besoin de nul pardon et de nulle absolution. Je suis le fléau de Dieu.

48

Trois semaines avaient passé depuis le massacre de la famille Gerrard sur Ratcliffe Highway et l'on n'avait toujours pas découvert l'identité du Golem de Limehouse. On avait écarté l'éventualité d'une culpabilité de Dan Leno comme étant des plus improbables et l'enquête criminelle se transformait en une série d'élucubrations toutes plus fantaisistes les unes que les autres. On arrêta un marin parce qu'il avait du sang sur sa vareuse et un fabricant ambulant de cages se retrouva dans une cellule de Limehouse pour la seule raison qu'il avait été aperçu près de la maison des Gerrard.

Des événements plus graves s'étaient ensuivis. À l'issue de l'enterrement de la famille Gerrard dans le cimetière de Wellclose Square, la racaille avait pillé la demeure d'un marchand de thé juif de Shadwell parce que les habitants les plus crédules de l'East End avaient vu dans sa philanthropie la preuve que lui aussi était un golem ; à Limehouse même, un groupe de prostituées roua de coups un Allemand sous prétexte qu'il « avait une tête à avoir de mauvaises intentions ». Des bandes de citoyens « responsables » formèrent des patrouilles qui passaient la nuit à boire dans les tavernes qui ponctuaient leur ronde, avant de débouler dans les rues à la recherche de juifs et d'étrangers.

D'autres activités furent de nature plus charitable. On débattit au Parlement, une fois de plus, sur les conditions de vie des miséreux de l'East End et l'on vit des groupes de dames patronnesses arpenter les artères les moins salubres de Limehouse et de Whitechapel en quête de familles méritantes. Charles Dickens et d'autres romanciers « sociaux » avaient déjà décrit les horreurs de la misère urbaine mais leurs récits versaient dans le sentimentalisme ou le sensationnalisme afin de satisfaire le goût du public de l'époque pour les atmosphères dites « gothiques ». Les comptes rendus des journaux n'étaient, bien sûr, guère plus fiables dans la mesure où ils suivaient les schémas narratifs du mélodrame. Néanmoins, la pression exercée par les débats au Parlement et les longs développements consacrés aux conditions de vie dans les villes à la fin du XIXe siècle permirent de parvenir à une analyse plus claire du problème. Par exemple, il ne faut pas voir une simple coïncidence dans le fait que la réhabilitation des taudis de Shadwell débuta un an après que les meurtres du Golem de l'East End eurent été rendus publics.

Le Golem lui-même, cependant, s'était évanoui dans la nature. Le massacre de Ratcliffe Highway ne fut pas suivi d'autres meurtres. Plusieurs journaux émirent l'hypothèse que l'assassin s'était suicidé et des bateliers empressés scrutèrent la Tamise des semaines durant ; d'aucuns suggérèrent qu'il avait simplement transféré son champ d'activité à d'autres cités et opérait désormais dans les régions industrielles des Midlands et du Nord. La théorie de l'inspecteur Kildare, qu'il dévoila à George Flood un soir au cours du dîner, était qu'il avait probablement fui le pays en bateau à vapeur et se trouvait sans doute aux Amériques. Seul *L'Écho* imagina qu'il pouvait avoir été tué, par une épouse (ou une maîtresse, peut-être) qui aurait découvert des preuves de sa culpabilité.

Les conjectures les plus singulières vinrent, toutefois, de ceux qui croyaient à la légende du Golem : ils soutinrent que cette machine créée par l'homme, cet automate, avait tout bonnement disparu après avoir mené à bien sa carrière meurtrière. Le fait que le dernier massacre avait eu lieu dans la maison où les Marr avaient été massacrés près de soixante-dix ans plus tôt les confortait dans leur croyance qu'il s'agissait d'un rituel secret et que la friperie de Ratcliffe Highway avait été autrefois un temple dédié à une divinité oubliée. Le Golem de Limehouse ne s'était dissous dans le sang et dans les membres de ses victimes que pour resurgir au même endroit après l'intervalle adéquat.

On débattit de tout cela à la réunion mensuelle de la Société occulte de Coptic Street, à quelques mètres seulement de la Salle de lecture du British Museum. En fait, le secrétaire de la société passait le plus clair de son temps parmi les livres de la fameuse bibliothèque et, à l'intention des autres membres, retranscrivit plusieurs textes anciens sur le golem et sur son histoire mythique. Pour lui, comme pour tant d'autres, la Salle de lecture était le véritable cœur spirituel de Londres et c'est là que, s'ils devaient l'être, nombre des secrets de la grande cité seraient révélés. Et il aurait pu, en effet, s'il en avait eu les clefs, résoudre l'énigme du Golem sous la coupole même, quoique d'une manière inattendue.

Tous les acteurs du mystère, consentants ou non, s'y étaient trouvés à un moment ou à un autre : Karl Marx, George Gissing, Dan Leno et, naturellement, John Cree en personne.

Sans compter un autre personnage, et non des moindres : Elizabeth Cree. Ayant confectionné deux fausses lettres de recommandation et fait valoir que son époux était membre depuis longtemps, elle avait réussi à se faire admettre comme *Lady reader* au printemps de l'an 1880. Installée à la rangée réservée aux personnes de son sexe, elle avait demandé à consulter les *Œuvres complètes* de Thomas De Quincey ainsi que *L'Histoire du Diable* de Daniel Defoe. Elle avait profité de l'attente, avant qu'on ne lui apportât les ouvrages en question, pour détailler les vêtements usés et les gestes empruntés de ceux qui, selon les propres mots de George Gissing, fréquentaient la « vallée des ombres livresques ». Elle les prit en pitié, tout autant qu'elle prenait en pitié son mari parce qu'il était tombé si bas… Elle ignorait que, dans ces murs, Dan Leno avait rencontré Grimaldi et, de ce fait, assuré sa succession ; que Karl Marx, y ayant étudié maintes années, en avait extrait un système universel ; que George Gissing y avait été entraîné vers la machine analytique de Charles Babbage ; que son propre époux y avait rêvé de gloire future. Elizabeth Cree avait terminé l'essai de Thomas De Quincey sur le massacre de Ratcliffe Highway avant de commander d'autres livres qui ne seraient pas sans influence sur la vie de certains personnages de notre histoire ; elle demanda à consulter des ouvrages de chirurgie.

49

« Pour ces péchés ainsi que pour tous les autres que j'ai commis dans mon existence, je me repens, demande à Dieu le pardon et à vous l'absolution.

— Mais vous ne m'avez rien avoué, Elizabeth.

— Ah, mon père, ça, voyez-vous, c'est tout moi. Une fois que j'ai commencé à réciter, il faut que j'aille jusqu'au bout. »

La veille de son exécution, Elizabeth Cree fit une chose étrange. Se saisissant de l'étole mauve que le père Chemin avait mise sur son surplis pour entendre sa confession, elle dansa dans la cellule des condamnés.

« Avez-vous vu ce prodigieux mélodrame qui s'appelle *Le Fantôme de Londres* ? C'est un vrai mélodrame horrifiant de la vieille école.

— Non, je ne crois pas l'avoir vu.

— Rien d'étonnant, en effet, car je suis en train de l'inventer, mon père. (Et de continuer à danser, l'étole à la main.) Le canevas est passionnant. Ça raconte l'histoire d'une femme qui empoisonne son mari. Dites-moi ce que vous en pensez, vous, jusqu'à maintenant ?

— Je ne puis vous juger, Elizabeth.

— Il est vrai que vous n'êtes pas critique théâtral. Mais aimeriez-vous voir la pièce ?

— Tout ce que je souhaite, c'est entendre votre confession et vous absoudre.

— Non. (Elle s'arrêta devant lui et s'enroula lentement l'étole autour du cou.) C'est moi qui suis ici pour vous absoudre. J'ai oublié de vous raconter le reste de l'histoire. C'est moi qui ai donné son titre à ma pièce. Le Fantôme de Londres, c'est moi. »

Le père Chemin, toujours agenouillé sur le sol de pierre, sentait le froid pénétrer son corps. Elle s'agenouilla pour lui murmurer à l'oreille. « Le mari n'est pas empoisonné avant le troisième acte, au moment où il menace de révéler mon petit secret au monde. Aucun spectateur ne l'a découvert, voyez-vous, et c'est un drôle de choc pour toute la salle ! Voulez-vous que je vous le dise ? (Comme l'aumônier, malgré le froid, suait à grosses gouttes, elle essuya ces dernières avec la pointe de l'étole.) Puis, non, je ne peux rien vous dire, ça gâcherait tout. » L'aumônier aurait voulu appeler les gardiens et quitter cet endroit mais il se força à garder son calme et à l'écouter : cette conversation serait, après tout, la dernière qui serait accordée à cette femme de son vivant.

« Il y a un petit jeu de travestissement. Vous me suivez ? L'héroïne sério-comique met ses habits d'homme et les berne tous. Plusieurs fauvettes des rues connaissent un sort peu enviable. Elles veulent savoir ce qui est dans mon sac noir et je le leur montre. Mon père, je n'ai eu aucun mal à jouer mon rôle : quand ma mère m'a faite, elle m'a faite forte. Moi, le Grand Guignol, j'étais faite pour ça.

320

— Je ne vous suis pas, Mrs. Cree.

— D'abord, ma chère mère. Puis Doris, parce qu'elle m'avait surprise. Puis l'Oncle, qui m'avait polluée. Oh, j'allais oublier P'tit Victor, qui m'avait touchée ! Et puis le juif, voyez-vous, c'était un tueur de Christ, comme disait ma mère. Et les putains de Limehouse étaient les pires de leur espèce. Savez-vous que ces garces se sont moquées de moi quand j'ai essayé de leur offrir la rédemption sur scène ?

— *In nomine patris, et filii, et spiritu sancti...* »

Elizabeth Cree avait posé le bout de son index sur le front de l'aumônier ; celui-ci interrompit sa litanie et leva vers elle des yeux effarés.

« Voyez-vous, mon père, feu mon mari était auteur dramatique. Mais je crains qu'il n'ait jamais rien écrit de bon ni jamais rencontré le moindre succès. C'est pourquoi il a essayé de me voler mon histoire. Il voulait modifier le dénouement et informer le monde de mes petits ouvrages. J'ai donc dû concevoir ce qui est devenu le clou du spectacle. Vous vous rappelez comme Arlequin accuse toujours Pantalon ? Eh bien, j'ai écrit un journal dans lequel je lui ai tout mis sur le dos. Comme j'avais déjà terminé une pièce à sa place, je connaissais le vocabulaire. J'ai écrit un journal sous son nom, qui, un jour, le condamnera aux yeux du monde. Pourquoi devrais-je porter la responsabilité alors que je sais que je suis encore pure ? Est-ce vrai, mon père, que le Seigneur reprend ce qu'il donne ?

— C'est exact.

— Eh bien, je lui ai épargné la moitié du travail. J'ai repris moi-même. Sans compter que j'ai bien combiné l'affaire. Quand on trouvera son journal, je serai blanchie même de sa mort. Le monde croira que j'aurai détruit un monstre.

— Que confessez-vous, exactement, Mrs. Cree ?

— Il m'a menacée. Il voulait m'en empêcher...

— Mais ces autres dont vous avez parlé, qui étaient-ils ?

— Il me soupçonnait. Il m'épiait. Il me suivait. »

Elizabeth Cree retira l'étole de son cou et en enveloppa les épaules de l'aumônier. « Vous avez tout de même entendu parler du Golem de l'East End ? »

Après que le corps d'Elizabeth Cree eut été emmené de la cour de la prison de Camberwell, il fut transporté à la morgue de Limehouse où l'on eut tôt fait d'extraire son cerveau afin de l'analyser. Charles Babbage avait le premier avancé l'idée que cet organe fonctionnait comme une machine analytique et que, dans le cas de personnalités aberrantes, certaines parties observables et dissociables pourraient être le siège d'une activité antisociale. Puisque Elizabeth Cree avait fait montre de pulsions meurtrières particulièrement vicieuses, on crut naturellement que son *cerebellum* serait digne d'une étude poussée ; or, on ne découvrit aucune anomalie. Il ne fait aucun doute qu'on aurait poussé l'analyse plus loin si les autorités avaient été au courant qu'elle avait tué des femmes et des enfants. On avait séparé la tête du tronc mais le reste du corps fut consigné à la cour de la morgue, où on le recouvrit de chaux dans le but d'accélérer la décomposition – son havre de paix était donc situé à moins de vingt mètres de l'endroit où le premier des meurtriers de Ratcliffe Highway, Marr, avait été enterré en 1813. Ci-suit les mots avec lesquels Thomas De Quincey termine son étude du féroce assassin : « … conformément à la loi en vigueur à l'époque, il fut enterré au centre d'un *quadrivium*, soit une intersection de quatre voies (dans ce cas, quatre rues), le cœur transpercé par un pieu ». Ainsi, près du théâtre de ses délits, fut ensevelie Elizabeth Cree, avant que, sur ses os, ne tombe un rideau de chaux.

La version autorisée du *Carrefour de la Misère* allait enfin être représentée. Le meurtre de John Cree, par son épouse théâtreuse manifestement démente, était une occasion que les variétés ne pouvaient manquer. Gertrude Latimer avait conservé le manuscrit qu'Elizabeth Cree lui avait envoyé à La Cloche de Limehouse ; elle lut les comptes rendus du procès avec une excitation croissante et, lorsqu'il devint clair que Lisbeth était promise à la corde (et, de ce fait, peu susceptible de venir réclamer de droits une fois que son cadavre aurait été retiré du gibet), elle ressortit le manuscrit et demanda à son époux, Arthur, d'agrémenter l'action de références directes à l'affaire. Le nom de l'actrice, Catherine Colombe, fut changé pour celui d'Elizabeth Cree. Il était hors de question que la protagoniste eût la vie sauve : elle empoisonnerait son mari et paierait pour son crime. Une semaine avant l'exécution d'Elizabeth Cree, la direction de La Cloche annonça pour le lendemain de la pendaison la création du dernier mélodrame d'actualité, *Les Cree du Carrefour de la Misère*, qui fut présenté comme le « récit authentique » de la vie tourmentée du couple. Les publicités affirmaient que le texte était en grande partie de la main des époux Cree et Gertie Latimer alla jusqu'à ajouter des passages supposément composés par Lisbeth dans la cellule des condamnés.

« *Elizabeth Cree :* J'ai conscience que j'ai commis un grand péché et que les cris de vengeance qu'il a suscités s'entendent jusques aux cieux. N'ai-je point toutefois souffert plus que toute autre femme ? Mon mari me battait sans pitié, alors même que j'implorais sa clémence ; quand j'étais trop faible pour verser des larmes, il riait de mon désarroi. J'étais une frêle femme sans défense qui, lorsqu'elle comprit que l'avenir ne lui réservait plus que de la souffrance et qu'elle s'acheminait vers une mort précoce, céda au désespoir comme seule peut y céder une femme abominablement maltraitée. »

Gertie et Arthur Latimer multiplièrent les ajouts de ce genre, censés révéler au public la véridique histoire des Cree. Une touche supplémentaire d'authenticité fut apportée par la distribution : le rôle d'Elizabeth Cree fut interprété par Aveline Mortimer, dont le nom, sur l'affiche, était suivi par la mention « La Femme qui a Tout vu » ; Aveline trouva le rôle fort plaisant et, prenant modèle sur sa défunte maîtresse, malmena (avec une sorte d'abandon) Eleanor Marx, qui avait été choisie pour interpréter la domestique.

L'annonce de la création de la pièce fut, cela va sans dire, largement commentée et suscita même une controverse : le *Times*, prenant la tête des opposants, jugea indécent de tirer une pièce à caractère sensationnel d'un fait divers tragique. Le public de la première était plus huppé et plus varié que pour la plupart des grandes productions grand-guignolesques montées à Limehouse. Quoique de plus en plus souffrant, Karl

Marx se trouvait à l'orchestre ; contre son vœu, sa fille, après l'échec de la *Vera* d'Oscar Wilde, embrassait en cette occasion une carrière dans le théâtre populaire. Comment aurait-il pu manquer sa première apparition sur la scène professionnelle en tant que bonne d'Elizabeth Cree ? Il s'était fait escorter par Richard Garnett, le surintendant de la Salle de lecture du British Museum. Deux rangées derrière eux était assis George Gissing, qui rédigeait à ce moment-là un nouvel essai pour la *Pall Mall Review* intitulé « Vie réelle et Drame réaliste ». Nell, fascinée par le personnage d'Elizabeth Cree, avait tenu à l'accompagner : elle se tenait à son côté, avec un air préoccupé et surpris à la fois, que Gissing ne lui connaissait pas. À la vérité, elle avait remarqué la présence de l'inspecteur Kildare, qu'elle avait vu la dernière fois lorsqu'il quittait leur logis de Hanway Street, le jour où son mari avait été emmené au poste ; le souvenir de cet épisode la hantait toujours, malgré ses efforts pour le noyer dans l'alcool et, pour une raison inexplicable, elle le reliait à l'horreur sur le point d'être représentée sur scène. Kildare, lui, ne l'avait pas vue ; il était venu avec George Flood. Ensemble, ils ressemblaient à deux messieurs de la presse qui auraient laissé leurs épouses à la maison. En fait, c'est la pure curiosité professionnelle qui l'avait amené là, l'inspecteur Curry, un collègue de la Division C, ayant été chargé de l'enquête dans l'affaire Elizabeth Cree ; mais il avait besoin de repos après sa quête infructueuse du Golem de l'East End. D'autres critiques, professionnels ceux-là, s'étaient déplacés ; les critiques du *Post* et du *Morning Advertiser*, qui mettaient les pieds pour la première fois à La Cloche de Limehouse, griffonnaient déjà des phrases pleines d'un mépris amusé, d'une condescendance incurieuse. L'un des critiques présents, toutefois, avait une connaissance plus intime du mélodrame : le rédacteur du *Chronicle* avait commandé un essai sur le public des premières à Oscar Wilde, qui avait choisi de débuter avec la sensation théâtrale du moment.

La véritable sensation fut créée, toutefois, par le coup de maître que Gertie Latimer avait réservé pour le lever du rideau au public fort bruyant et excité de cette soirée-là. Elle avait décidé de placer en ouverture l'exécution d'Elizabeth Cree dans la cour de la prison de Camberwell, de n'en venir au récit, proprement dit, de la vie de la meurtrière qu'après une représentation très réaliste de sa pendaison. Comme Gertie l'espérait, le public resta béat d'étonnement à la vue du gibet et de la corde. Elle fit alors immédiatement entrer sur scène la lugubre procession composée par le directeur de la prison, le juge, l'aumônier, tous interprétés par des vieux routiers de « l'École du Crime », tandis qu'Aveline Latimer fermait la marche. Les mains liées dans le dos avec des lanières de cuir (utilisées récemment par Gertie dans le mélodrame exotique *La Révolte des esclaves des Caraïbes*), elle portait une simple robe de détenue ; son expression était celle d'une souffrance indicible mais, tournant le regard vers la salle, elle sut traduire la morne résignation qui convenait à la situation ; lorsqu'elle monta la première marche du gibet, la silhouette de l'aumônier fut secouée par des sanglots, lorsqu'elle monta la deuxième, le juge détourna la tête, à la troisième elle s'immobilisa. Tout n'était que silence dans le Théâtre de La Cloche.

Là, Gertie Latimer avait placé son innovation la plus spectaculaire. Elle avait lu dans les journaux du soir les récits de la pendaison et avait résolu de la reproduire sur scène dans ses moindres détails. C'est ainsi qu'avant d'offrir sa nuque blanche au bourreau Aveline Mortimer refusa d'un geste impérieux la cagoule qui lui était proposée. Alors elle se tourna vers le public encore une fois et lança la célèbre dernière parole « Nous revoilà », indication aux machinistes qu'ils devaient actionner ce qui se révéla être le second coup de maître scénique de Gertie… Elle avait toujours admiré les trappes et les trappillons, qu'elle avait vus utilisés avec le meilleur effet dans *Le Dernier Testament* au Drury Lane ; ayant fait installer, à grands frais, l'une de ces mécaniques pour *Les Cree du Carrefour de la Misère*, elle supervisa alors l'épisode où le corps de la condamnée devait choir sur la plate-forme, qui l'escamoterait ensuite rapidement pour le faire descendre au premier dessous. Le public aurait l'impression d'assister à une véritable pendaison.

Dan Leno observait tout cela depuis les coulisses. Il avait accepté de jouer une saynète parodique après *Les Cree du Carrefour de la Misère* ; il jouerait le rôle de Madame Gruyère, la célèbre meurtrière française, et interpréterait une chansonnette à la gloire d'un poison gaulois. Il avait revêtu son costume longtemps à l'avance (ses habits de tous les jours lui devenaient de plus en plus insupportables) et il gigotait, il minaudait, dans la plus pure tradition de la caractérisation vaudevillesque de la « Femme française ». Bien qu'il protestât que c'était ainsi qu'il se préparait le mieux, ceux qui l'observèrent à la dérobée s'aperçurent que « l'Homme le plus Drôle du Monde » parlait tout seul : « Sale garce, disait-il d'une voix étouffée. Qu'est-ce que c'est que ces façons de se moquer de Lisbeth de Lambeth ? Sale garce. »

Aveline Mortimer attendit patiemment que le bourreau lui serrât la corde autour du cou ; à cet instant, Karl Marx se tourna vers son compagnon pour lui murmurer à l'oreille, avec rage, que cette pièce était un scandale, qu'elle abaissait le social au rang du mélodrame ! N'était-ce pas la preuve que le théâtre était l'opium d'un peuple ? Pourtant, il fut médusé, comme tous les spectateurs, quand Elizabeth Cree tomba. Il se souvint que, des années auparavant, il avait écrit à un ami, concernant sa propre mort : « Quand tout sera fini, nous nous tendrons la main et recommencerons tout au commencement. » Quoique tout aussi fascinés et émerveillés, les critiques du *Post* et du *Morning Advertiser* savaient déjà qu'en fin de compte ils répudieraient tout cela parce que ce n'était que de la « pantomime », un divertissement « chimérique ». George Gissing jeta un coup d'œil au critique du *Post*, justement, qu'il connaissait un peu ; quelque temps après, il devait écrire dans *Vie réelle et Drame réaliste* : « La vérité n'est pas que les humains soient incapables de supporter un excès de réalité, mais plutôt qu'ils ne peuvent supporter un excès d'artifice. » Pour l'heure, la vue de la nuque blanche d'Aveline Mortimer lui remémora la sensation de surprise et d'horreur qu'il avait éprouvée en observant le cadavre d'Alice Stanton à la morgue du poste de police de Limehouse. « Le destin, avait-il dit à sa femme le lendemain, a toujours le dernier mot. » L'inspecteur Kildare nota avec agacement que plusieurs détails de l'exécution n'étaient pas entièrement corrects, ce qui ne l'empêcha pas de ressentir la même horreur et le même étonnement qui parcouraient toute la salle à ce moment-là. Cette scène, Oscar Wilde devait s'en souvenir quand, dans *Le Triomphe des masques*, il écrirait : « La vérité est toujours indépendante des faits, elle les invente et les sélectionne à loisir. Le vrai dramaturge nous montre la vie réelle sous ses dehors artistiques et non pas l'art sous forme de vie réelle. »

Mais que se passait-il ? Quand Dan Leno vit la condamnée carrément *tomber* à travers la trappe, avec sa connaissance instinctive des techniques scéniques, il sut qu'un malheur était arrivé. Il vit tout de suite que la corde ne s'était pas détendue, que la plate-forme était descendue sans frein. Aveline Mortimer pendait sous la scène : elle devait avoir la nuque brisée. Certains membres du public avaient retenu leur souffle, d'autres avaient crié – non pas parce qu'ils avaient la moindre idée du drame qui venait de se dérouler sous leurs yeux mais parce que la scène avait été montée de manière si frappante et si réaliste. Dan Leno courut jusqu'au premier dessous, où l'avertisseur et le souffleur coupaient déjà la corde pour essayer de ramener Aveline à la vie. Toujours optimiste, Gertie Latimer accourait avec une bouteille de brandy pour la pendue : Dan Leno l'écarta et s'agenouilla au chevet de la morte. Il n'y avait plus rien à faire. L'aumônier du théâtre était déjà aviné mais, glissant le long de la corde qui pendait depuis la scène, il tenta de donner l'absolution à l'actrice défunte, tandis que ses collègues prenaient la pose du respect le plus sobre.

Leno leur permit de garder cette pose pendant une minute, puis agrippa le bras de Gertie. « Fais enfiler un costume de dandy à ce prêtre, lui dit-il, et aide-moi à grimper sur scène. » Elle était trop effarée pour ne pas obéir et, quelques instants après, elle faisait monter Dan Leno, en costume de Madame Gruyère, par la trappe. Leno se retrouva, une fois de plus, sur scène. Parvenant en vue du public, toujours accroché à la corde fatale, il tira trois fois dessus, en hommage parodique au grand mélodrame *Le Bossu de Notre-Dame*. L'allusion ne fut pas perdue, et les éclats de rire fusèrent d'autant plus facilement dans la salle que la tension avait été grande pendant la scène d'horreur qui avait précédé. La pendue était ressuscitée, prête, derechef, à faire rire son public. Elizabeth Cree était revenue, dans un costume différent, tout comme lorsqu'elle jouait Frérot ou la Fifille à P'tit Victor. Et c'était une source d'hilarité supplémentaire que de voir le grand Dan Leno jouer son personnage.

À la fin de la représentation, les spectateurs ressortirent dans la nuit noire, jeunes et vieux, riches et pauvres, adulés ou décriés, charitables ou mesquins, tous émergèrent dans la brume glacée et la fumée des rues populeuses. Après avoir quitté le théâtre, ils partirent chacun de son côté, de Limehouse ils rentrèrent à Lambeth ou à Brixton, à Bayswater ou à Whitechapel, à Hoxton ou à Clerkenwell, chacun replongeant dans le tumulte de l'éternelle cité. Ils rentrèrent chez eux, et, en chemin, nombre d'entre eux se remémorèrent l'instant extraordinaire où Dan Leno, surgissant de la trappe, leur était apparu. « *Ladies and gentlemen*, s'était-il exclamé (voix et geste inimitables, irrésistibles, dans la plus merveilleuse tradition burlesque), *nous revoilà !* »

*Cet ouvrage a été composé
par Facompo à Lisieux (Calvados)*

*Impression réalisée par
CPI France
en novembre 2017
pour le compte des Éditions Archipoche*

Imprimé en France
N° d'édition : 486
N° d'impression : 3026233
Dépôt légal : janvier 2018